莫切武士之谜

THE MOCHE WARRIOR

【澳】琳恩·汉弥尔顿/著　张静/译

新世界出版社
NEW WORLD PRESS

北京版权局著作权合同登记
京权图字:01-2008-3494

图书在版编目(CIP)数据

莫切武士之谜/(澳)汉弥尔顿著;张静译．—北京:新世界出版社,2008.8
ISBN 978-7-80228-746-4

Ⅰ.莫… Ⅱ.①汉…②张… Ⅲ.长篇小说—澳大利亚—现代 Ⅳ.I711.45

中国版本图书馆 CIP 数据核字(2008)第 096412 号

莫切武士之谜

出版策划：精典博维
作　　者：(澳) 琳恩·汉弥尔顿
译　　者：张静
责任编辑：陈黎明
封面设计：门乃婷工作室
内文排版：楠竹文化
出版发行：新世界出版社
社　　址：北京市西城区百万庄大街 24 号 (100037)
总编室电话：(010)68995424　(010)68326679 (传真)
发行部电话：(010)68995968　(010)68998705 (传真)
本社中文网址：www.nwp.cn
本社英文网址：www.newworld-press.com
本社电子信箱：nwpcn@public.bta.net.cn
版权部电子信箱：franx@nwp.com.cn
版权部电话：+86(10)68996306
印　　刷：北京柯蓝博泰印务有限公司
开　　本：780×1092　1/16
印　　张：14.5
字　　数：200 千字
版　　次：2008 年 8 月第 1 版　2008 年 8 月第 1 次印刷
书　　号：ISBN 978-7-80228-746-4
定　　价：29.80 元

序 言

伟大的武士就要离开我们了。战争停止了，肉搏战也平息了。曾几何时，牧师们在庄严的宫殿里，拜在胡瓦卡①的脚下，念着咒语，让神圣的血流入圣杯，而这一过程将不再重现。战败的俘虏们屈辱地赤裸着，脖子上套着锁链，在武器的抽打下，身体扭曲不已，双手反剪游行的场面也不复再现。现在另一场仪式正在上演，刽子手还没动手，其他人都俯身屈膝。

伟大的武士就要离开我们了。牧师们已经准备好了皇室陵墓，陵墓深深地陷入胡卡瓦中。修建陵墓的横梁和椽早已选好，他们从城外运来砖块，把陵墓围了起来，每一块都带有做砖人的标记。现在，该是我们为莫切开始伟大旅程的时间了。

伟大的武士就要离开我们了。即使失去了他，即使没有保护我们的咒语和仪式，我们还是会勇往直前。失去了他，山间的流水会改道而驰，谷物会枯萎成一堆尘土，大海中的鱼儿也会消失不见。我们必须举办这个伟大的仪式送他上路，我们必须马上挑选新的武士。

① 古秘鲁的印第安原住民所尊崇的一种神物。——译者注

蜥　蜴

1

“地上和水中的生灵们，你们真是不幸，恶魔就要降临在你们身边了，”一个男人高举双臂怒吼着，眼睛凝视着远方。

“神意，12:12，”我对自己咕哝说。要知道到这已经是第三天了，住在隔壁的这个疯子邻居，三天前就开始在我这个名为格林哈尔 & 麦克林塔奇的商店前四处转悠。这三天以来，我已经听了好多遍关于世界末日的预言。然而他的预言并非基督教的圣经，而是反复强调雪莱的一首诗《奥西曼德斯》，他引用《奥西曼德斯》一诗中讲述奇迹的部分对自己的工作和绝望之情进行强烈的抨击。我不知道还有没有比谢莉和神的旨意更糟糕的事情了。

“神意，12:12，”他嘟囔着。至少还有一件事让我感到满意，那就是他说的关于预言启示之类的东西，又让我上了一课。

“开始是一场可怕的大火，”他对一群围在自己周围的游客说，他的声音越来越低。围在四周的人小心翼翼地从他身边缓缓走开。这也不能怪他们，他满身灰尘，头发蓬乱，眼中充满了极端狂热之情。“而且我看到了，那是一片交织着火焰的玻璃海洋。”他继续说道。

我知道，神的旨意又要来了。

“神意 15，第二篇，”他拖着长长的尾音朗诵道，“然后，人类就会灭亡。罪恶的报应就是死亡。”

"《罗马书》[1]6:23,"我忍不住说道。这个男人向我走了过来,尽管我对这个社会无法治愈精神上的疾病而心怀不满,对他也满怀同情,但不管怎么样,他把我的客人都赶走了。现在是旅游旺季,街上的游人遇到这种麻烦毫无疑问会远远躲开。我绕过街头跑了起来,希望在他看到我之前,能赶紧穿过街道回到我自己的店里。如果他看到我了,等待我的会是《便西拉智训》。[2]

"与女人的邪恶相比,其他的邪恶都是那么渺小,"他大声叫道,最终把目光停在了我身上"《便西拉智训》25:19。"

我后退了一步,然后赶紧从他身边跑了过去,顺着商店门口的台阶往上爬。

"这是你的过错,"他尖声叫道,指尖直指向我。直到我爬上最后两个台阶,冲进店里关上门,在此期间,他的目光就没从我身上移开过。天平明显向珀西·毕施·雪莱倾斜了。

当我躲进屋里时,莎拉·格林哈尔叹了口气,问我:"你没事吧,劳拉?那个讨厌的男人又在搞什么鬼?"

"我怀疑他疯了,"亚历克斯·斯图尔特说。亚历克斯是一个退休的水手,住在隔壁,是我们店里不可或缺的帮手。他接着说:"我觉得可能是因为现在是太平盛世,所以得给我们来点的恐怖感。你们看过报纸没有,全世界的人对与天堂有关的迹象和其他一些事情都会焦躁不安。显然那些人觉得所有的征兆都说明一点,人类会被洪水淹没这个结局一定会应验。"

"我只希望他另找一条街道,向别人发表长篇大论的演说,对于我们的生意来说,他简直是个瘟神!不过我不愿意叫警察,毕竟他还是挺可怜的。"

尽管那个男人有点疯狂,但我现在回想起来他说得有道理,也许从严格的年代顺序来说并非如此。火灾并没有发生,但躲在储藏室的那个男人却死了,死于谋杀。之后很长的一段时间,恶魔和他在地上的党羽就游走在我们周围,而且在这段时间,恶魔一直在伤害着我们,让我们认识到他的存在。我的确得为自己的罪行承担一定的责任,因

---

① Romans,《罗马书》,是《圣经·新约》中的一卷。

② Ecclesiasticus,杜埃版《圣经》中的《便西拉智训》,亦译《德训篇》或《次经传道书》或《耶稣智慧书》。

为在一定程度上，此后发生的所有事，都是因为我没能控制住自己暴躁的脾气。

杂乱无章的传奇故事就这样，我的商店被捣毁拉开了整个事件的序幕，至少在警察的档案卷宗中是这样记述的。在这次事件中，我的商店几乎被烧成了废墟。但是在我看来，这个故事要追溯到好几个月前，要从莫德·麦肯锡的死说起。

莫德是一个住在约克维尔的古怪女人，格林哈尔&麦克林塔奇商店也在约克维尔境内。莫德和她的丈夫富兰克林经营一个特殊的小店，店名叫珍奇老店，里面出售各种各样的小东西，天知道，就是一些古董，还有一些破烂货，夫妻俩住在商店的楼上。据我所知，莫德和富兰克林几乎时时刻刻都呆在自己的店里。这家店所在的房子原本属于莫德家族，后来莫德家卖了房子搬走了，过了好长时间，莫德和富兰克林才把这所旧房子给买了回来。当约克维尔还是个破旧的小城区时，这对夫妻就生活在这个城市里，他们亲眼目睹了这座城市成为六十种文化的汇聚之地，一开始，最好的咖啡屋和民歌歌手都出现在这座城市，但随着时间的日积月累，这六十种文化逐渐露出了丑陋的面目，毒品交易也现身街头。之后，约克维尔再次复苏，成为奢侈消费之地，但夫妻俩还像以前一样继续经营自己的小店。

他们还是一个民间商业协会的创立者，说是一个社交俱乐部更为贴切一些。我们这些店主中有几个人也是这个商业协会的成员，大家每周在米尔咖啡屋聚会一次，我们称这种聚会为街道集会。我们一起商量圣诞节如何进行装饰，一起出钱在城里打广告，一起处理一些恶意破坏公共财产的行为，还有其他一些日常事务。但我们还是喜欢闲谈一些无关紧要的小事：谁大病初愈了，谁要外出做生意了，谁要搬到附近住了等等。几年前，我和丈夫克莱夫还没有分开，为了和他离婚，我迫不得已卖了商店，我敢确定，那段时间我一定也是大伙议论的焦点。我们监视着这条街的一举一动，这似乎都成了我们的生计，事实上也确实如此。

我们是一个紧密的小团体，所有人都是朋友，一部分原因是我们这些人从事的生意并不完全相同，因此我们都不是直接的竞争对手。我们中有一个时尚设计师，一个书商，一个理发师，一个手工艺商店的老板，我有一个古董家具设计商店和一个亚麻用品店。我们也不会排斥新来的人，我们通过不记名投票的方式决定是否接纳新人，但是投票的方式大家也不常用。

富兰克林去世之后，莫德还一直经营着自己的商店。我们根本不知道她的生意怎么样，也许比我们想象的要好。毫无疑问，如果去她的店里仔细挑选的话，还能找到一些珍品。但是富兰克林死后，店里就再也没进过什么新商品了。

就像莫德自己说的那样，她开始变得"腿脚不灵便"了，这时，咖啡集会就转移到她的店里了。大家都会轮流带一瓶咖啡和一些小甜饼去。但是没过多久，有一天莫德的商店没有按时开门营业，于是我和朋友莫伊拉就跑去她的店里，想看看她到底出了什么事。结果发现喜欢谈论"符咒"的莫德正躺在通向二楼房间的楼梯拐角处，验尸官的结论是莫德不小心从楼上摔了下来，摔断了脖子，头骨骨折。

我和莫伊拉看着躺在地上的莫德，都觉得以后再也不会像以前那样看到这位邻居了。

但有一件事却让我们跌破眼镜，莫德和富兰克林的积蓄比我们猜测的要多得多，那是相当可观的一笔钱，实际上，有一百多万美元，还不包括房子和店内货物出售所得的收入。那笔钱最后捐给了一个慈善机构，而那座旧房子和店里的东西则留给了他们远在澳大利亚的侄子，我们从没听说过他们还有这样一个侄子。此外，让我们高兴的是，还有一部分成为我们咖啡集会（我们私底下都这么叫）的基金。只要条件允许，我们会每年聚会一次，大家一起去喜欢的餐厅吃顿午餐。

在这之后的一段时间里，大家谈话的焦点几乎都集中在富兰克林和莫德身上。

商店的开门时间还没到，莫伊拉顺便过来喝杯咖啡，我大声问道："你们觉得那些钱是从哪来的？"

"投资呗！"莫伊拉大胆地说，莫伊拉是我们当地美容沙龙的老板，"现在回想起来，莫德总是在楼上的书桌前办公，处理的好像是债券之类的东西，"她一边说，一边用她精心修剪的指甲轻轻敲着桌子。

"但是你也得有钱去投资啊！"我回答说，"依我的经验，这里的每一个人都没什么发展前途。"

"他们可能就是在这方面比我们强，"莫伊拉说。因为她也是个成功的女商人，所以别人都觉得她非常大方。

我清楚地记得那一天，不知道自己是怎么了，我把自己的商店四处打量了一番，我觉得自己的商店还非常不错，有那么一会儿，我对自己的那段生活还挺满足，而我对自己的未来也非常心满意足。确切来说，我从事的事业可能并不是什么刺激的事，但却很稳定。我和莎拉两个人一起合作得还不错。她让我管采购的事，所以，为了采购，我每年有四次机会进行长时间的采购旅行，可以去我喜欢的地方。而莎拉天生就是个会计，她负责把商店管理得井井有条。我们给那些回头客编了本花名册，因为有了这些重复购买的顾客，我们度过了那段萧条的日子。

在我看来，我的生活非常愉快。大约有一年的时间，我自己一个人生活，虽然我非常喜欢我生命中的前一个伴侣，他名叫卢卡斯·梅，是一个墨西哥考古学家，虽然偶尔我还是不得不抵制住诱惑，尽量不给他打电话，尽量不乞求他回到我身边，但我对自己的独身生活很满意。

只要有时间，我常常会与莫伊拉这样的朋友聚到一起。此外，每周有一天晚上，我都会去多伦多大学上一节课，课程内容往往是有关古代历史或语言，一部分原因是由于这些课程与我的经营有关，但更主要的还是因为我对这些课感兴趣。很早之前我就意识到我当不了学者，但是我喜欢对众多的事物能知之一二，特别是我去采购东西的地区，我希望能了解这些地方的历史。

我是一对年轻的马耳他夫妇的监护人，他们住在加拿大，那个年轻的小伙子叫安东尼·法鲁吉亚，他学习建筑学。我和一个朋友罗布·卢卡兹共同承担起监护的职责，他是加拿大皇家骑士护卫队的一名警官，我是在一两年前在马耳他认识他的，并且一直与他保持着联系。年轻的法鲁吉亚一家住在罗布家的一个地下室里，罗布和他的女儿珍妮弗，还有他的搭档芭芭拉共同生活在这幢房子里。我有时会去看望法鲁吉亚一家，每个月我都给安东尼的妈妈打一次电话，让她报告一下情况。此外，周日我去镇上的时候，就会和安东尼及他的妻子索非亚，还有罗布一家一起吃顿饭。

莫伊拉打断了我的思绪，她问道："那你觉得莫德的那些破烂东西会怎么处理？"

"她那个澳大利亚的侄子对那些东西一点也不感兴趣，"亚历克斯插了一句，"他会把房子卖掉，房子里的东西也会被莫尔斯沃斯 & 考克斯拍卖行拿去拍卖。"他提到的那个拍卖行非常有名。

"那如果按你这么说来，亚历克斯，这估计是真事儿了。"莫伊拉笑着说，“我不知道你从哪儿得来的消息，不过你好像什么都知道。”

事后证明亚历克斯说的也并不完全对。没过多久，那处房产外面就贴上了“待售”的标记，几乎在同一时间，有人把这栋房子抢先买走了，这个人是本地最大的房产所有人，也是最大的房东。没过多久，那所房子就开始进行装修，打算日后出租。至于租给谁，房东并没有说明。这间房子是高档的租住用房，这样的房子真让人激动不已。但关于这所房子，他始终没有向我们透露太多的内容。我们都希望能到房子里去看看是什么样子。巨大的板墙把这个装修工程围了起来，我们越是想看看里面的样子，却越看不见。连亚历克斯·斯图尔特也搞不清楚到底这所房子的新租客会是谁。

不久，伴随着轰鸣的巨响，板墙被推倒了，商店也壮观地现身眼前。标签上注明的是“克莱夫·斯旺，设计师，古文物研究专家”。我的前夫，那个卑鄙小人竟然在街对面开了一家店，和我竞争！

从那一刻起，我舒服的小世界开始支离破碎！

“我的天哪，有种男人是很难摆脱的！就像脏衬衫似的总在你周围打转！”莫伊拉惊呼道。

“真是倒霉，”我抱怨道，“我的事业才刚迈出了第一步。”我这么说其实是多此一举，因为莫伊拉对这一切无所不知。但不管怎样我都得说两句，“他之所以能开这家店，就是因为我太笨了，我嫁给他的时候，给了他一半的财产。他真是个蠢货，后来我们离婚时他坚持要我卖了这间商店，分给他一半的钱。我倒是运气不错，后来和莎拉合伙，又把商店买了回来。他现在跑回来又想干什么？竟然还在街对面开店！”

莫伊拉同情地叹了口气说：“他一定有一种能力，能让女人们都为他着迷，是不是？开始是你挑中了他，然后又把他扫地出门。所以他又另找了个女人，名字叫什么来着，斯莱斯特，看看，那个女人给他买了间商店。”

“我觉得他不会对你构成多大的威胁，亲爱的，”莫伊拉继续说，她称呼每个人都是亲爱的，“毕竟他这辈子都没老老实实地工作过一天，现在可能老实吗？”

我觉得也是。克莱夫是一个杰出的设计师，我们曾经是很美满的一对。但就算天才也不会注意到他的本性。不久我们便结婚了，作为结婚礼物，我把商店一半的所有权分给了他。从此，他开始每天斜靠在旅馆的台球室里，和那个来自比克尼斯的年轻女子眉来眼去，而我为了买到最好的木雕，在一条陡峭的山路上推着一辆租来的吉普车，要不就在蒸笼一样的仓库里，汗流浃背地和客户代理商讨价还价。

事实上，莫伊拉说的对，克莱夫不喜欢工作，但是他却和一个叫斯莱斯特的富婆结婚了，她拥有的财产可以多到雇人为他工作。我很想对克莱夫不屑一顾，我向莎拉保证，克莱夫绝对不是个问题，但莎拉肯定已经明白过来，过去那段日子里她所做的一切已经让自己卷入了这场战争。

事实上，只要他下定了决心就会努力工作。当我们离婚时，他也的确是一个强大的对手。我无法想象，他一定是个巨大的威胁。我曾经爱过他，我们的婚姻维持了十二年。他的名字出现在街对面那高雅的金色信笺标语上，时刻提醒着我，在某种程度上，自己的人生缺陷几乎都是由于自己的失败所致，就像我失败的婚姻和克莱夫的勇敢一样。

我尽量露出笑脸，努力像以前一样过日子，关注着生活中的细节和日常事务。我计划下一次旅行去印度尼西亚和泰国，然后处理上一次从墨西哥运来的货物。出于社交考虑，和往常一样，今年每周日还是要去罗布家吃饭。我和索非亚、珍妮弗会坐在后面的露台上看罗布和安东尼做烤肉野餐，而芭芭拉则在旁边优雅地递上餐前开胃点心，然后把花瓣沙拉和其他我几乎辨别不出来的东西拌在一起。芭芭拉是一位非常自信的金发女郎，她扎着马尾辫，体态优美，很会料理家务，玛莎·斯图尔特常对此惊嘘赞叹。

还有那个要对莫德的财产进行拍卖的莫尔斯沃斯 & 考克斯拍卖行，我会去那儿看看能不能买点能在我店里出售的东西，再买一两件莫德和富兰克林的私人物品作纪念。我让亚历克斯帮我留心拍卖通知。

亚历克斯帮我拿回一份物品目录。那天，我正在重新整理陈列橱窗，告诫自己不要老盯着街对面克莱夫的商店，而亚历克斯却在那儿细细阅读那份待拍卖的物品目录。

"看看，咱们能在里面找到什么东西？"我听见他在那儿自言自语，"你来看看，劳拉，这个东西咱们想要吗？"

我匆匆扫了一眼那份目录，然后笑着说："科德角[①]风格。干得不

① Cape Cod，科德角，是美国马萨诸塞州一个港湾城市，景色秀美，旅游业十分兴旺。

错，亚历克斯。要是我，肯定不会注意到这件东西。”

“吉恩·伊薇斯会喜欢这东西吗?”他回答说，“要想拍到这个东西，你最好早去点。”

“这个东西”是即将与莫德财产同一天拍卖的一套六只玻璃高脚杯，大约是19世纪80年代的东西，属于科德角风格。而我们谈论的吉恩·伊薇斯，他全名叫吉恩·伊薇斯·拉桑德，是一个法国演员，十年前曾在好莱坞拍过一部电影，然后在美国纽约州的北部买了一座农场定居下来。几年前，当克莱夫和我还共同生活工作的时候，我认识了他，那时吉恩·伊薇斯正在镇上拍电影。

他慢悠悠地走进商店，当时店名还叫麦克林斯旺商店，之后他就喜欢上了这个地方。那是他第一次来这儿，买了一面漂亮的古董镜子和一个古董柚木衣橱，我把这两样东西通过水运送到了他的农场。从此以后，只要他来镇上就会到我的店里来转一转，而且几乎每次都要买点东西。有一次他来到店里，我卖给他一张从墨西哥弄来的橡木雕花餐桌，这张餐桌非常大，还有十六把配套的椅子，椅子上有非常精美的雕花，皮制椅垫虽然已经用旧了，但仍可看出做工非常考究。

当时，他开玩笑说不知道拿这张大餐桌怎么办，只有找到同样风格的古董高脚玻璃杯才能派上用场，于是，他开始收集科德角风格的玻璃杯。虽然我对北美压制的玻璃杯并没有什么特别的感觉，但他是一个很好的顾客，而且真的是一个很可爱的人，于是我开始查找这种东西。后来我发现压制这种玻璃杯的模子一般都是从美国和加拿大的边界传过来的，曾经有一段时间，加拿大的伯灵顿玻璃作坊生产这种风格的杯子。

了解到这些信息后，我在多伦多城外的一个遗产出售点找到了一只玻璃高脚杯，然后我把这只杯子作为一份小礼物，和他从店里买的另一件物品一起用船运给了他。不出所料，他兴奋地浑身颤抖。他接受了这份礼物，但却坚持说，如果我能多找几只，他会付钱买下来。后来我碰巧又找到两只，而他自己也找到了一只，所以现在他有了九只杯子，还差七只。而现在莫尔斯沃斯 & 考克斯拍卖行的物品目录上又出现了六只。吉恩·伊薇斯一定会很高兴的。

拍卖那天，天气又闷又热，我满怀欣喜和期望走进了令人敬畏而又凉爽的拍卖行。通常我不会在拍卖会上买很多东西：我买的大部分东西都是直接从工匠手里购得的，或者从世界各地的代理人和搜集者手里购买。但是拍卖能给人最刺激的感觉，也能激起我们大部分人的竞争情绪。

莫尔斯沃斯 & 考克斯拍卖行的外面镶嵌着带有古代花纹的薄板，与人们的竞争激情遥相呼应。这是一家古老的英国公司，大约成立于150年前，当时该公司把珍宝从遥远的帝国运到伦敦，自豪地展示带有花纹的盾牌，这是该公司向王权和女王，以及少数其他皇室成员所提供的物品。这家公司在几年前将业务扩展到北美，并在纽约、达拉斯和多伦多成立了拍卖行。多伦多的拍卖行在国王街上，离高耸的银行大厦仅隔一两个街区。在莫尔斯沃斯 & 考克斯拍卖行所在的这座现代大教堂式的会议室里，人们可以找到许多精美的物品，在这里，财富是至高无上的统治者。

从外面看上去，这座建筑物非常朴实，除非清楚地告诉你方位，否则，你很容易与这所建筑擦肩而过，安静优雅的大门旁只有一片颜色柔和的青铜板暗示着建筑里藏有的内容。

这个地方还保留有一丝大英帝国的味道，房子精心修葺过，而且总是让我回想起在英国统治下的那段岁月，在我的想象中，印度的英国俱乐部就是这个样子：有许多棕榈叶，巨大的百叶窗把骄阳和酷热挡在了窗外，磨光锃亮的黄铜制品，乌黑的木头，古旧的皮革座椅，锈蚀的黄铜盘中放有半透明的中国瓷质茶杯，茶杯里盛有强劲的深色茶水——可能来自阿萨姆邦①，昂贵的雪茄散发出的味道在空气中弥漫开来，久久不散。

来访者摁响门铃，等待开门，进去后在会客室里稍作休息。中央大厅的两边各有一间会客厅，会客厅里的墙壁涂成了墨绿色，地上铺的是东方地毯。和以前参加拍卖会一样，我快速地打量着房间，看看除了我想要的那几件物品外，还有没有别的更吸引我的东西。我发现了莫德的东西——我想要的那对纯银镜框，店里需要的三对铜质的旧烛台都摆在这里。

在第二间屋里，我找到了玻璃高脚杯，我拿起来看了看。最近，压制的玻璃杯非常有收藏价值，价格也高得离谱，不可避免会出现赝品泛滥。这几只玻璃杯看起来还不错，当然还有莫尔斯沃斯 & 考克斯

---

① Assam，阿萨姆邦是印度东北部的一个邦。

拍卖行的拍卖执照作为信誉保证。这些玻璃高脚杯的最低出价是175美元，价格还算合适。吉恩·伊薇斯准备为每只玻璃高脚杯支付50美元，这就给我留下了一些可以灵活掌握的空间。

按照我常用的拍卖策略，在这些我非常希望得到的物品上我会尽量少花时间和精力，而把时间都花费在观察那些我不想要的东西上，我刚注意到那组皇家道尔顿工厂制造的皇家瓷器，结果这组瓷器立刻就被某某公爵买走了，据代销商称，要去公爵城堡参观的不是别人，正是维多利亚女王。我不知道用这种温和的借口能达到什么目的；我无法想象，有人会因为看到我正在关注某件东西，就出高价把这件东西买下来，可能是对我偶像崇拜吧。

在莫尔斯沃斯＆考克斯拍卖行，买东西的人都要求登记注册并建立信用记录，一旦买家用行为证明自己的信用达到一定的标准，就会发给他一个编号，并用这个编号牌来举牌竞拍。在莫尔斯沃斯＆考克斯拍卖行大声叫喊会让人觉得很不得体，想出价的人只需要单手举牌即可，如果有必要的话，这个牌子上可以标明数额，但要尽量以优雅而威严的方式出价。

我早早地就找了个常坐的座位坐了下来，我通常会坐在靠后一排的正中间，观察那些在我前面就坐的人。通常可疑的人都坐在我前面——大概有十几个交易商，其中有一两个我知道他们的名字，其他的只是面熟而已。当我看到莎伦·斯蒂尔时，我有些失望。她也是一个经销商，在皇后西街有家古董店，专营旧玻璃器皿，我估计她对那些玻璃高脚杯也会感兴趣。我还看到几对雅皮士阶层的夫妇，一两个阿拉伯商人，还有几个看起来明显很富裕的中国人。我还看到了厄尼，他是一个年迈的绅士，每次我来这个地方参加拍卖会都会看到他。还有一些人我从来都没见过。

有一个男子看起来非常与众不同，我以前也从未在这里见过他，不过倒也没什么意义。我之所以注意到他，是因为他看起来与周围的环境格格不入。他中等个头和体形，皮肤较黑，领口和袖口都有点破旧，鞋子也有点磨损，浅灰绿色的西装泛出点点亮光，也许只有这身打扮吸引了我的注意。他看起来很紧张，要说他有什么异常的话，只能说很鬼祟。他一直把两只手放在口袋里，眼睛不停地四处打量着房间，舌头会快速地从嘴里吐出来，然后又很快缩回去。因为这种非常不好的习惯，我给这个陌生人起了个绰号——蜥蜴。

按我当时的估计，当拍卖会开始时，那个“蜥蜴”会离开，但他并没有那么做。事实上很显然，他通过了考察，因为他手里有一面牌子，编号是九，他靠右坐，在我前面相隔不远的一排。

莫德的镜子和烛台是待售的第三件和第四件物品，而高脚玻璃杯排在第十。刚开始那几件物品叫价竞争很激烈，但我对莫德的财产没什么竞争激情，而且以我觉得很满意的价格拍到了那些镜框和烛台。然后我坐着休息，等候高脚玻璃杯的拍卖。莎伦·斯蒂尔到现在为止没有参与竞拍任何东西，所以，我猜她也在等那些高脚玻璃杯。我知道她出价非常保守，因此，按理来说，我有机会拿到我想要的东西。

莎伦的编号是十八，而我的编号是二十三。当高脚玻璃杯开始竞拍时，一开始是最低出价，几个人相继加价，但是当价格上升到 230 美元时，只有我和莎伦还在竞争。拍卖人在我俩之间进行拉锯战，直到莎伦出价 300 美元。这是吉恩·伊薇斯出价的上限了，但是我还是超过了她，出价 310 美元，希望能够结束这场争夺。但争夺还在继续，莎伦似乎也非常想得到这些漂亮的东西。到了现在，我不得不在心里计算，如果我要得到这几只玻璃高脚杯，会损失多少钱。吉恩·伊薇斯是个不错的客户，甚至可以说是个伟大的客户，而且最近生意还算不错。但是莎拉和我也不会因此发大财，按她的说法，就算是生意好的月份，我们也就差不多能付起月租。

从另一方面来说，她之所以犹豫不决，是因为她害怕有什么损失。出价已经达到 400 美元了，有那么几秒钟，我觉得自己已经丧失了勇气。但令我和莎伦都很吃惊的是，后面较远处有个人将价格抬高到 450 美元，拍卖槌也落了下来。“三十一号中标。”拍卖人说道。

我坐在座位上，失望不已，这时后面传来一个我实在不能再熟悉的声音：“我想吉恩·伊薇斯对这些玻璃高脚杯会很满意，你觉得呢？”那个声音亲切地问道。

克莱夫。我转过脸，发现我的前夫坐在我的正后方，脸上挂着一副自鸣得意的表情。他的衣着很优雅，好像是阿玛妮牌的，时髦的金丝边眼镜，还有看起来很奢华的发式。不出我的预料，莫伊拉也猜到了这点。

“你为什么要这么做？”我不满地问他。当我说话时，他抚摸着自己的小胡子，那副姿态让我立刻回想起当年，我曾经深深地为之倾倒，但是现在，那副样子只会让我愤怒。

“我做什么了?”他一脸无辜地问,“我只是觉得我帮吉恩·伊薇斯找到了这些东西而已。我怕莎伦抢了先,所以就出了个高价。”

“你可不是为了吉恩·伊薇斯才这样做。你这么做和你在街对面开店是一个原因,”我低声说,很怕附近的人会注意到我们,但是我实在太气愤了,什么都顾不上了。

“你这么做其实是为了羞辱我。”我继续说道,“为什么?我已经把卖掉商店的那笔钱的一半都给你了,而且斯尔斯特肯定也有足够的钱让你过自己的生活。”我愤恨地说。

“但是亲爱的,这绝对不是钱的问题。我只是想找个机会表现一下我的创造力。”他说。

是,我想的没错。“我可不是你的亲爱的,”我气急败坏地说,我从椅子上站了起来,向门口走去。

我急切地跨过坐在旁边的那个人的腿向走廊走去,我下定决心,绝不让愤怒的泪水流出眼眶,但眼睛却被泪水刺得痛不欲生。下一件物品已经开始竞拍了。当我磕磕绊绊地快走到房间门口时,我看见有个人藏在一盆棕榈盆栽后面,一看就是在那躲躲藏藏的。我不知道他在那里干什么。他好像没有号码牌,要说他有什么引人注意的地方,那就是他看起来比那个“蜥蜴”更怪异。这个人一身黑色打扮,目不转睛地观察着竞拍现场的一举一动。当我从他的藏身地点走过时,他将目光从竞拍现场收了回来,向我转过身,死死地盯着我。当时我唯一能做的就是屏住呼吸,不发出一点声音。他的眼神灰暗而朦胧,手背上布满黑色的汗毛。我很难解释清楚,他从身后伸出的手臂像钳子似的,不知道是为什么,这让我联想到了螃蟹,又好像是身型巨大的黑色蜘蛛,而且还是那种有毒的蜘蛛。他在我脸上打量了几秒钟,接着又转身向竞拍现场看去。

在好奇心的驱使下,我也转身向后望去。竞拍异常激烈,有两方正在为什么东西争相报价,那是九号和三十一号:“蜥蜴”和克莱夫。

正在拍卖的是一箱小物件,这箱物品由于没经过报关,所以被放在一块木板上。拍卖会开始前,我曾经飞快地浏览过这箱东西,当时并没有太留意。而且我也没听见拍卖人对这箱东西进行什么说明,我还在犹豫是不是该离开这里。在我的印象里,我只是模糊地记得箱子里有许多乌七八糟的废旧物品,好像只有一对什么东西看起来还挺有意思,其他也就没什么我关心的了。

但是我知道有件东西克莱夫很感兴趣,那是一个很小的雕花翡翠鼻烟壶。克莱夫对收集古玩有极大的热情,如果以 10 分来衡量他对古玩的收集热情,那他对鼻烟壶的喜好可以打 9.5 分。他的收集品常常能给人留下深刻印象,曾经有一段时间,我们把那些鼻烟壶陈列在起居室里玻璃咖啡桌下的柜子上。我以前总是会尽量找一些好玩意作为圣诞礼物或生日礼物送给他,而他也常常会因为这些小鼻烟壶而兴奋不已。

竞拍变得异常激烈,很快达到了高潮。那个"蜥蜴",一边举起手中的牌子,一边向坐在后面的克莱夫投去不顾一切,拼死一战的目光。竞拍价格还在持续上升。坐在座位上的克莱夫将身体向前倾斜,而"蜥蜴"则在擦拭脸上的汗珠,他对那个箱子求之若渴。但是很明显,克莱夫有足够的资本,而"蜥蜴"则不行。

拍卖槌马上就要落下了,克莱夫马上就要得到拍卖品了,空气中弥漫着胜利的味道,让大家觉得克莱夫马上就要获胜了,克莱夫将身体斜靠到坐在他旁边的一个年轻美丽的女郎身上,在她的耳边窃窃私语。

我突然有了一股冲动,我要对克莱夫以牙还牙。他还没来得及搞清楚状况,我就举起手中的号码牌。因为我的举牌,这个箱子突然变得值钱起来,990 美元,我为自己能够成为这个箱子的主人而自豪。我做了一件很恶毒的事,毫无意义,既幼稚又草率,甚至可以说是蠢到了极点。

自打出娘胎以来,我就没犯过这么大的错。

2

“克莱夫拍到了玻璃高脚杯!”莫伊拉尖声叫道,“真倒霉!”

打烊之后,我们坐在商店后边的小办公室里,呆呆地望着我买来的那箱破烂东西。与此同时,迪斯尔——一只从商店买来的橙黄色的猫,一跃跳上桌子,鼻子在箱子上嗅来嗅去。它拨弄了一阵,然后抬头望着我,一副高傲的表情,之后它跳下桌子,找其他有意思有价值的事做去了。我望着那个畜牲远去的背影,呢喃道:“我知道自己很愚蠢。”

从克莱夫那里夺来鼻烟壶的胜利只是昙花一现,事实上,我只享受了片刻的喜悦。当我拿出自己的信用卡付钱时,那股高兴劲立马烟消云散(我的付出只会让商店笼罩在愁云惨雾之中,我怎么会那么做?)。差一点到1000美元,准确的说是990美元,因为这些钱,我的信用卡额度接近了危险的警戒线,我垂头丧气,偷偷摸摸地回到了店里。

一个多小时后,莫伊拉回来了,她把光滑的黑发盘成复杂的发式,身着一件灰色的羊毛长大衣,下身搭配一条紧身裤。和以前一样,她看起来还是那样迷人,我猜她肯定要去约会,但她却说只是从附近经过,顺便进来看一下。我怀疑是亚历克斯因为看到我心情不好,所以打电话给她,但是他们却一个字都没提。

我们两个人静静地沉思了几分钟后,莫伊拉打破了沉寂:“我觉得你真正应该做的,是找个人把这个翡翠物件雕琢成坠饰,你可以天天佩戴。"她补充说,"天天戴上这个坠子到克莱夫的店前走来走去,炫耀一番。"

我被逗笑了。"这样就好。"她说,"现在让我们看看还能在这里头找到什么。也许还能再找到一个宝贝,这样你就可以弥补自己的损失了。"

"我不相信还有宝贝,"我说,"如果里面有什么值钱的东西,那莫尔斯沃斯 & 考克斯拍卖行肯定早就先找到了,怎么会拿出来单独出售,你说呢?"

"你也不知道啊。"莫伊拉坚持说,"来看看,你觉得这个鼻烟壶能卖多少钱?"

"400 美元,最多也只能卖到 500。"我说。

"看,我们已经拿回一半的损失了,"她说,"就算只有五百多美元也能马马虎虎接受。"

我开始在这个箱子里仔细地搜索起来,在我看来,退一步说,就算那个破壶能值 500 美元,箱子里也没什么东西能值我支付的那笔钱。莫伊拉并没有因此退却,还在到处翻找。

"这个东西不可爱吗?"她说完,从箱子里扯出一个小物件。我们都打量着这个东西。莫伊拉经常会用一些像"可爱"和"物件"之类的词,而有些人会误认为她不是个时尚潇洒的人。但事实上,她曾在私立学校读过书,并在瑞士的学校完成了高中学业,两年后又在科内尔读了两年书,后来因为鼻子受伤,而家道又逐渐衰落,于是成为一名理发师。现在她拥有一家美发沙龙,在城里,这家店规模最小,但生意却最好。自从我回到店里后,过去的几年里,她就成了我的好朋友。

"这是什么东西?"我问。

"看起来好像是……是个花生,一个银花生,"莫伊拉说。我眨了眨眼睛,然后两个人一起歪头笑了起来。这看起来确实很像个花生,而且几乎和真花生一样大小。我把这个东西放在手掌上,掂了掂分量。

过了一会儿,我说:"真的,这看起来就是个真花生,而且还是个很古老的花生。制作工艺真是巧夺天工。这个东西看起来就像真的一样,你都能想象得到把这个花生掰开,还会发现里面有两粒小花生米。"花生的两端都各有一个小洞,我指着洞说,"看看!我觉得这肯定是个珠子。”

“看，我是怎么和你说的来着?”莫伊拉说，“找到宝贝了！不过，很难说有哪个市场会卖这样一颗孤零零的银花生。”她说完，我们又大笑起来。我很高兴，开始觉得这件东西很有意思。

“至少，这不是那些塑料珠子。”莫伊拉说完，掏出一串能让六十岁的老人都骄傲的珠子。我叹了口气。“或者说不像这个那么难看，”她一边说，一边摆出一枚极其丑陋的胸针。

“毫无疑问，这个花生没有经过报关，”我抱怨说，“为了搜集这个东西专门去拍买会可真不值!”我说完，打开一个木盒子。盒子里有一个用麦秆精心包装起来的向外展开的罐子，也可以说是个瓶子，大约六七英寸高。在外扩的瓶口内侧有一个精美细致的蛇形动物，呈波浪形，绕着瓶口镶在瓶口的边缘。在瓶子的外侧，还有一圈美丽的线性图案，描绘的是一个非常奇怪的场景。上面有一些衣着精美的动物，其中一些看起来很像人，其他的则长着鸟头或其他动物的头，缠绕在植物的茎上。

当我把这件物品小心地从防护包装中取出来时，莫伊拉发出一声惊呼:“哇！真漂亮！这是什么东西，看起来很古老。”

“确实很古老，”我赞同地说，“但是……”我把瓶底倒过来给她看，给她看上面的字“hecho en peru”，意思是产于秘鲁，字体深深刻入烧制的陶土中。

“这个瓶子是从这来的。”我说完，拿起一张小卡片，翻译给她听，“哥伦布以前美洲的外扩瓶复制品。”我继续读道，“产于秘鲁的堪皮纳维加，如果我的西班牙语还够灵光的话，它的意思是古老的小农场，我估计是一个小城镇。”

她笑着说:“这真是个好东西，如果我对你这行不熟悉的话，肯定会被骗的。”

“这件东西可能会骗了所有人。”我说，“你看，这件复制品和批量制作的原件有所不同，从本质上来说，批量制作的原件只是一种重复制作，而复制品则是精确地对原件进行模仿复制:同样的材料，同样的生产方式，什么都一样。但事实上，只要复制品一生产出来，就会刻意在上面的某个位置弄个小瑕疵，目的是和原件产品区别开来，此外，还要单独制作一些文件来说明是否是复制品。例如，这幅画中的一条图线就很有可能和原件不同。复制品的生产成本很高，但是一般说来，哥伦布以前美洲的工艺品价值都很高,我觉得即使做个复制品也有人愿意买。如果是复制品,至少会像这个瓶子一样,有清楚的记号,而且可以这样说,绝不会像有些人,记性不好,做事不小心,忘记在底部刻上'hecho en peru'的字样。"

"我猜,肯定会有些游客花了大价钱买了一件他们认为是哥伦布以前美洲的真品,然后包在脏兮兮的内衣裤里走私带回家。"莫伊拉说,"你觉得这是什么东西的复制品?上面写的是秘鲁,有没有可能是印加瓶的复制品?"

"我不敢确定。你也知道,我有一段时间,学过墨西哥历史,特别是玛雅历史,但是我还是说不准这件东西和我以前看过的东西是否类似。这个东西产于秘鲁,也有可能产于印加人之手,但是我实在说不准。如果我们有时间的话,可以研究一下,开个玩笑啦。"

"难道你不能问问卢卡斯吗?他对有关秘鲁的事情很了解,不是吗?"莫伊拉问道,我觉得她说话时很害羞。她一直都很喜欢我的前夫卢卡斯,而且认为他和我应该重新在一起。在她看来,是我解除了这段关系,然而事实上,一年前是他结束了我们的婚姻。他曾说过,为墨西哥进行爱国研究和维持我们的关系这两件事,他无法同时进行。然而莫伊拉觉得这只是个理论上的说法。

"莫伊拉,他是玛雅文化的专家,又不是精通秘鲁文化。而且一切都结束了,好不好?"

"随便你,"莫伊拉说。我的结论是,即使现在顺从她的意思,她也不会满意。这件偶然发生的事真是让人又爱又恨。"那不管怎样,你是不是都会把这件东西拿到商店卖?"她一边翻转着手中的瓶子,一边继续问道,"我觉得这个东西和你卖的那些古董是一个类型的。你不是也时不时地拿一些哥伦布以前美洲的那种批量制作的原件来卖吗?"

"我是卖那些东西,而且我也会把这个瓶子拿去卖。"我不情愿地说,"事实上,这个瓶子很适合在店里卖。但是我该要价多少呢?你觉得我能不能卖500美元?"

"十有八九卖不到,"莫伊拉答道。我看着她。"我得走了。"她一边说,一边从椅子上站起身来。"约会,和一个新认识的男人。你觉得他会不会是我的命中人?"

"十有八九不是,"我模仿她的语气说。

她大笑起来。“要来我的沙龙啊！下次你来的时候，我给你免费理个发。应该不会过多长时间。”她一边说，一边伸手扯了扯耷在我眼前的一缕长发。

“谢谢！”我说，“你真好。”

“朋友是干嘛用的？”她回答说，“如果我和这个家伙谈崩了，你也可以为我做点事。”

“你不会搞砸的，莫伊拉，你会把他们给甩了，”我说，“但我会在你身边。”

等她离开后，我又仔细看了看那箱东西。在箱子的最底下还有一个木箱，尺寸要比装瓶子的木箱稍小一号，旁边也有一张卡片，说明这个物件是哥伦布以前美洲的复制品。这件圆形的复制品，直径约2英寸到2.5英寸，看上去像是金子和一种绿色的宝石做的。在物件的中间有一个微小的人体图像，戴着精美的头巾，身边有一个权杖之类的东西，这个东西像是个防护盾牌。而小人手中的权杖竟然被从他的小金手中拿了开来，而他脖子上的那串珠子也是单独制作出来的。这个圆形物件的边缘镶嵌着非常细小的金珠，圆形物件的下面有一个非常沉的针。我心里想，这次我总算知道这是个什么东西了，可能是一副耳坠中的一只，有时这种耳饰也被称为烧耳，这是哥伦布发现新大陆以前，居住在墨西哥、美洲中部地区，也可能是美洲南部地区的人们常用的东西。即使是一件复制品，其制作工艺也非同一般，真希望自己能有时间仔细研究一下这个小东西。然后，我把它重新用薄纸包裹好，小心地放进书桌的抽屉里。

我决定把这个瓶子卖出去。我打算把价格定为150美元——毕竟那幅图画非常精美，而且对于某些人来说，这是个不常见的装饰品。我在咖啡桌上给它找了个好位置，这样顾客观察时就可以从各个方向最大限度地看清这尊装饰品。然后我又在那张卡片上写下翻译后的译文，并把卡片斜靠在瓶子上。我决定把那颗花生留下来，擦洗干净后，串在我的那条银项链上，戴在脖子上，提醒自己不能冲动。我觉得也许下次再去参加拍卖时，就得把这条项链戴上。如果从好的方面来考虑，这条花生项链会是一件非常有意思的珠宝饰品，也会成为谈资。

那个鼻烟壶该怎么办？我得想想该怎么处理这个东西。

当我把箱子拿开时，突然瞥见包装材料和箱子内侧之间夹着一张纸。我小心地把这张纸拔出来，发现这是一封信，写信人名叫埃德蒙·

埃德华，是一家位于纽约的名叫远古路线的商铺之类的老板，尽管这个名字好像没什么意义，但我曾在多伦多参观画廊时有所耳闻。多伦多是个大城市，那家画廊名为西姆森画廊，这封信中也有明确的介绍，画廊的老板叫A·J·西姆森。从信头小心谨慎的称呼可以看出，这是一封非常正式的书信，对于一家在伦敦、东京、波恩和巴黎都设有分支机构的画廊来说非常适用。埃德华先生向西姆森先生问好，说自己希望东西已经顺利抵达，而且还说因为有许多其他东西，所以还是希望以后能够继续为其服务。写信的日期大约是两年多以前。我一时好奇，就在电话簿上查找西姆森画廊的电话，但电话簿上并没有列出来。此外，虽然有一些名字和拼写很类似，却没有叫A·J·西姆森这种拼写很古怪的名字。也可能是这个画廊已经倒闭了，也只有这个原因才能解释为什么这箱东西没有通过海关的报关分拣。不管怎么样，我觉得这件事和我一点关系也没有，于是就把这封信扔进了垃圾箱。

之后的几天一切都恢复了正常，只有两件事除外。一是不知道为什么，在午夜时分商店里突然响起了安全警报，有两个晚上响了两次。搞得我半夜穿上牛仔裤和T恤衫，开车去店里见警察。每次警报响后，都没有什么不同寻常的事情发生。第三天夜里，警报只响了一次，但是这一次，警察告诉我，我得为他的服务支付账单，因为店里的错误警报太碍手碍脚了。我打电话让安全公司来检查警报系统，但他们告诉我警报系统运行正常。

这周还有一件事和以往不同，就是我只要一闲下来就会幻想一些与克莱夫有关的可怕事情，我想象着在他面前，拿锤子把他喜欢的那个小破壶敲成碎末，也会想到拿石块把他那精致的前窗陈列给砸了，或者在他那套阿玛尼西装上喷上漆。当然，我想象中的这些事情，一件也没做。不过我还是做了一件事：给警察打电话，因为他总是违规停放那辆新宝马车，警察做了处罚，把车拖走了。当我看到他徒劳无功地跟着轿车，沿着街道猛跑，我高兴极了。真的很奇怪，这样对付这个前夫竟会让我如此欣喜。

当然，获得这个小小的胜利的同时，麻烦也随之而来，这次事件使冲突持续升级，让我受到了沉重的打击。他买走了玻璃高脚杯，而我买走了他的鼻烟壶。从这个角度来说，我们差不多打了个平手。但是我决不会就此罢休，还是怒火中烧。当然，我打心底里明白，虽然我和他已经结束，而且我后来又找到了一个爱人，但是与他的那段婚姻关系中还有一些尚未解决的问题。就算是精神病专家也没法把这件事情理清楚。我还是要按我知道的幸福方式继续生活下去。克莱夫也不是个傻瓜，他肯定已经猜出是谁把他的车拖走的，他也一定会找机会报复的。

估计过不了多久，我就会等到他的报复了。

轿车事件发生几天后，克莱夫突然走进店里。“我只是想过来和邻居打个招呼。”他说，“这个地方看起来还不错，劳拉。这位一定是你的新搭档，莎拉，没错吧？”他的嗓音极具诱惑性。

莎拉礼貌地轻轻应了一声，然后就很精明地躲到后面去了，她不想看到这一场景。我淡淡一笑，然后转身去第二展室接待顾客了。我知道克莱夫在前面的房间里四处晃荡。过了一会，我听见他在和我们的一个老客户聊天。“乔治！”他大声叫道，“又见到你真是太高兴了。还在收藏新世界咖啡？”他问完，我听见乔治低声回应了一句。“我有件东西，你一定得看看，非常特别。”沉寂了一小会后，克莱夫继续说道，“乔治，就在路对面。”我都能想象得到克莱夫用手指向路对面的情景，于是我找了个借口，让身边的顾客稍等一会。但是已经太晚了，克莱夫正搀着我们的老客户向他的商店走去。他就这样在我的鼻子底下成功地偷走了一个好客户。

直到第二天，我才注意到那粒银花生不翼而飞了。我把那个小东西拿到商店里去擦洗，我肯定不是把它落在小办公室的书桌上，就是放在前面柜台下的小抽屉里了。但是在这两个地方都没找到，后来我又把整个商店翻了个底朝天，也没发现银花生的踪迹。我觉得只有一个解释能说的通，于是我向街对面走去。

“克莱夫，你还不至于那样自贬身价去偷东西。”我怒喝道，“拍卖会上就是如此，而这次偷窃干得也很漂亮？”克莱夫回答道，“争取到一个顾客并不是什么偷窃行为，我们何不称其为公平竞争呢？”

“我说的不是乔治，我说的是那粒花生。”我一回答完，就立刻发现从我口中吐出的那个词，让我自己听起来像个白痴。

“花生。”克莱夫叹气说，“天哪，劳拉，你真的丢了一粒花生吗？你最好放个假，或者吃片安定什么的。我在街对面开这家店没什么不对。大型的购物中心通常都会在对面有个竞争者，你怎么不想想呢？为什么一条街上的两个店铺会卖同种商品呢？因为这才是良好有序的商业景象,这正是原因所在。你和我都在这里开店,会使这个地方成为全城的古董中心。这个市场对我们来说都有生意可做。所以请别在我这儿因为几粒花生说疯话了!”

我只是傻愣愣地盯着他。“过来,”他花言巧语说,“让咱们接个吻,和好如初吧!就算不接吻,至少也得握个手吧。我们以前可是好搭档,对不对?我们在拍卖会不分胜负,如果你能原谅我抢走了乔治,那我也会原谅你对我的轿车所做的那件事。”他伸出手。过了几秒钟,我有些不情愿地握了上去。

“欢迎回来,克莱夫。”我说。

“这样就好多了,”克莱夫回答说。我的脑海中浮现出把他喜爱的米色西装喷成紫色的情景,这让我好受了许多。

既然没什么好说的了,我转身要回去。“我希望你能把那个鼻烟壶卖给我,可以吗?”他说。

“当然可以。”我回答说,“1100 美元。”

他对着我的背影大笑一声,说:“300。”我头也不会地走了出去。

当我从街对面回来后,他给我打了个电话,说:“好吧,400 美元,如果你把箱里剩下的东西都转给我的话就 450 美元。”

我没理他就挂了电话。

如果不考虑那个刺头儿邻居跑到我们门前继续宣扬世界即将灭亡的传言,之后的几天还算安静。因为他的出现,本应在旅游旺季的商店里却悄无声息,莎拉打算放几天假,让我和亚历克斯打理商店。我也没再听到有关克莱夫的信息。我还是不相信他,事实上,我永远都不会相信他,但到目前为止,似乎双方还处在停火的状态。而那粒花生还是没有踪影。亚历克斯和我都找过了,我还是不能完全相信克莱夫没拿那粒花生,他可能会用那粒花生作为交换鼻烟壶或其他东西的条件。但是关于这粒花生,克莱夫没有提过一个字,最后我的结论是,花生被偷走了。如果你有个商店的话,那失窃就是你生活中最令人讨厌的事。而想把那粒花生顺手牵走也很容易,尤其是我还那么粗心大意把它落在柜台上,顺手牵羊更是轻而易举。我肯定把它落在柜台上了。不过,以防万一,我把那个金子和绿宝石镶嵌的小耳饰拿回了家,以后再决定该怎么处理这件东西。

一天晚上,我和几个朋友想聚在一起喝点东西。我们去了一家名叫四季的酒吧,从我的商店沿着街道往南走就可以到。莫伊拉换发型和换男友的频率就像我们换袜子一样频繁，她也带来了她的新男友，名字叫布赖恩。如果哪个教会是用火洗礼的话，那布赖恩肯定是那个教会的人。艾琳娜是一家工艺品店的老板，她常常觉得自己是个业余的医生，她在根据布赖恩的面相对其进行心理剖析；又高又瘦，有学者风度，是一个优秀的书商，她在询问布赖恩平时都喜欢读什么样的书；而莫伊拉和我大部分时间都在谈论商店。布赖恩看起来人很好，但是如果他追求我的话，我可不会对他抱太大希望。

我本来觉得这是个很愉快的聚会，直到克莱夫出现在我们面前。他拉开一张椅子坐了下来，我在想，这到底是碰巧，还是我们这群人中有一个叛徒邀请了他。我观察了他几分钟，他正和我的朋友们极尽逢迎讨好之力，特别是莫伊拉。几分钟后，我决定回去，我走出酒吧，正打算去开我的车。这时我才意识到钥匙丢了——车钥匙、家里的钥匙，还有商店的钥匙统统都丢在商店里了。如果我回酒吧求救，而克莱夫还在里面的话，那我一定得骂死自己了。

我看了看表。商店八点关门，而现在大约是八点半。真不走运，如果店里还有事没忙完的话，亚历克斯肯定还在，他会做些记录、把现金放进保险箱，简要地把店面清理一下。

我先到了商店正门门口，店里已经熄灯了，光线模糊，我很难看清店里的情况。我们为了安全起见，还特意在玻璃门外装了一个铁门，关门的时候我们就把玻璃门外的铁门锁上。我只能失望地转身离去。我心里在想，可能亚历克斯发现了钥匙，但不知道我去哪儿喝酒了，就把钥匙带回家了。他和我住得很近，中间只隔了三户，所以我不用太担心。我得打车去亚历克斯家，把我的车在停车场放一夜。

就在那时，我听见身后的门发出沉闷的响声。我一转身看见迪斯尔正兴奋地拨弄着玻璃。我走到门口想看看里面到底是怎么回事。迪斯尔一扭头消失在黑暗中，但是就着对面后门小窗的灯光，我看到它在房间里绕着圈。

我的眼睛逐渐适应了黑暗，我看到那个让迪斯尔烦乱的家伙——那应该是亚历克斯，他正在绕着商店走来走去。我使劲推门，发出咔咔的响声，但是门还是打不开，而亚历克斯——如果那个人是亚历克斯的话，似乎还没注意到我。他一定遇到什么事情了。我沿着商店旁边的小巷绕到后门，门也锁着。

门外的院子里有一把铁铸的椅子和一张桌子，我们偶尔会在这里喝咖啡或午休时间在这里吃午饭。我搬起椅子,向后门砸了过去。门上镶嵌的玻璃应声而碎,我把手伸进门上的小窗,打开了门,门铃立刻响了起来,但是我并没有停下。我想与打电话相比,这种方式求助的速度会快一些,我爬上四个台阶,走进屋里。

是亚历克斯,真恐怖。他的身体在摇晃颤抖着,几乎要重心不稳倒下去,他嘴里还在咕哝着什么。我觉得是打架,他可能和别人起冲突打了一架。但是我看到他的头发上有血,头部一侧的耳朵上方还有伤口,估计是他倒下的时候摔到了头。

我小心地走到他跟前,尽量避免吓到他。“亚历克斯,发生什么事了?”我一边说,一边尽量轻柔地抬起他的胳臂。他眼睛看着我,但是目光却四处打转。“我们走。”我轻轻地说,“我现在带你去看医生,好吗?”

“不行。”他终于开口说了句我能听懂的话,“还没结束。我还有事要干。”他语无伦次地自言自语了一会,然后说:“我得和他算账……”他看起来很迷茫。“找到那个家伙,”他含含混混地说了一句。

“我向你保证,咱们以后再和他算账。”我安慰他说,“现在你得和我一起走。”然而我说的话似乎没什么用。他还是不愿离开。我得找人来帮忙了。我轻轻地把他扶到椅子上,把他的头靠在桌子上。

在我们对话的过程中,如果这还能算是对话的话,警铃发出震耳欲聋的噪声,让我不知所措。我觉得亚历克斯只有在确定要离开商店之后才会开启安全系统。警铃自动报警的原因很快就会水落石出了。

我伸手拿起电话,里面传来一声怒吼。接着,离我仅有几步远的储藏室的门从铰链处着火燃烧起来,我一下后退了几步,跌坐下来。空气中布满了黑色的浓烟。喷淋系统立刻响应,到处都是烟,到处都是水,迪斯尔一边围着我的腿边打转,一边害怕地嚎叫起来,警铃也响个不停。是火灾,我想这一定是火警。

但是祸不单行,储藏间里蜷缩着一个男人。他侧躺着,背对着我,膝盖稍稍弯曲,有点像胎儿的蜷缩方式,而他的手也被反绑在背后。我看不清他的脸,也不敢走近看。他一动也不动。但是,在他的脖子边上和手上,我看见了血。这时,在我眼前浮现出这样一幅情景:一个男人跪倒在地,乞求刽子手能饶了他,但是不久便躺在了地上,成了现在这个姿势。

我得做点什么,于是我下了决定。我没法把所有的人都弄到屋外去。根据我的推理，那个男人差不多已经死翘翘了，我决定让他先待在储藏室里。而亚历克斯现在已经神志不清了，我抬起他的手，用自己孩子一样短小的手把他架起来，我努力向后门走。但是我觉得自己一步也动不了，我开始呼吸困难，有种窒息作呕的感觉。我把胫骨靠在家具上，坚持抬着亚历克斯往房间的一侧移动，却被压得弯下腰来。烟雾并不是那么浓烈，但却在房间里弥漫得越来越低。我看见前面有个微小的影子闪了过去，是迪斯尔。我把亚历克斯拉到背上，他的胳臂耷拉在我的肩膀上，我跟上那只猫，向门口的台阶爬去，终于到达了安全地带。这时从远处传来一阵警铃声，越来越近。

“快来人哪，救命啊！”看着亚历克斯毫无意识的状态，我一遍又一遍的呼救，直到警察和消防队员赶到现场。

3

随后的几天是我生命中最昏暗的日子。

我在医院里呆了一夜，医院解释说是留院观察，因为我吸入了大量的浓烟。在留院观察期间，除了接受治疗外，我还很快结识了一位名叫康斯特布尔·玛古·朱的女警，当时，她坐在房间里唯一的一张椅子上，翻了几个小时的时尚杂志，她没什么太大的特点。

我是个邋遢人，就像前两天极其草率的冒险行为，而且仅仅瞥一眼盥洗室里的镜子就可以清楚地看出我的邋遢。我的膝盖好像块擦掉皮的肉，左手上有一条深及皮肉的伤口，背后还有一块肌肉会不自觉地痉挛，咳嗽时还有几根肋骨会传来阵痛，我几乎站不起来。

不过，和亚历克斯比起来，我还是好得多。亚历克斯摔倒在地上，陷入了昏迷，结果造成了严重的脑震荡。这样一来，他的情况可以说是处于“警戒”状态。我知道他们在担心什么。我无意中听到护士们谈论他：脑内有肿块。

在救护车上的时候，我时时刻刻都看着他，他脸上戴着面罩，手臂上插着输液管。他是那样的安静，脸上泛着粉笔似的白色：在我离婚之后，这个男人一直对我很友好，对我来说就像我的第二个父亲，当我来到这个新地方，是他让我感受到了一种家的感觉，当我去旅行时，他帮我照看房子，他现在是店里不可缺少的一员，除此之外，更重要的是，他是我的朋友，但他现在却处于危难之中。

不过，还有很多疑问，他到底是谁？他当时在店里干什么？这次抢劫事件有什么不对劲的地方？又是谁对他做了什么？储藏室里的那个男人是不是袭击了亚历克斯？精明的亚历克斯十有八九不会做什么坏事。如果他袭击了亚历克斯，那他自己又出什么事？那个男人不会把自己的两只手反绑在背后。我为这些问题头痛不已，但却想不出个所以然来。

第二天早晨晚些时候，我获得准许，可以离开医院了。我要求临走前再看看亚历克斯，但是他们不让我进去。他正在接受悉心的看护，而且只有亲属才能获准进去看他。我坚持说虽然我不是他的亲属，却是他最亲近的朋友。但即使这样，他们还是建议我过一天再来，到时他们再考虑我的要求。朱警官开车送我回家，莫伊拉早已经在家里等我了。她非常利索地忙碌起来，把我安顿在舒适的扶手椅上，给我拿来午餐，然后想尽办法逗我笑。

“你是不是脑袋撞坏了，认不出来了？”她说，“这些天麸罗[①]虾，加利福尼亚饭卷，黄翅金枪鱼寿司是给你准备的，还有这只带着可爱小盖子的罐子，罐子里那些营养丰富、精挑细选的高级猫食是为迪斯尔准备的。你还可以享受一杯苏格兰麦芽酒。”

我很想微笑一下，让她高兴。我努力地笑，却笑不出来。与此同时，我感觉到眼泪顺着面颊往下滑，和身体其他部位一样，让我感到疼痛不已，还有很多事要做。

“我得起来，”我说，“我还得把商店清理一下：我不能把这些活都留给莎拉一个人干，我们还得赶快恢复经营。关门这么长时间，我可承受不了这个代价。”我试着站起身来。

“不行，听着，”莫伊拉一边把我摁到椅子上，一边说，“朋友们都很关心这件事，无论如何你都不能进去。警察也不会让你进去的。只要警察同意了，只要你需要我们，我们就一起去做该做的事。莎拉很快就会回来的，在她回来之前，我们其他人会尽力帮你的。”

我还在想着她说的话。“你说的是什么意思，警察不让我进去？为什么不让？”我急切地问道，“那可是我的商店！”

“我也不知道，”她含糊地说，“我估计他们正在调查这件事，而且

---

① 一种日本菜肴。

不想让太多的人介入。我觉得肯定是这个原因。”

莫伊拉想努力让我平复下来，但我还是做不到。我决定打电话给我的保险理赔师，让他第二天在店门口和我碰面。到那时，我保证一切都会恢复正常。这些年来，我一直与同一家保险公司合作，却从未要求过赔偿，当然也不希望出什么问题。

经常和我打交道的那个人不在，但是我找到了一个名叫罗德·莫克格里格的保险经纪人，我和罗德没有敲定时间。当时，他好像心情非常烦乱。我觉得他和我在电话里谈话时一定还在做别的事，因为我能感觉到在我给他打电话的过程中，时不时地把手放在电话的听筒上。我问他有关保险范围，支付生意损失的可能性和其他一些问题，但是他的回答很含糊，让人非常泄气。

最后，我怒火中烧，率直地问他：“我的商店到底在不在理赔范围里?”

“在理赔范围里，麦克林塔奇女士，”他回答道，“当然，除非你，你的合伙人，还有你店里的员工被认定有重罪。”

重罪，好家伙。“那我希望你们能赶紧给钱，”我挂断电话前恶狠狠地说了一句。

我告诉莫伊拉他所说的一切，她一脸同情的表情，但是立马转移了话题，开始告诉我一些有趣的小故事，是有关布赖恩前天晚上见她的朋友时，是如何被搞得神经兮兮的。我没和她的那些朋友一起喝酒，但她似乎并不生气。当我头痛欲绝，脑袋发昏时，我还在想我当时所做的一切会让我失去什么。没过多长时间，我就知道答案了。

在这之后，朱警官没有当班，但是接她班的是一位名叫曼斯诺的警官，他是一个新面孔的年轻人，他坚持叫我太太，还多次告诉我他当年要穿上蓝色警服时是多么自豪，用他的话来说，到现在为止，他已经入职7年了。我想他是想以这种方式告诉我，和他的长相比起来，他的年龄可要大得多，而经验也丰富得多。

过了一会，又来了一位警官，和曼斯诺警官一起办案，他名叫刘易斯，他的名字中应该还有第一个字，但是他从来没说过。他给我的印象是一个让人捉摸不透，不苟言笑的男人，而且在细节方面总是极力坚持己见。他开始先让莫伊拉离开，莫伊拉极不情愿地照做了，但莫伊拉在离开前告诉他，会在四十五分钟后回来，她的语气和眼神在向他暗示，等她回来的时候，他应该已经离开了。我明白莫伊拉不想和他呆在一起，而刘易斯警官似乎也立马感觉到自己的不利处境。

刘易斯讲话时用的是带有强调语气的短语，而不是句子，好像他觉得自己在生活中只会用有限的几个词语，而且离开前他还意犹未尽。他还有个让人不安的习惯，问问题总是很随机，没什么条理，如果他不是故意这么做，那就是他的思维方式一直如此。从我的角度看，他问的几个问题真是乱七八糟，问我从 7:35 开始在什么地方，和谁在一起，还有从我离开四季酒吧到警察和消防车来到店里之前的这段时间，我都做了什么。我的答案似乎不够准确，还不能达到他的满意。曼斯诺警官费劲地做着记录。

我详细地告诉他在酒吧喝酒的情况，那儿都有谁，人们都是什么时候来的，然后又补充说："我敢保证我的朋友可以向您证实我所说的一切。"

"我们已经向她们录过口供了。"他回答道。

"那好。"我说。到底他为什么要这样做？我很疑惑。问话只进行了几分钟，我开始感觉到我和刘易斯之间关系不是那么融洽。我对自己说，我的一位好朋友刚刚受了重伤，某个陌生人死在我的店里，一时间，这一切又在我眼前显现出来，随后，我又回想到在我的马提尼酒中加了多少苦艾酒，而我又把车停在了什么地方。

"约克维尔路和林荫路的西南角，然后呢？"

"我发现钥匙不见了，落在店里了，所以我又返回来，希望能在亚历克斯离开前碰到他。我已经告诉过你了。"我继续说。这么简单易懂的事，他已经让我澄清了三次。

"这是你的钥匙吗？"路易斯一边从公文包里拿出一张黑白相片，一边问道。照片上是一串钥匙，而他真是个令人讨厌的家伙。

我点了点头。

"你确定吗？"

"我觉得肯定不是别人的。这个钥匙环是我在墨西哥的一位朋友送给我的礼物。钥匙环是银质的，上面的图案也很不常见——契晨－伊特萨城的查克莫雕像。"

我望着一脸疑惑的曼斯诺。虽然穿了七年的警服，他却从没听说过玛雅－托尔特克人的契晨－伊特萨城，也没见过守护其中一座古庙的发怒的神灵。我把这两个名称给他拼写出来，他脸上红通通的。

"钥匙都在这儿了吗？"

“我想是的：房子钥匙、亚历克斯住所的钥匙、莫伊拉家的钥匙、车钥匙、店里的门钥匙——有开后门和前门的钥匙，还有仓库钥匙、储藏室的钥匙。就这些了。不错，都在这儿了。”

“还有一个合伙人不在城里，是不是？”他问道，又跳到了另一个问题，我都跟不上他的思维跳跃了。

“不错，她和她的朋友，还有两个儿子去阿尔冈琴公园的自然区露营旅行去了，明天或者后天就会回来。”我的回答又出纰漏了，他开始皱起眉头。

“最近这段时间生意还不错，是不是？”

“不错，生意是很好。”

“你是不是欠了她点钱或其他东西，？”

“没有，事实上，前几个月我们还小赚了一些。”我都能想象得到下一个问题，绝对又让人出乎意料。

“你投保了，是不是？”

“不错，当然得投保险。”

傻子都能猜出他会想到什么问题：保险欺诈。也许这就能解释清楚为什罗德·莫克格里格要那样支支吾吾。但后面的问题更让人受不了。

“然后呢？”

“然后，什么然后？”我疑惑地问道，刘易斯的思维跳跃太大了。

他盯着我，好像我是个低能儿一样，他说：“当你意识到你把钥匙落在店里时，你干了什么？”很明显，因为用了那么多词语才把我的思维给拖上轨道，他一脸不满。

我告诉他我是怎么回到店里的，又是怎样趴在前门往里看，意识到出问题时，又是怎样绕到后面试图进门。

“门锁了，对不对？”

“不错，我用椅子砸碎了窗户。你想想，椅子就在门旁边，而且已经打翻了。”

“是风吹的吧？”

“我可不那么认为。那把椅子可是铸铁做的，很沉的。”

“那然后呢？”

“我透过打碎的玻璃窗，伸手拉开了门闩，把门打开后，我走到亚历克斯身边。”

“当时谁在房里，说得准确点。”刘易斯继续问道，显然我的答案还不够准确。

“我当时只是茫然地转了一圈，”我回答说。

“他当时的精确位置是在什么地方？”

“在茶色沙发附近。”

“附近？”

“在沙发前面，大约在沙发前一英尺左右的地方。”

“他当时情况如何？详细点！”

“我当时很茫然，我已经说了。他左边的耳朵上有一个伤口，而且身体也有点摇摇晃晃。”

刘易斯做了个打断的手势。我知道他不喜欢大约、有点之类的解释。但是此刻我实在太累了，伤口也十分疼痛，我才管不了那么多呢。

“还有什么要说的吗？”

“我问他发生了什么事，然后也建议他和我离开，”我回答说，但是我好像把问题理解错了。

“他说了什么了吗？”刘易斯问道，因为我没能回答他问的问题，他开始不耐烦起来。

“他在胡言乱语。他说的话中只有一件事我听清楚了，他说因为他还有什么事没干完，所以还得去干，他有自己的理由。”

之后的一小段时间里，两位警官坐在那儿动也不动，曼斯诺用钢笔在记录本上写着什么，而刘易斯看起来则像谚语中的那只吞了金丝雀的猫，还在细细体味我说的话。我的目光在他们俩身上来回移动。精明的亚历克斯，我永远都搞不清楚他说的话还能有什么解释。我敢肯定，刘易斯也在考虑这其中一定有某种含义，而且他的想法铁定与我所想的不同。

“你不能把过错都归咎到亚历克斯身上。”我气呼呼地说，“他绝对不会做这种事的。”

“说得明白点！”刘易斯终于开了口。

“他是担心他没把店里的工作都忙完！”我大叫道，“就是这个情况。”

“说得明白点！”刘易斯重复说。

“他说：‘还没结束。我还有事要干。我得和他算账。’”我极不情愿地回答他的问题，“真是个老掉牙的腔调，还算账呢。”我接着说。

对于现在谈话的大方向，我既害怕又心烦意乱，我怕自己报告的这些事会让警察对他有坏印象。“亚历克斯不是那种能跟上潮流的人，他以前在世界各地都生活过，而且他总是会有一些奇怪的说法。我的意思是付账。在我的合伙人不在店里的时间里，都是他在管账。”

“你认识斯图尔特先生有一段时间了，是不是？”刘易斯说完，房间里出奇地寂静。

“是很长时间了，”我反驳说，“我们认识很久了，大约有四年吧，我知道他连一只跳蚤都不会伤害。”

刘易斯什么也没说，曼斯诺急速而又潦草地记录下来。

“你能不能准确地说明那个人在我店里到底在干什么？”我问道，焦虑激发了我的好战心理，我想尽办法将谈话拉回到我认为更合理的轨道上来。“他是不是没注意到亚历克斯还在店里，于是就闯了进来？我们从不在店里放过多的现金，小办公室的保险箱里只有很少的一点钱，办公室就在前台后面。这段时间，大部分客人都是用信用卡付账的，所以店里很少会有大额的现金，但是如果是贼的话，他可能并不知道这件事。”我继续喋喋不休地说。

那个贼是怎么进来的？我一边说，一边在脑中思考着这个问题。可能是在商店没关门前就躲进储藏室里了，后来就给亚历克斯来了个突袭？如果商店关门的话，前门和后门都会锁上。后门总是锁着的：门上有个应急保险闩，从里面可以打开，出了门之后就会自动锁上。当我到后门的时候，门确实是锁着的，这一点我可以肯定。

那火又是怎么来的？我们从来不会在储藏间放过多的东西。我们还有一个仓库，离这儿大约有几个街区，如果店里没地方的话，我们就把大件的家具放在那个仓库里。储藏室里有一些业务记录，我们把衣服和一些小点的装饰品放在那里。店里的商品售出后，我们就把装饰品放在商品原先所在的地方。这样一来，是不是有人故意放的火？那个贼是不是想毁灭自己的痕迹？为了让亚历克斯认不出他，他是不是还做了什么手脚？这可真是个可怕的设想。

我从思索中回到现实，发现刘易斯警官正在谨慎地观察着我。“这么说来。”我说，“这次是不是抢劫？”

“有这个可能。”刘易斯说。

我把上周安全警报响了三次的事告诉了他，“我原以为是警报系统出问题了，但现在看来没那么简单。”虽然他拒绝向我透露任何信息，我还是得问问，“你觉得是不是有人想闯到店里来？是不是有人故意放的火？”

刘易斯并没有回答我的问题，他突然身体前倾靠近我。

“您认识这个人吗？”刘易斯一边问，一边从公文包中拿出一张尺寸为8×10的黑白照片，放到我面前。如果他想吓我一跳的话，那我还真是被吓到了。照片里的人就是死在我店里的那个男人，他的头发烧焦了，半边脸受了伤，脖子上有一条丑陋的黑色伤口。我呼吸急促起来。刘易斯还在等我回话。

“不认识！”我终于不假思索地脱口而出。事实如此，但是在那个时刻我不希望上他的当。

“你确定吗？”

我点了点头。毫无疑问，我在和他玩文字游戏。我真的不知道这个死者是什么人，但是我以前见过他。问题是每次我刚要张开口，好像都会牵涉到亚历克斯：如果我不把自己的想法说出来的话，刘易斯就绝对不会怀疑亚历克斯了。我决定从现在起，说话要更加小心谨慎。与回答问话相比，主动出击似乎的确不是什么好主意。

“您知道这个人是谁吗？”我刻意用刘易斯那种特殊的说话方式问道。

这次他点了点头。“那你还问我干嘛？”我反问道。

“开始在你的储藏间里找到了他。虽然尸体有些烧焦了，但还是能辨认出来。你去过秘鲁吗？”他一字一顿地问道。

为什么这个问题我丝毫不觉得惊奇？“没有。”我回答道。

“和秘鲁的什么人做过生意吗？”

“也没有。”

“有没有可能和秘鲁的什么人打交道，正式的或非正式的？”

“我想没有。”

“我估计你的朋友斯图尔特可能与秘鲁有关系。”他反驳道。

我没有回答，谨慎地思考怎样回答这个非陈述性的问题。

“他去过秘鲁，是不是？”

“他可能去过，”我回答说，“我也不知道。他以前在商船上呆了二十年。他去过很多地方。”

“是商船，对吗？我估计到秘鲁时，他会上岸，码头上会发生很多事情。可能不久前他就到过秘鲁。”他平淡地回答说，“又是船上的军需官,很可能会和海关打交道。”

这样的猜想又能推出什么结论呢?不可否认,刘易斯断断续续的想法让我越来越焦虑。“你觉得那天晚上到底发生了什么事?”我问完,才发觉自己忘记先前还决定要保持安静。“难道说亚历克斯把那个家伙绑了起来,杀了他,接着在屋里放了把火,之后又把自己的头打破?我得补充一点,他还把自己打成了严重的脑震荡?”

“很奇怪,我同意你的想法。但你的意思好像是说还有别的可能,是不是?没有其他人在场的迹象。”他一边说,一边抬起头盯着我。谢天谢地,这时我听见有人开门走了进来,是莫伊拉。

“这么说来你从来没见过他?”刘易斯又问了一遍,指了指那张“蜥蜴”的照片。

对于这个直接的问题,我无论如何也回答不清楚。如果说见过的话,那我先前已经说过不认识这个人,这会让他觉得我似乎在隐瞒什么,可能是在为亚历克斯作掩护,于是我撒谎说:“没见过。”

刘易斯盯着我看了几秒钟,接着转身对曼斯诺说:“那就这样吧,我们谈完了。明天早上我想让你跟我再来店里一趟,看看有什么遗漏。我们要对这些问话中的线索仔细进行调查。”

“就该那样做。”我鼓起勇气以一种命令式的口吻对他说。当这两个警官离开后,我极力控制的泪水终于喷涌而出。莫伊拉露出惊恐的神情。她以为是他们对我逼供,或许他们真的这样做。但是,我不能告诉她。

“蜥蜴”,是那个我开玩笑称其为“蜥蜴”的男人,那个人曾经和我的前夫在莫尔斯沃斯 & 考克斯拍卖行为了一个翡翠鼻烟壶而争得你死我活,现在却死在我的店里,而且是烧死的。是不是克莱夫的另一个小玩笑出了问题?是不是他叫人来偷鼻烟壶?他已经决定要为这只鼻烟壶出差不多的价钱了。实际上是高价,但却遭到我的拒绝。“蜥蜴”也想得到那个箱子,而且非常想得到。但是如果他闯进了我的商店,又怎么会被杀呢?不是亚历克斯杀的。事实上,亚历克斯绝对不会做这种事,即使抛开这一事实不说,亚历克斯也已经神志不清了。那还有谁在现场呢?

还有一点,我做了什么?我并没有协助警察进行调查,事实上我认识“蜥蜴”。那我现在该怎么办?

我给律师打电话,但她去毛伊岛度假去了,要在那里呆上一周。

我打电话给罗布·卢卡兹。“接电话呀。”我念叨着,耳边的铃声此起彼伏。我知道他和芭芭拉去蒙特利尔看她的姐姐去了,但我心中祈祷着,但愿他们已经回来了。

“你好。”他终于说话了。

“你在家啊!”我说完,把悬着的心放了下来。

“刚回来。”他说,“怎么了?”

“我很需要你的帮助。发生了一件非常糟糕的事。”我开始告诉他有关亚历克斯、尸体还有火灾的情况。

“我马上过去。”他打断了说。我感到一丝安慰。有时候,罗布和我好像生活在不同的星球,尽管有时候,因为某件事,我的看法和他极端的观点有所不同,我们会时不时地拌个小嘴,但我把罗布当成朋友,我希望他能和我有相同的感觉。在得知他马上要过来后,我感觉好多了。

不到半个小时,我们就一起坐在屋后的晒台上,一起享用一大罐冰柠檬茶。这是一个温暖而又美丽的夏夜,我什么也不愿意想,只想坐在那儿享受这个夜晚,不去思考刚刚发生的一切。我们谈了谈天气,谈了谈蒙特利尔,还有布鲁·杰伊,罗布慢慢地将谈话的内容引到这个亟待解决的问题上。他很同情我,然后我就讲到了有关那个“蜥蜴”的照片。

“我告诉刘易斯沃不认识照片里的那个人,实际上我只是不知道他是谁,但我以前见过他,在莫尔斯沃斯 & 考克斯拍卖行的拍卖会上。”我犹豫地说,我感觉到他屏住了呼吸,“我原以为他们想以什么不好的罪名起诉亚历克斯,然后再起诉我纵火、保险欺诈等罪名,我的手也受伤了,头也疼得不行。”我还在那儿喋喋不休。我觉得自己听起来就像个闹哄哄的小孩子。

“劳拉,我们现在谈的是件谋杀案。如果你以前见过受害人,不对,不是如果,你确……实见过他。如果警察发现你在说谎,他们会找你和亚历克斯麻烦的。“

“也许我可以说是自己脑子不好用或什么的,我突然回忆起见过这个人。我受了很大的打击,你知道的,因为这件事……”

罗布看着我,就好像我刚从岩石下爬出来似的。他一定是生气了。他把牙咬得紧紧的,牙齿都要被咬碎了。“所以你计划编谎话来掩盖前面的谎言,是不是?你觉得这样做对吗?”

“别教训我，罗布，”我像吃了子弹一样，回敬他说，“我是犯了错，这样行了吧？大部分人偶尔都会犯错。当然，可能你不会犯错，可能和你生活在一起的人都是完人。但大部分人都犯错。我不想再继续谈这个没什么结果的话题，也不想说什么正当的手段或者公民的职责或责任之类的东西。我叫你来是希望你能帮我想想现在这种情况下我该怎么做，怎么才能让亚历克斯摆脱这件倒霉事。”

过了好长时间，我感觉像是过了一辈子似的，他才静静地说：“我得把你告诉我的这些事告诉他们。”我突然觉得很同情她的女儿詹尼弗，我知道她总是要服从这种极其扭曲的道德，我知道她因此很痛苦。

“即使这样对亚历克斯不利，你还是会这样做，是吗，罗布？”我恳求说，“我本来以为你是我的朋友，我把你当朋友，叫你过来帮忙。”

他站起身来。“首先，我是一名警察，”他说，“如果你不愿意让我报告，那你就不该告诉我。”他开始向外走去。

“很好，也许你并不比别人正直多少，”我冲着他僵硬的背影说道。但他还是继续往前走。“也许生活并不像你想的那样完美。”我接着说。

“问问詹尼弗，看她是怎么想的。”当他走到门口的时候我向他叫道。但是我的声音太小了，只听见他出门后，门锁结实地锁上了。

4

过了一会，我才发现丢了一些东西，一方面因为店里一片狼藉，还有一个原因是由于丢的那件东西我起初并没有太在意。

康斯特布尔·朱第二天早晨当班，她开车把我送到店里。我非常感激她开车送我，因为那天我的伤口疼得比前一天还厉害。当我坐汽车的后排座位时，我觉得自己是被硬塞进去的。

那一刻，我很害怕，不仅是因为害怕自己发现的一切，还因为担心对刘易斯警官所说的那份口供。问题是罗布到底把“蜥蜴”的事告诉刘易斯没有？如果他没说，那我也许还能试着说一个记忆恢复的故事，但如果他已经说了，那我再说那个故事无疑是画蛇添足。

我非常讨厌罗布。我知道我对一个朋友做了一件绝对不该做的事：让他处在一种不利的境地中。我想打电话给他，向他道歉，但是他之前那么生气，我又不敢给他打电话。在早晨短短的几个小时里，我想了很多，我在想自己为什么表现得越来越幼稚。毕竟我已经不是乳臭未干的黄毛丫头了。事实上，我这样的年龄已经可以生孩子了，而不应该表现得像个婴儿一样。我能把生意打点得井井有条，我能毫无顾虑地到世界各地去旅行，但是当我的前夫搬到街对面时，我就有些头脑发热了。克莱夫说得对，我应该学会自我控制了。

但是到底怎么样才能控制自己的情绪？

当我跨进店门时，一股混合的臭味传到我的鼻子里：有一部分是火灾熄灭后的味道,有一些是潮湿的狗的气味,还有一些味道让我的精神一下紧张起来,死亡的味道。我向康斯特布尔·朱警官指出我发现亚历克斯时,他所在的位置,然后当她做记录时,我四处看了看。

大火造成的损失真是惊人,储藏间的门被火烧倒了,门和门框都烧得焦黑,成了灰烬。附近的墙壁被烟雾熏得斑斑点点。喷淋系统发挥了作用,很快就把火焰扑灭了。

然而,喷水带来的损失也是个问题。一些古董木器上的喷漆已经开始脱落,所有的物品上都显出了水渍。几张沙发都被水浸透了,地板上的地毯,是几个月前我在一次令人毛骨悚然的旅行过程中,从巴基斯坦搜集来的精美的基里姆地毯,当我从上面走过时,地毯被踩得粉碎。我很失望,很想找一个电动吸尘器把地毯吸走,但前后两个门上还封着警局的黄色封条。如果没有获得进入许可的话,根本不能挽救任何东西。我都快哭了。

刘易斯也来了。"丢了什么东西吗?"他用自己常用的那种简洁的调调问道。

我四处看了一下。商店现在看起来真的有点像大仓库,像是带着一间小办公室的大房间。办公室就在前台的后边,储藏间在后部,还有一间小的展示间在靠右的位置。为了使展示的商品看起来更让人动心,我们把房间安置成这样的格局:屋里有一张餐桌和几张椅子,一支树枝状的大烛台从天花板至上而下悬挂下来;墙那边是起居室,里面有一张沙发,几张扶手椅,几张茶几,一张咖啡桌,咖啡桌上还摆着几个古物件,沙发后好像还有一墙幔帐,或一个雕花镜子。

每当有人买走一件古董,我们就把东西重新摆设一下,免得看起来光秃秃的。换句话说,我们店里的商品会经常变换位置。亚历克斯总是知道东西的精确位置,但是我得花好几天的时间才能完全盘点清楚。无论如何,我都得尽最大努力,仔细察看。

我先从办公室开始,我把那个翡翠鼻烟壶放在办公室了。让我非常安慰又有点惊奇的是,它还在那儿。鼻烟壶和书桌的三个抽屉里的东西一起被扔在了一个角落里,但是我清楚地看到,鼻烟壶并没有损坏。保险柜还锁着。这个地方一片狼藉,我也看不出到底丢了什么东西。

我逼着自己去察看储藏间。储藏间简直糟糕透了,没有一件值钱的东西。在发现"蜥蜴"的那个位置,我还能看到粉笔在地上勾画出的人形。

“办公室里我能找到的东西都没丢，”我对刘易斯说，向他报告进展。然后我看了看储藏间。“他是被烧死的吗？”我的声音有些颤抖，我还在想象，那样死去会是多么可怕的场景。

“勒死的。金属丝拉得特别紧，割断了他的脖子。然后尸体又被点燃，锁了起来，保证他无法生还。有人想将他置于死地。”刘易斯停顿了一下。“你的钥匙也在储藏间里，是那把钥匙把他锁起来的，这把钥匙哪也没去。”我还没来得及从他暗示性的指控中反应过来，他就下了结论，“仔细想想！”

我很害怕，遵照他的指示继续察看。我打开前台上的珠宝盒，里面混乱不堪。里面有一些值钱的物件，但是据我所知，盒子里面什么都没丢。

我非常迷惑，我原以为“蜥蜴”对那个鼻烟壶感兴趣，从拍卖会拿回来的那个箱子里，鼻烟壶是唯一值点钱的东西。但是鼻烟壶没丢。那他到底想找什么呢？假设我从莫尔斯沃斯 & 考克斯拍卖行拿回来的箱子里有他想要的东西，这并非偶然。我开始回忆箱子里都有些什么。

我回到大厅。那个瓶子，那个边缘带有精美蛇形图案的哥伦布以前美洲的工艺复制品不翼而飞了。我几乎花了一个小时，把里里外外翻了个遍，我怕在我出去的时候亚历克斯把它转移到另一个地方了，但是我最后发现它确实不见了。

我不敢告诉刘易斯唯一丢失的物件是一只来自秘鲁长相奇怪的瓶子。如果这不是抢劫的话，那他一定会想出其他一些理论，而且其中有一条我肯定不喜欢听，还有一条一定对亚历克斯没什么好处。我记起前一天夜里我对自己许下的诺言，于是我决定无论如何我都得告诉他。对于我来说，如果我这么做，可能会使他的调查走向正确的方向。

“我觉得只丢了一件东西。”我告诉他，“是一个瓶子，大约六英寸半高，是哥伦布以前美洲的复制品，产于秘鲁。事实上，这只瓶子非常精美。两周以前，我在莫尔斯沃斯 & 考克斯拍卖行的拍卖会上买下了一箱杂物。”好了，我把拍卖的事告诉他了。也许从那里他可以找到线索。

但没什么作用。“赝品，不会吧？再想想。”他说，“真难以想象，有人会放着珠宝和现金不拿，而去偷一个仿制的秘鲁花瓶，要是换做你，你会这样做吗？当然不是盗窃，而是有其他原因。”这句话是我听过的从他嘴里吐出来的最长的一个句子，与他第一次所做的暗示相比，这次的暗示信息更加不讨人喜欢。

又搜索了一个小时，刘易斯允许我离开了。朱警官开车把我送回了家。她告诉我，还得去一趟警局总部，给我的口供签字。

我的房子非常安静也很偏僻。我检查了一下电话应答机，听到莫伊拉慈母般的声音，她告诉我别忘了吃药，而且一定要吃点东西。莎拉也从阿尔冈琴公园附近的电话亭打来电话，说她有事耽搁了，得再过一天才能回来。她抱歉说没把电话打到店里，而是打到了家里，但是她说店里的电话一直接不通。“可能是店里的电话有毛病了，也可能是我拨错号了。”她说。我心里想，电话确实出毛病了。还有一个朋友，也可以说是同事，留了条口信，他名叫萨姆·菲尔德曼，告诉我他听说有关商店的事情后非常难过，但是没有罗布的口信。

对于我来说，已经好长时间没收到同事们和朋友们的口信了，但在这一情况下，也许我不应该责备他们。当然，很可能人们都在给我时间，等我恢复过来。但是我更关心的是那些人，那些我把他们当朋友，但却在背后怀疑我就是那个放火烧了格林哈尔 & 麦克林塔奇商店的人。我不得不说明一点，报纸上的报道似乎有点没说清楚。

一想到以后的事情，我就愈发郁闷起来，这件事如果在短期内没法搞清楚的话，那以后走在街上，每个人都会避免和我说话。如果我一个人在家里呆着，只会越来越沮丧，于是我鼓起勇气，决定出去走走。我已经太麻烦莫伊拉了，但是萨姆·菲尔德曼却是个好人，可以聊一聊，于是我想去拜访他。

萨姆和我已经认识有些年头了，当时他在多伦多大学开设保管课程，而我则去听他讲课，这样一来，我们就认识了。那时他是一家博物馆的主管，但后来他决定经商，这是他自己说的。于是他在皇后西街开了家画廊。他所在的博物馆专门收藏东方古玩，当我扩展业务范围，开始去东方采购时，他和我分享了他对于那个地方所了解的信息，这对我有很大的帮助。我曾建议他自己开个商店，而我们也一直保持着联系。我喜欢萨姆：总是觉得他很有趣而且善于表达，我觉得去看看他会让我心情好起来。

我小心地开着车向皇后大街驶去。萨姆在那儿，还有他年轻的助手。“嗨!”我说,“谢谢你的口信。我心情有些烦乱,所以如果你有时间的话,我想看看能不能和你喝杯咖啡。你手头的工作能先放一放吗?”

“怎么了?”他冷冷地问,示意让我看看房间里,“你看到顾客了吗?你有没有看到一个人?为了这家店,我辞掉了博物馆那份收入虽然不高但却很稳定的工作。我们去哪?”

我们把他的助手留在了店里,向星巴克走去。他称那个女助手贾妮。“我猜你的意思是你的生意不是很好。”我说。

他笑了笑,说:“哦,还行。但是没有名誉,也没有钱。我觉得我还是喜欢为自己工作,我是在为自己打工。关于你的商店,我感到很难过。真是可怕的事,投保了吗?”我点了点头。“很好,”他说,“如果有什么我能做的,你要告诉我。”我微笑着向他致谢。

我们聊了一会,让我兴奋的是,在有些信息方面,萨姆好像真的能帮上点忙。“你知道A·J·西姆森这个人和西姆森画廊吗?”

“哦,知道。”他回答说,“你对他也一定有印象。”

“名字听起来很熟悉,但我就是想不起来有过什么事。”我说,“那快告诉我。从你脸上的表情,我可以看出,肯定会有好故事。”

“这确实是个故事,但也不是什么好事。“他说,“这恰恰是个坏事。西姆森,安东·詹姆士·西姆森,他的朋友都叫他A·J,我也是他的朋友之一,他是国王西街的艺术品经销商。他的画廊位于那些工业大厦群里,那些大厦所在的位置以前都是旧城区。他住在商店上面的阁楼上。

“他非常成功,我觉得他所达到的成功是我无法企及的。他为画家提供最奢侈的欢迎仪式,我也出席过几次。你会觉得像是大学生的座谈会。他的画廊离我的商店不远,就几个街区。他那有香槟酒,鱼子酱,还有生蚝,全是最好的东西。但是在画廊里举办的派对和他在自家阁楼上举办的私人派对根本没法比。真是让人难以置信。我也只接到过一次邀请,但是那次聚会非常壮观:到处都是鲜花,还有令人啧啧称赞的食物,诙谐热情的客人,电影明星,政客,全都是上层人士。

“真的,他拥有一切。冬天的时候,他会去圣·米古尔乡下的石屋别墅居住,别墅风景秀丽。他的品味也很高,而且与众不同。他的阁楼上摆满了私人收藏的油画,让许多人为之倾倒。”他停顿了一些,接着说,“请原谅,考虑到刚刚发生的事,我说这些事非常不合适。但是他阁楼上的餐厅里有一对罗斯考斯烛台，我曾目不转睛地观察过。”

“但遗憾的是，他也有一些缺点。在我看来其中一条就是他真的是成功过度了。听起来好像是我吃不着葡萄说葡萄酸；我的意思是可能从来没人把我的画廊称为一项成就，但是如果你在我这行干的话，就得小心点，不要收那些偷来的东西。这种事做起来很容易，事实也如此。你和我对此都心知肚明。例如，你也知道，当时我们在东方采购古董时，你得确定一下那些东西不是国有的珍宝，有没有出口许可证。”我点了点头。

“当然，我们也很容易上当受骗。我记得以前我还在给博物馆收集藏品时，有个人给我拿了一些非常与众不同的银器。很古老，波斯的，大约是13世纪的东西。我非常想把这些东西纳入藏品中。你和我肯定也知道规矩。联合国教科文组织关于各种艺术品和工艺品的贸易有各种公约，而加拿大是这些公约的缔约国之一，此外还与其他各国有一些协定，因此，对于我来说，在加拿大与波斯或伊朗签署协定之前，我一定要确保这些物件是在此之前就从这些国家运出来的。”

“我问那个拿东西来的人，能不能提供一些证据。顺便提一下，那个人并没有开口要钱，这也是由于博物馆的缘故，事实上，大部分的博物馆，都没有什么古董预算，主要依靠捐赠。那个人只是希望能得到一张那些古董的税金收据。这件事好办。那个人始终没有透露自己的姓名，他给我看了一些文件，说明那些银器早在20世纪50年代末就已经到了纽约，按理来说，这就意味着我们可以接受这批古董。但是我们都知道伊朗国王遭到罢黜之后，各种各样的东西都从伊朗国内流了出来，其中包括许多古玩，富有的王族也带着家族珍宝从那个国家逃了出来。出于道德上的考虑，我决定再核对一下。我又做了一些调查，而且我永远都会觉得有些遗憾，因为我发现那些物品在伊朗国王1979年离开伊朗之前，一直都在伊朗国内，而且那份纽约的文件也是伪造的。我差点相信了那份伪造的证据。如果这件事传出去，所有人都会觉得我是个傻瓜，当然这事也不可能传出去。但是我没有接受那些古董，我知道我做得对，但是做起来可不是件容易的事。”

“我之所以要告诉你这一切，只是想说明对于西姆森不愿多费周张核对证据，我很有感触。这就是我说这些话的原因。也可能事态还不止如此，他故意买卖违法物品，但对于这一假设，我根本没有第一手的证据。当我去他的公寓参加派对时，我在那儿看到的一些东西真的非常精美，但是我不知道那些东西是不是他应该得到的。当然，我也证明不了什么，而且我也从未找过什么证据。你也明白的，随他去吧。但是自打那天晚上之后，无论什么时候，只要和他握手，我都觉得自己有些卑鄙。”

“这个故事有点长，而且我敢肯定你现在一定会记住这些细节。西姆森至少有两个弱点：可卡因和英俊的年轻小伙。”

他犹豫了几秒钟说：“我们从来也没告诉过别人，但是我觉得你可能已经注意到了，我是个同性恋。”

“当然。”我说。

“好，西姆森在同性恋团体中也算是小有名气。我怎么才能把这件事说得好听点？他喜欢粗暴的东西。他在公共浴室被人杀了，结果人们发现他死时没穿裤子，这是真事。警察在细节方面并没有透露多少，但是我听说场景相当血腥。传言说他带了一个英俊年轻的坏蛋回家。他的血液中也有大量的可卡因，所以还有一种传言说他是因为吸食毒品致命的。”

“我现在也记起来了，”我惊呼道，“那两天的报纸上大幅刊登了这个消息，但是我没有听说警察抓到了真凶。”

“他们永远也抓不到。这是我的推断，当然，纯属个人臆想。我觉得死因不是由于毒品就是因为性。但是我觉得也可能是艺术品，而且作为那个同性恋社团的一员，我觉得警察根据自己的想法，过早下了结论。他们做出的结论根本没什么根据。他之前就遇到了麻烦，虽然不是由于贩卖毒品，但他私藏毒品，而且开始遇到了生意上的问题，而档案却摆在那了。不过，我一直觉得其中还是有偏见的成分。换句话说，他是个有名的同性恋，所以他一定会与性和毒品扯上关系，你能明白我说的话吗？所以那些警察根本不考虑其他原因，有可能是暗示他罪有应得。”

“我猜参与调查的警官中一定有一位叫刘易斯的警官，”我讽刺道。

“我也不清楚。”萨姆说，“你为什么这么问？”

我把自己与刘易斯警官之间的谈话内容告诉了他，包括他简略的说话方式以及他的那些暗示。“但他和我谈话时所说的那些话并没有给我带来多大的困扰。”我说，“他认为亚历克斯是个罪犯，但是他从未亲口说出来。”

“我猜你说的那个叫刘易斯的家伙参与了西姆森谋杀案的调查。”萨姆停了一下，然后顺着我描述的刘易斯的形象开始思考起来，他接着说，“他有点脂粉气，是不是？”

“到底在哪家公共浴室？”我反问道。

“准确地说，有多少可卡因？”萨姆模仿刘易斯的口气说。

我冲他微笑了一下。“有你在，我感到很高兴，萨姆，你总是能让我心情愉快，尽管你在这里说的都是一些严肃的问题。谢谢你的帮助。”

他看了看我说：“我不明白你为什么要问有关西姆森的事，快告诉我。”

“我也没有百分之百的把握。我商店曾买了一些东西，现在却不翼而飞了，而西姆森是这些东西的接收人。我敢肯定这其中肯定有一些关联，但是我还没搞清楚。那件东西不是通过报关的正规渠道收集来的，东西还没运到国内，西姆森就死了。如果我没记错的话，大约是两年多以前运来的。”

“我记得他也是那段时间去世的，”萨姆说，“是不是很古老的东西？一件古董？我一直认为他可能在从事非法的古文物交易。”

我向萨姆描述了一下那个瓶子。“那是个复制品，”我补充说。

“你确定吗？”他说。

“我觉得应该是。在底部的陶土上刻有‘产于秘鲁’的字样，而且附带还有一张卡片，上面清楚地说明那个瓶子是个复制品。”

“听起来应该非常可靠。”他看了看手表，“我的天哪，我得回去了。我还约了个客户，他说下午要来。你知道吗？是个如假包换的客户。”他笑着说完，和我握了握手，然后我们就分道扬镳了。他让我产生了更多的想法。

在回家的路上，我在医院停了下来，想去看看亚历克斯。这次我告诉护士，我是亚历克斯的远房侄女，应当能进去看望他，我终于说服了护士。她们告诉我，亚历克斯现在的情况已经非常稳定了，但是他好像丧失了部分记忆，对他也需要适度警惕。我绕过门口的警察，踮起脚尖走进病房。

我觉得亚历克斯睡着了，过了一两分钟，我站起身来仔细地看着他，他的脸色看起来苍白无力，呼吸很微弱。亚历克斯不像以前那样强壮了，但是一直以来，对我来说他几乎比生命都重要。他也不再年轻了;他几年前就已经退休了,但是他还是那样生机勃勃,而且他几乎对所有的事情都感兴趣。在我前段时间离婚的那些日子里,我刚搬到那个区,他对我悉心照料。我觉得他很擅长安慰人,在那段时间里,我和他们相处得很融洽。我不喜欢看见他虚弱而衰老的样子。

他的身体动了一下。"劳拉。"他喊道,"你能来真是太好了!"

"我过来有一会了,"我说,"他们不让我进,我告诉他们我是你的远房侄女。"

他笑得合不拢嘴。看他这样我心里高兴极了。"我一直都觉得我们有些亲缘关系。"

"亚历克斯。"我说,"到底发生什么事了?"

"我还不能完全记起来。"他缓慢地说,"警察到这儿来过了,他们问了我一大堆问题。我只记得八点的时候锁上了前门,然后就去办公室收拾东西。"他踌躇了一会,我害怕他又会昏睡过去。

"你的钥匙。"他终于开口了,"我只记得看见你的钥匙放在写字台上,我知道你忘记带钥匙了。然后……然后我做了什么?"他轻轻地问,似乎是在问自己。

"我打了电话。我给莫伊拉的美发店打电话,想看看他们知不知道你们去了哪儿,但是美发店已经关门了。我想过不了多长时间你就会发现钥匙不见了,所以我就把后门打开,用椅子支上,这样你就可以进来了。我怕在办公室里听不见你叫我,我原以为把后门打开不会有什么问题。"

"我错了。"他说,"我模模糊糊地记得好像听见陈列室里有动静,我站起身想去看看。我很害怕。"他平静地说,"我很害怕,无论我怎么努力,我都记不起之后发生的事了。"

"没事了,亚历克斯。这就能解释那个人是怎样进到店里了。"

"丢了很多东西吗?"

"几乎什么都没丢。"

"那是怎么回事?"

"问得好,亚历克斯。"我说,"可能他或他们还没来得及拿东西,就发生了什么事,把他们吓傻了。"我很想问问他知不知道有关那具尸体的情况。但我决定不把这件事告诉他,至少不能在他状态如此糟糕的情况下告诉他。他又开始打盹了,护士进来向我示意,我该走了。

我刚要转身离开,他又清醒过来。"我怕会给你惹麻烦,劳拉。"

他说，“你把商店委托给我打理，但我还给你添麻烦。”他在说话的时候，两只手都在颤抖。

“亚历克斯！”我大声说道，“不准你那么想，以后再也不要那么想了。这不是你的错，而且我向你保证，过不了多久，我们的生意就会恢复正常。我们都不是那种轻易放弃的人，你和我都不是。所以你要赶快好起来，尽快离开这个地方。我们还有很多事要做呢。”

他轻轻地笑了笑。“对，我们不是轻易放弃的那种人。要不了多长时间，我就回去工作了。”他说。

我原本想告诉他关于“蜥蜴”的事，问问他关于那天晚上发生的事，有没有我应该知道而他却没告诉我的，他是不是曾经去过秘鲁。但是最终我觉得还是应该相信自己的朋友和自己的直觉。我不能让自己觉得他与最近发生的这些事有什么千丝万缕的联系。

“需要什么东西吗？要我帮你带什么过来吗？”这是我唯一能说的了，但是他已经睡着了。我努力踮起脚尖，安静地离开了病房。

我还在思考那天晚上的事。因为一些非常无聊的事，我成了那箱东西的主人，这个箱子起初由一个名为埃德蒙·埃德华的纽约人送给多伦多的A·J·西姆森。然而，可能西姆森去世了，没能收到。而且西姆森是被谋杀的，很可能是因为他的生活作风，但也有可能是由于他参与古董黑市交易。

于是这箱东西就到了莫尔斯沃斯 & 考克斯拍卖行，在那里这箱东西成了拍卖品。两个人在争夺这箱东西，他们都非常非常想得到它：“蜥蜴”和克莱夫。然而我拿到了，他们没拿到。如果我对刘易斯的问题没理解错的话，“蜥蜴”来自秘鲁。我猜测“蜥蜴”可能曾经是个报关代理人，因为刘易斯也提到了这点。也就是说，他想得到的并不是那个鼻烟壶，而是那个现在不翼而飞的哥伦布以前的美洲瓶子，也很可能是那个耳坠，也是个复制品，我把它藏在了家里。

但是“蜥蜴”死了，是被谋杀的，那就只剩克莱夫了。我知道他想得到那只鼻烟壶，但是如果我把箱子里剩下的那些东西都加上的话，他也不会出更高的价格，不是吗？而且那粒花生不也是在克莱夫来到店里之后不见的吗？我可能不会怀疑亚历克斯，但是我绝对不相信克莱夫。

我思考了一会儿。不过说句老实话，在与克莱夫离婚的那段时间里，我很难再接受别人，我知道克莱夫并没有我说的那么残忍，而且一想到我们婚姻结束的原因,我就想生气。我知道生气的原因是由于在我们的婚姻还没结束时,他就对商店丧失了兴趣,因为他发现我在离婚的过程中表现得非常暴躁,因为他强迫我卖掉商店,把一半的钱给他,可能还因为他在街道的正对面也开了家店,他一直觉得我爱自己的商店甚于爱他。可能我确实如此。

克莱夫可能会干出抢一两个客户的事,但是他不会为了得到一样东西而杀人,绝对不会。事实上,我觉得他对那个箱子的兴趣并不是那么浓厚。还有一些比克莱夫更为险恶的势力正在行动。

说得再明白点,就算克莱夫和亚历克斯有所不同,但我相信他们都不会做什么坏事。只要警察还在进行调查,我的保险公司就不会向我赔款,如果保险公司不能及时付钱的话,我们就得破产了。

如果走到那一步的话,不管我对我敬爱的朋友亚历克斯说什么,他都绝对不会原谅他自己。我从包里拿出那个镶着绿宝石的金耳坠,小心地打开,在手心里拨弄来拨弄去。我掌握的唯一的线索,就是纽约的画廊写给一个死人的那封信。

我告诉亚历克斯,我并不是一个轻易放弃的人,事实上我的确不是个懦夫。我不想坐在那儿等待更糟糕的事情发生。我拿起电话,拨了罗布家的电话号码。接电话的是应答机。我在电话里说明了我所知道的关于这次事件的所有信息:西姆森的事,我在拍卖会上的愚蠢竞拍行为,我对克莱夫保留的感觉,我对亚历克斯和商店的担忧,以及我是多么害怕我说的话会被用来指控他,我对那个瓶子的好奇,那粒花生等等,所有的事情。我正对着电话说我非常抱歉,把罗布推到了两难的境地,这时电话里响起了嘟嘟声,电话答录机的时间用完了。我不知道他能不能听到答录机切断前我说的那些话,但我希望他能听到。

接着,我又拿起话筒,给美国航空公司打了电话。

蜘　蛛

葬礼马上就要开始了。一切都蓄势待发。伟大武士的尸体也装饰好了，他穿着用最好的白色棉花织成的衬衫，脸上涂成了红色，那是血液的颜色，生命的颜色。

在胡瓦卡殿里，房间装饰一新，墙壁是由砖块排列起来的，沉重的棺材木板也已经准备就绪。

将和他一起踏上旅程的那些人，那些女人，已经死去很久了，包在裹尸布里，放在藤条棺材里的骨头触碰即逝，他们的尸体也被带到了指定位置，很快他们就会被埋葬。

渔夫和海狮武士也带着海菊蛤的硬壳和供奉的容器从海里赶了回来。他们在胡瓦卡的脚下，在巨大的庭院里聚集起来，庭院周边摆满了一千张各种礼仪的壁画。

拉马斯的队伍背着沉重的贝壳，越走越近。鬣蜥[1]在等候他们，头冠上的鸟羽闪闪发光，他蜥蜴般的面庞和杏仁似的眼睛在警惕戒备。

刽子手还在等待。

---

① 一种产于南美洲和西印度群岛的大蜥蜴。——译者注

5

第二天早上十点的时候，我已经到达了曼哈顿。我给莫伊拉留了一张简短的字条，接着走出房间去了国会大街，然后又坐上一辆计程车直奔机场。我从银行的取款机上提走了所有能取的现金，最后证明还是不够用。我搭上了当天飞往纽约的第一班飞机，在最后一分钟走进了机舱，感觉自己像是个逃亡者，从某种角度来说，我的确是个逃亡者。

回忆起从那一刻开始我所做的一切，如果一个不知情的人认为我这么做是头脑发热，只要这个人不是亚历克斯，我决不会责怪他。不管怎样，不管我有没有失去理性，我做了我唯一能够想到的事。我去找出这箱东西的出处，我相信那就是我现在遇到的这些问题的根源所在。我只收拾了一个小手提袋，我都计划好了，到不了晚上，在其他人，特别是那个刘易斯警官发现我出去之前，我就可以回到多伦多。

远古路线画廊紧挨着美国自然历史博物馆，位于其西侧。我小心地叫出租车司机从画廊旁经过（在那个时间点根本没什么人），然后我走进了博物馆。我在机场已经打电话询问过了：电话录音告诉我画廊开放的时间，周二到周五这三天为中午到下午六点，周六为中午到下午五点，周日和周一休息。

我一方面是为了消磨时间，另一方面是要进行调查——毕竟我不住在曼哈顿，对有些事情不是很熟悉。我走进博物馆，直奔美洲分馆。

那张卡片上说失窃的瓶子是哥伦布发现新大陆之前美洲的复制品。当时的美洲涵盖的范围可够大的，即使瓶子上“产于秘鲁”的字样也无法帮我缩小多少范围。我所了解的有关哥伦布以前的秘鲁文明只有印加人的文化，但是在印加王国达到全盛时期之前，那个国家曾有许多文化，这一点我非常清楚。我很快地走到墨西哥和中美洲展厅，在那里，为了确认那个瓶子我停留了好长时间，但凭我的印象，这里并没有相同的瓶子。反映南美洲文化的工艺品陈列在该展厅的尽头。

大约过了一个小时，我终于发现了一个我觉得非常有关联的名字。为了证实我的想法，我赶紧打了一辆出租车，穿过中央公园，到了首都艺术博物馆，我又查看了那里的美洲艺术展厅。那一刻，我在那里找到了希望看到的东西。我相信我的想法是正确的。

我走进博物馆的书店，买了两本有关这方面的书，然后径直走到咖啡馆要了一杯咖啡，一份松饼，飞快地看起书来。我找到了想要的东西：

莫切。

我知道，大约在公有时代的前500年间，莫切是秘鲁北海岸的统治者，远远早于我们听说的印加人。莫切帝国从北部的皮欧拉[①]流域延伸到南部的瓦尔美流域，其边疆包括一个名叫克罗布兰卡的重要城市。莫切文化因为其工程技术在考古学领域享有盛名，主要的建筑有令人叹为观止的土砖金字塔，以及将山脉中的水源引入其王国所在的沿海沙漠地区的绵延不绝的运河；其政治统治的地域范围非常广阔，可以说是那片土地上第一个严格意义上的国家；其工艺技术的杰出作品主要体现在陶器和金属器具方面。

毫无疑问，现在对于这些情况我已了然于胸。我亲眼看到与失窃的那只瓶子风格和制作工艺非常相似的陶器，还有那些嵌着绿色宝石的各种耳饰，虽然我从未接受过相关训练，但我还是能够看出这些耳饰与我手提包里的那个小耳坠风格相同。如果还需要进一步证实的话，我还有两本书，我买的这两本书里有一些图片，上面就有那种金质或银质珠粒做成的华丽项链，其中每一个珠粒的形状都仿佛一颗完美

---

① Piura，秘鲁西北部靠近太平洋的一个城市。1532年由皮萨罗建立，为秘鲁最古老的西班牙人居住地。

的花生。

我尽量小心翼翼地把那只耳坠从包里掏出来,仔细地端详了一番。那个旁边放着金色权杖的小金人一言不发地盯着我。我在手心里把这个物件翻过来调过去地拨弄着。"关于你自己的事,你有什么好说的吗?"我轻声地冲那个小人说。

干我这行,要学会鉴别赝品,这是你必须学会的。问题是只要你愿意上许多有关古董的课程,而且我也学过一些课程,但是真到了需要鉴别的时候,你就不得不靠自己的感觉来观察了。我曾学习过鉴别家具,例如要观察家具上的金属器件,观察木板的排列方式,家具上用的是哪种钉子和钩子。一个真正技艺高超的工匠甚至能骗过博物馆管理人员,而最终你只能依靠自己看事情的直觉。有时,即使你在所有能想到的方面都进行了检查,可还是觉得东西有些不对劲,在我的朋友萨姆·菲尔德曼这位专家的教导下,我已经学会了如何处理这种直觉。

在萨姆还没有开办自己的画廊前,他是一个博物馆主管。他告诉我,在他早年在进入协会时,还只是一个初学者,他觉得有一件特殊的仿制品,也是展览会中引人注目的一件东西,是赝品。他试图把这件事告诉展览会的主管,却遭到了极为严厉的批评。现在他在这个领域已经成了专家,他在博物馆工作的最后一天,他又找到那个主管,告诉他赝品的那件事。萨姆再一次被告知他是错的,但是有一次他去博物馆参观时,他不经意地发现那件令人不快的东西已经从展览品中除去了。"你看看!"他对他的学生说,"我是对的。他们决不会承认这点,但我是对的,这就是你要用自己的直觉来判别的原因所在。"

这次,这种过程整个颠倒了过来。我觉得这个耳饰是个赝品,但也可能不是。

这件耳饰至少有 1500 年的历史了,但是品貌还保护得相当好。不过我得说,这个东西看起来好得过分了。金子质地不错而且闪闪发光,整个物品保护得很好。但是金耳坠上有几处地方磨损了,很可能是被敲掉的,而且上面镶嵌的绿宝石也不是那种均衡的颜色。我小心地将指甲缓缓嵌进其中一处镶嵌的裂缝。里面有灰尘,但是我不敢保证这能证明什么。一个技艺高超的伪造者肯定懂得在物件里擦点灰尘。

问题是,在这 1500 年里,我的这个小朋友到底呆在什么地方呢?

如果是放在博物馆里保管的,这估计还能解释为什么他的身体还能保持原始的状态。或者可能是藏在什么地方了,例如藏在墓穴里,这也说得通。莫切人生活在沿海的沙漠地区,干旱的环境会减缓腐蚀的速度。

我站在那里盯着这个小人看了一会。我得说这个哥伦布以前美洲的耳坠上的小金人,他实在是很可爱,眼睛微微突出,而且刻出了眼窝,脖子上还戴着一圈项链,我觉得非常正式,项链是由细小的珠子做成的,很像猫头鹰。每个珠子都是单独做出来,然后串在一起的,所以当你用手摸上去的时候,珠子还可以动。那根权杖很容易就可以从他的手中取出来。他两条强健的腿上满是肌肉,看起来非常与众不同。他的鼻子下有一件装饰物,是月牙形的,如果用手触碰的话,那件鼻环也是可以移动的。我觉得你可以很容易想象得到衣服下面身体的样子,甚至可以说,我的小人很可能有自己的性格。

我得出了结论。我实在是不明白为什么之前没有这样观察过,当然若不是我把他从那个著名的拍卖行买来,也无法观察到这些方面。问题是不管这个东西是不是复制品,现在根本没人有这种能力制作出如此杰出的作品,也没人有这种能力去伪造。即使有人有耐心、时间和资源来制作,我们大部分人也肯定买不起。那个瓶子和那粒花生很可能是真品,也可能不是。我已经把它们弄丢了,所以我也说不清。但是这个小人,是真正的莫切文物,埃德蒙·埃德华还应该对此进行说明。

离开博物馆之前,我去了礼物商店,买了一个凯尔特风格的大别针。我对售货员说这是要送给别人的礼物,向她要了一个盒子——一个大盒子——用来装别针。她热心地找了一个大小合适的盒子。我一边向外走,一边把胸针别到衬衫上,然后掏出那个小金人,小心地用薄纱包裹起来,然后和那张证明凯尔特胸针是复制品的卡片一起放进了那个盒子。熟知其中内情的人都不会上当受骗,但是当我带着装在钱夹里的小人四处走动时我开始紧张起来,那可能是非常珍贵的文物。

还差十分钟到十二点的时候,我走到远古路线的街对面,距它只有很短的一段距离。曼哈顿的八月,天气非常暖和,如果要下雨,甚至是下暴雨,都会被风吹走。还差五分钟到正午时分,一个年龄较大的男人慢吞吞地从街道上走过去,费尽地打开了防盗门,他头发灰白,步履蹒跚。在这样炎热的天气里,他和其他的老年人一样,穿的衣服太多了。从远处看,他的手和膝盖好像得了严重的关节炎。他打开门,但是进去后又马上关上了,暂停营业的标志牌在门上依然挂了十几分钟。

最后,大约十二点二十分的时候,他出来打开了前门,然后把标志牌翻过来,上面写着正在营业。我穿过街道,走进店里。

要我说,我打理家务的水平永远都得不了南茜清洁奖,但是这个地方真是一片狼藉。地毯又旧又破,而且说白了,真是脏极了。房间后面的写字台上堆满了乱七八糟的东西,纸张随意摆放,发票本上洒满了咖啡水渍和其他的痕迹。那个老头坐在桌子旁边,和这个地方很相称:夹克衫的翻领上看起来像撒过肉汁一样,仅有的几撮头发蓬乱肮脏。夹克衫里面穿了一件灰色的编织背心,上面有一个蛀虫咬过的洞看起来非常显眼。当我站在店里时,电话响了,那个老头翻开一堆纸,四处找电话。当他在桌子下面的地板上找到电话时,电话铃声戛然而止。

我把商店四处打量了一番,里面的商品给我留下了非常深刻的印象。沿着墙根,排列着玻璃橱柜,每一个橱柜里都装满了珍宝。橱柜上面摆着各种物件,多得都盛不下了:有一些是让人印象深刻的非洲雕刻品,包括看起来像贝宁湾青铜雕像的作品,还有一些极其有趣的木雕。我看不出有什么特殊的主题,所有的东西都是古物,很古老,至少在我看来,是真品。房间的中部摆着一张大桌子,上面堆满了商品。

我懒散地拿起一个小人像,那是一个有趣的蓝色彩釉陶器小雕像,约六英寸高,凑上前仔细地观察起来。我知道,这个蓝色的小人,一个给亡者当差的人,很可能还是一个比较重要的人,是亡者的一个仆人,在埃及墓穴里存放了数百年甚至数千年。手中握着有几千年历史的东西总是很有诱惑力,但是在这种情况下,你不禁要问这样的问题:这是合法的东西吗?我把塑像掉过头来,底部用黑色墨水写着几个微小的字:好像是博物馆目录号。很可能是从博物馆收藏中拿出来销售的藏品,也可能不是。

我转过身看向桌子,盯着老板的眼睛,而那对几乎隐藏在黑色墨镜里的眼睛也在注视着我。他身后的墙上挂着几幅古旧的图画,在他脑袋的正上方挂着的一把与众不同的刀,后面衬着黑色的织物,边缘还镶着金边。这和我们平时所见的刀有所不同,有一片薄薄的刀刃,还有一个把手。粗壮的刀把呈钟形,底部伸出一个轻薄的月牙形刀刃。大约六英寸高,金黄色,整个把手上镶嵌着一串微小的绿宝石颗粒。我几乎可以确定,这是一把图米刀,是古代秘鲁人在仪式上使用的刀,可能是祭祀用的。

"嗨。"我一边向桌子走去,一边说,"你是埃德蒙·埃德华吗?"

"你是谁?想干什么?"他暴躁地问。

我递上名片,我不知道自己为什么会这样做,只是觉得在开始行动前,得先建立起信任的基础。然而回忆起来,我本该向他致以诚挚的歉意。那个老头仔细地看了看名片,然后抬头凝视着我。"我是多伦多的经销商。"我怕他看不清那张卡片,"我这次纽约之行是为我的一位客户进行采购,如果不介意的话,我不想说出他的名字。"

"有什么东西你特别感兴趣的吗?"他问道,显然很高兴。

"我的客户几乎只收集哥伦布以前美洲的艺术品。"我回答说。

"这个范围太广了。拿货不容易,价格也比较贵,"他答道。

"钱不成问题。"我说。他打开一个装卡片的收纳箱,里面装的是产品种类名录,他开始用拇指费力地翻阅起来,每张卡片他都得贴到眼前看。箱子里装得满满的,当他想从中抽出一张卡片时,还有几张也被抽了出来,散落在桌面上。最后,他费劲地从椅子上坐了起来,在房间中部的那张大桌子上翻搅开来。他的那些目录似乎根本没什么精确的系统性,但他好像知道所有东西所在的位置。他开始从桌子的一侧弯腰看向桌子底下,但却没什么收获。

"在那下面。"他咕哝说,"在中间,就那块石头。来自科潘[①]的一块石碑,是好东西。"

我弯下腰把那个物件从桌子底下拉了出来。是一块非常重的石头,雕刻精美,十有八九就是他说的那个东西,我认为这是玛雅人的东西,来自科潘。我还觉得他不该有这东西。

"非常不错。"我说,"但是……"

"还有这个。"他说着,打开其中的一个玻璃橱柜,然后拿出一个精致的阿芝台克神的陶像,十有八九也是真品。

"这个也不错,"我说,"但是,我的客户有一个特殊的嗜好。莫

① Copan,科潘是玛雅人的城市,公元8世纪被遗弃。

切,和莫切有关的任何东西:陶制品,金属器具。你见过这类东西吗?”

“那个很难找的。”他咕哝着。

“的确是这样。”我说,“这也是我来这里的原因,A·J·西姆森让我来的,在多伦多,你还记得他吗? 安东·詹姆士·西姆森?”

这时电话又响了起来,老头开始慢吞吞地到处找起电话来。

“在地板上。”我说,“桌子底下。”他看了看我。“电话。”我说。老头终于明白过来,弯下腰去。当他抓住听筒时,电话铃声又停了下来,他对着听筒气喘吁吁。很显然,之前打电话的那个人又打来一遍。他转身走到第二个卡片收纳箱前开始翻起来。我觉得这次他不是在找物件,而是在查看西姆森这个名字。他停下来,看着一张卡片。我觉得没什么希望了。

“安东怎么了?”他最后问道。

哦,天哪,我心里想,现在该怎么办啊?“不像以前那样精神充沛了。”我回答说。

“我们许多人都不如以前了。”他说,当然,这是事实,但是现在,我们大部分人都比A·J·西姆森要精神得多,即使埃德蒙·埃德华也是如此。

“不,我觉得不是。”我回答说。我们互相看着对方。我对埃德华已经比前几分钟多了几分了解:他并不是西姆森的亲密朋友。萨姆·菲尔德曼曾告诉过我,西姆森的朋友都叫他A·J,而不是安东。“安东告诉我你以前能帮他弄到一些莫切的东西。两年前,你给他寄了几件东西,确切地说是三件,还有其他一些东西。”

老头现在看我的眼神警惕起来。“我不知道你在说什么。”他说,“莫切的东西是非法的,是不允许带出秘鲁的。”

“像我刚才说的那样,这就是我来这里的原因。”我说完,带着一种我觉得是同谋者的眼神看着他。“那把图米刀呢?”我一边说,一边指向书桌后面的墙上挂着的那把刀。“那是莫切时代的东西吗? 或者可能晚一些,是印加人的?”我问道,想让自己听起来有点学识。

他上下打量着我。这时电话又响了起来。“过一会儿再来。”他用命令的语气说,“三点左右。”

好像我也没别的事好做。“在地板上。”当我离开商店时转身说道,“电话在地板上。”

我通常不会对纽约的“新鲜”空气多做评论，但是在那家商店里呆了几分钟以后，即使这城市中令人窒息的空气也令我感到很舒服。我转身向商店望去，这时，我看见那个老头正站在门口。当我出门后，他把暂停营业的标志牌挂在了门锁上，然后进去把门锁了起来。我在那儿观察了十几分钟，但是暂停营业的牌子依然坚定地挂在那里。如果不是因为他那家商店的经营时间世界最短，就是因为我让埃德蒙·埃德华心烦意乱。

现在是下午一点钟，我还得自己消磨下面的两个小时。我转身往中央公园西侧走去，想找个地方吃顿午餐，也许会在公园里吃饭。我找了一张长椅，坐在上面一边休息，一边考虑该去哪。我坐在椅子上，看到一个中年妇女正对经过的路人高谈阔论，她身上的穿着看上去好像是斯堪的纳维亚人，金黄色的头发编成了一条长辫子，从头上戴着的羊角造型的头盔中耷了下来，显然是个挪威信徒。她一直向路人建议：我们应对自己的过失进行忏悔，这样，在世界末日即将降临身边时，我们就都能上天堂了。据我推断，很显然得通过给她钱来进行忏悔。我觉得这种感觉真好，就像在家里听到的一样。

当我懒洋洋地四处观望时，惊奇地发现那个老头正慢吞吞地穿过街道。他并没有从我料想的那个方向出来，这说明他的商店很可能有一个后门。我谨慎地从椅子上站起身来，小心地躲了起来，开始跟踪他。

一路上，我们的步伐都非常缓慢，我开始觉得自己非常无聊。对我来说，走那么慢而且还不能追上他真是太难了，他还频频停下脚步转身向后面观望，我不得不也转过身去假装在走另一条道。我觉得，只不过是他的视力救了我，他戴的那副眼镜看起来像大家熟悉的汽水瓶底，那藏在眼镜背后的眼睛可真不怎么好用。

大概穿过了一两个街区，他转身走进了公园，我也跟着他走了进去。在公园里进行跟踪容易多了。公园里有许多人闲逛的人，而且树木也给我提供了一些掩护。最后那个老头停了下来，坐在一条长椅上。他从衣袋里拿出一个袋子，把面包屑撒给周围的小鸟。

我觉得有点莫名其妙，我现在是在曼哈顿，这里是世界上最具传奇色彩的城市，而我并没有在哪个一流餐厅吃午餐，而是躲在一棵树后，用调皮的眼神看着那个老头平伸着腿，喂着鸽子，我感觉自己像个傻瓜一样。现在我该做的事就是在多伦多警方发现我离开之前，坐飞机回家。

我正准备离开，而且已经向相反的方向走了几码，但有个情况使我又转过头来。我看见有个人走到老头跟前，背对着我站稳后，弯下腰和老头说着什么。我不知道这到底是个巧遇，还是那个老头专门来和这个人见面。如果这次会面是事先安排好的，那这和我去商店是不是有什么关联呢？

那个来访者突然站起身来，开始在老头的身边四处张望起来。我猛退了几步，希望我隐藏的地方不会被他看到。这一幕让我立刻紧张起来，但是我敢确定我找到了一些线索。这个人让我想起了那个"蜘蛛"，我上一次看到他时，他正藏在莫尔斯沃斯＆考克斯拍卖行的一盆棕榈盆栽的后面监视那个已经死了的"蜥蜴"竞拍那个箱子，我那时还觉得那个箱子里的东西里都是破烂呢，但是现在看来极有可能是无价的珍宝。如果在那儿和埃德蒙·埃德华谈话的是那个"蜘蛛"的话，那我就非常有必要再回远古路线一趟。

我找了间咖啡馆吃了点午餐，又读了一些有关我一直寻找的莫切的内容。快到三点的时候我又回到了画廊所在的街对面。那块暂停营业的标志牌依然挂在门上。

大约三点半的时候，暂停营业的牌子给移开了，我又得开始忍受那种压抑的气息了。我穿过街道，想把门打开，但门依然锁着。我看不见里面的情况。我决定再多走几步，找到后面的入口，我相信肯定有个后门，因为我在房子的后面看到了爱德华。我终于找到了一条小巷。我在拐角处就开始数着房门号，这样就能确定哪幢房子是远古路线。其他的房门都安全地锁住了，只有那间画廊的后门微微地开了一条缝。我走了过去，后门关着，但是却没锁上，我没有开门，而是敲了一阵子门，然后向里面叫道："有人在吗？埃德华先生？"

我走了进去，来到一条狭长的门廊里，这条门廊与通向二楼的一条楼梯相邻。有一面墙挡住了我的视线，我看不到位于陈列室后部的写字台。我发现镶嵌在门里的安全系统仪表板上有一个红灯闪个不停。这是不是说明我刚刚碰到了警报器？如果碰到了话，那这就是个无声的警报器。的确如此，和外面喧嚣的城市相比，商店里安静得有点可怕。我听见一座古老的钟在嘀嗒地走着，当我看向前面的窗户时，灰尘颗粒在阳光下旋转着。

我仔细地听着，一点声音也没有。我觉得出门却不把后门给关上,真是太粗心了。垃圾堆里还隐藏着一些非常精美的物件,与在多伦多相比,在伦敦不把后门关上更是个极其糟糕的主意,这一点我真是印象深刻,而且我在多伦多也已经亲身体验到了这一点。“埃德华先生?”我又喊了一声。我觉得他可能耳朵有点聋,所以我把嗓门又放开了一点。但还是没什么反应。

我向前走了三四步,走进陈列室。

在这之后我所见到的一切让我这辈子都忘不掉,我永远都会记得那幅可怕的场景:埃德蒙·埃德华死了,喉咙上被切开了一条缝。鲜血滴到桌子上,然后又落到桌子前的地毯上。桌上的茶杯也翻倒了,杯中的茶洒了出来,和血液混合在一起,在桌子上形成了一小股褐红色的血水流。至于实施这次暴行所用的武器,则根本不用想就能猜到,正是那把从衬纸上扯下的金图米刀,现在却不翼而飞了。

我在那儿呆立了一会,看到眼前的残暴场景,吓得我连眼泪都流不出来了,但是这种状态只维持了几秒钟。我被一声极其细微的响声拉回了现实:我的头顶响起了轻微的吱吱声,好像有人,在楼上,他正轻轻地移动着。我屏住呼吸站在那儿,然后我又听见了那个声音,这次声音越来越靠近楼梯了。我穿过房间,打开前门,冲到街上,我听见身后的楼梯上响起了沉重的脚步声。

我招手叫了一辆出租车,一跃而入。

“你好像很慌张,女士?”司机说,“去哪儿?”

事实上,我根本没有一点头绪。我让他把我送到购物中心宾馆,我的脑袋热得都要炸开了,我想应该没人会在购物中心宾馆谋杀我。到了宾馆后,我冲了进去,穿过大厅,然后通过牡蛎酒吧的侧门出去,这是我想到的能够转移凶手注意力的一种策略。之后的一两个小时内,我只能试着混到人群里。

根据我对纽约的观察,很容易就可以将本地人和游客区别开来。我不知道到底是在什么方面有区别,是走路的方式,也可能是穿衣风格。莫伊拉应该知道。她从事的那行工作要求她知道哪种是符合潮流的,哪种不是。我在这方面可不行,因为在正常的情况下,我都不知道流行的餐点和软糖热圣代有什么区别。我只知道纽约人看起来就是像纽约人,而我们其他这些游客看起来就是不像。

不管是出于什么原因,我都觉得自己和这个城市有点格格不入。我只带了换洗的内衣裤,装着几件护肤品的化妆包,还有一件干净的衬衫，我在皇家塔楼的女更衣室里换上了衬衫，塔楼里回荡着优雅的钢琴声，声音是从一架高级钢琴那传出来的，钢琴的后面是一面叮当作响的瀑布。然后我从一个街头小贩那里买了一顶纽约黑人常戴的棒球帽，戴在头上。虽然此时天在下雨，我还是戴上了自己的太阳镜，这身打扮的确很时髦。

这样折腾了一两个小时后，我觉得真得应该集中精神考虑一下我该怎么做。一个棒球帽和一副太阳镜很难把我完全包裹住，显然我得找个地方呆着。家是第一选择。但是还有一个小问题，我记得我把一张名片给了埃德蒙·埃德华，他现在已经是个死人了。我又努力地想象那张桌子，想看看我能不能记起卡片还在不在桌子上。我记不得了，血把一切都遮盖住了。如果还在那儿的话，警察会发现的，那我就可能牵涉到这起谋杀案中。即使我能为自己解释清楚，但是那个“蜘蛛”——如果确实是他杀了那个老头，我十二万分地相信他一定也会知道我的名字。我觉得可能那个“蜘蛛”已经知道了，在莫尔斯沃斯 & 考克斯拍卖行。我们都知道拍卖行的人非常小心谨慎，但是，用不着费什么劲就可以在拍卖行的前台看到竞拍人的名单，我不止一次这样做过。但是，他肯定知道，他已经找到了我的商店：还有谁会杀死“蜥蜴”呢?

结论就是我不能呆在那里，我不能回家。我知道警方，尤其是罗布一定会努力把我当作这起可怕事件的证人保护起来。但是我敢肯定，那个“蜘蛛”一定非常残忍，而且已经决定对我狠下杀手了。虽然他很凶残，但是肯定还不止这些。我想起了“蜥蜴”那具可怜的尸体，手被绑在背后，看上去好像曾求凶手放过他。而埃德华，那个眼睛近视，迷迷糊糊的老头，喉咙也被一把仪式上用的刀割开了一道口子。在我心目中，“蜘蛛”是个杀人狂。他知道我在哪儿工作，而且也能轻易找到我住所。即使他是一个人行动，我也非常怀疑，警察不会保护我一辈子。我希望自己能考虑清楚现在的情况，想从这件事中脱身，那我只有一条路可走了。然而，这一路上只有一个停车点。我跑到路边，跳到另一辆出租车前——可能我现在看起来已经像个纽约人了，然后我钻进了出租车。

“去机场，JFK①，”我气喘吁吁地说，“能开多快，就开多快。”

---

① JFK，John Fitzgerald Kennedy International Airport，肯尼迪国际机场。

到了机场，我查看了一下行程表，然后来到柜台前，“墨西哥城。我想要一张下一班飞往墨西哥城的机票。”我说。毕竟，如果说你不愿让他们陷入危机的话，还是去旧爱那里比较好。

6

我认识的所有人,不管是不是警察,都知道怎样摆脱尾巴,我的尾巴就是我生命中的前一个爱人,墨西哥考古学家卢卡斯·梅。他现在是国会议员。

我只给他打了一个时间很短的电话,就说服了他去国家人类学和历史学博物馆接我,当我们还在一起的时候,我们经常去墨西哥城的那个地方旅行。我们会一起去看展览,然后在楼群中间的公园吃点午餐。我穿过吸引众多目光的那座美轮美奂的庭院,到达玛雅展区,像一个真正的游客一样,开始仔细地观看展品。他一出现我就立刻察觉到了。真是很让人困惑,我怎么会那么做,现在他和我像以前一样挨得那样近。

"嗨。"我转过身说。

他看起来和以前有很大不同。我已经将近两年没见过他了,自从他抛下我——实在不知道该用什么词来说他——追逐政治生涯以来,他现在已经当选为墨西哥的国会议员。而他曾经是个考古学家,那时,他的头发太长,一点也不时髦,总是穿着那身黑色仔裤和T恤衫,而且大部分时间都踩着那双工作鞋。现在他身着一套价值不菲的灰色西装,白色衬衫,戴着银灰相间的领带。他的头发剪得很短,看起来非常职业,而且好像比以前壮实了点,也可能只是比以前我认识他时稍微胖了点。他拉着我的胳臂,把我带出博物馆,走进公园。

“我遇到了一点小麻烦,卢卡斯。”我说。

“我知道,”他说,“他们已经打电话告诉我了。”

“他们?”

“加拿大当局。那个家伙叫罗伯特警官或其他什么名字,我拼不出来。RCMP。”

“卢卡兹,”我一边说,一边把这个名字拼写出来。他点了点头。“我还没到这儿,他怎么就找到了呢?”

“他没说。你是不是用信用卡买过机票?”我点了点头,“真笨。”他说。

“我是笨,但是这个小麻烦搞得我现在身上一点钱都没了。我知道应该我请你吃午饭。”我说,“但是我只是一个逃亡者,没什么钱。”他去站台给我买了本指南。

“告诉我是怎么回事。”他说。

我从包里拿出那个小金人,递给他。

他仔细地看了看。“真有趣。”他终于开口说了句话。我望着他,如果这个东西有什么有趣的地方,我很乐意倾听。

“这件有趣的东西是从哪来的?”他接着说,“对这件东西,我以前真的了解不多,直到两个星期以前,我在一则考古学通讯报道中看到了相关的介绍。一两天前,一个老朋友,也是一个考古学同事向我提到这个东西。”他看着我,“耳饰,我觉得是莫切时代的。”他说完,又盯着我看,“这个东西真的是莫切文物。”

“我知道。”我说。

“在黑市上,这种东西非常抢手。我的一个朋友说,前不久,在亚洲,一对像这样的耳饰卖了150,000美元。把莫切工艺品带出秘鲁是违法的。”他补充说。

“这个我也知道。但是显然有人把它带出了秘鲁。可能并没送到目的地。我在拍到的一箱破烂里找到了这个东西。的确有人把它从秘鲁运送出境。”我把发生的一切都告诉了卢卡斯。“我不想做那种让你处于不利境地的事,卢卡斯,你现在是个位高权重的人。但是我需要一个新身份,而且我得去秘鲁。我想把这个莫切小人带回秘鲁,然后把这一切公之于众。这是我能想到的让我摆脱现在麻烦的唯一方法。”

他静静地坐在那里,望着远方。当我看着他时,我感到很遗憾,还有一种痛苦的感觉。他长了很多白头发,眼神看起来非常累,可能更多的是现实。我在想,这个道德非常高尚的人在这个道德并不是很高尚的国家里,为了国事操劳,筋疲力尽。我很想伸出手去抚摸他的脸庞,拨拨他的头发,然后告诉他一切都会好起来的。他一直为尤卡塔半岛的当地人争取权利,是个改革家;我敢负责任地说,他曾经是当地一个游击队的成员,该游击队活跃于梅里达[①]外围的丛林中,我们还曾在那里见过面。但是不久他就接受了建议,开始走政治路线,参加选举,以这种方式为他的人民服务。一个人不能一心二用,他告诉我,他做不到,而且也不能再维持我们之间的关系,于是我成了他生活部分的牺牲品。

“你期待的事情可能无法实现。”我迟疑地说,“我的意思是你的政治生涯。”

他只是看了我一眼,然后又转过头去。他聚精会神地看着树梢,当他终于再次开口说话时,他的声音非常凄凉。“也许不能。”他说:“我并不是想交多少朋友,这是实情。而且有些时候,你也看到了……”他的声音渐渐小了起来。我不再探究了。卢卡斯就是这样,如果他想说的话,他一定会告诉你的。我已经习惯了。

“你一直都是这么善解人意,从不向我打听我的私人生活,”他终于开了口,“但是我很清楚,你知道我生活中经常都会存在一些阻力。”

我在等着他说。

“你以前没有刨根究底,而且当我告诉你我们俩的关系结束时,你也没有试图和我吵架,这些我都很感激。我会自欺欺人地想,你会为你的决定感到后悔的。”他说。

“你并没有自欺欺人。”我说。事实上,我已经对他烦得不能再烦了。

“是这样,如果你做过我以前从事的工作,你就得订个计划,如果你按我说的去做,这将是个逃跑计划。”

“卢卡斯,”我说,“你现在从政,我不希望你做一些会危及你安全的事。”

---

① Merida,现在是尤卡塔半岛的首府。

他大笑起来，但是笑声中丝毫没有幽默的成分。“危及我的安全？当我在思考所看到的一切时，我那些当选为代表的同事正行使着权力！帮助一个人逃脱警察的追捕，虽然是一个轻率的举动，但是这种事太微不足道了，几乎没人会注意到，相信我。”他苦苦哀求说。

“给！”他一边从上衣口袋中掏出一枚很旧的银币，一边说，“拿着这个。我等一下给你点钱坐出租车，去这个地方。”他说完，在一张纸上潦草地写下一个地址。“去那间公寓的一层，那里有一个老太太，把这枚硬币给她看，她会好好照顾你的。即使你不喜欢她的主意，也得按她说的做，好吗？你得在那呆几天，但如果你真的想去秘鲁的话，我们会把你送去的。”

“我知道这个要求有点强人所难，但是你能不能尽量把我送到一个名叫堪皮纳维加的小镇附近？”我问道。

他居然淡淡地微笑起来。“我尽量。“他说。

他站起身来，是出发时间了。他送我走到街边的一个出租车停车点，然后把那个地址告诉了司机，我钻进了出租车。他忧郁的情绪逐渐驱散开来，他弯腰把脸凑进后车窗，然后在我的嘴唇上轻轻地吻了一下。

“如果政治运动没什么结果。”他带着疲惫的笑容说，“我可能得赶紧离开墨西哥。我听说加拿大不错，但是很难取得国籍。你认不认识一个愿意嫁给我的善良的加拿大女子？”

“也许吧。”我一说完，出租车就启动了。我没有回头，莫伊拉会很高兴的。

那个老太太居住的房子后有一间小房间，我在那里度过了四天四夜。这栋房子看起来和镇子上的其他建筑一样，只能根据褪了色的装饰蜡笔画才能区别开来，在烈日的曝晒下，墙上的颜色逐渐剥落了。这栋房子涂着苍白的绿色。我按照指示，把银币拿给她，而她极其仔细地观察了硬币，也打量了我，然后领着我上了三段楼梯，她每上一阶楼梯，就努力抬一下弯着的身体，她的腰弯得很厉害，脸都贴到楼梯扶手上了。

房间很小，但是东西齐全：一张小床，一张写字台，一把椅子，一盏小台灯，还有一顶吊扇。百叶窗把暴热的天气阻挡在屋外。让我高兴的是，这里还有一个淋浴喷头。那个老太太并没有和我说话，我不知道她是不能说还是不愿意说。但是她的帮助让我很慰藉。她会按时送来一盘食物：新鲜热乎的玉米饼、鸡蛋或油炸蜜糕，以及干酪，有时还来一点葡萄酒或啤酒。

到了晚上，她会把百叶窗前厚厚的深色窗帘给拉上，然后再把台灯打开。没人会知道我住在这里。当我关上灯后，我就把窗帘拉开，躺在床上，透过百叶窗的夹缝看着外面。外面总会传来一束柔和的粉红色光束，我觉得肯定是一家小酒吧的霓虹灯，因为一直到了深夜，我还能听到音乐和吵闹声，还有盘子哗啦作响的碰撞声。

白昼和黑夜都模糊起来，太阳光照到百叶窗，我才知道是白天了，而粉红色的霓虹灯照射过来，我才知道是黑夜到了。我主要是在睡觉，觉得很疲惫，而且这么多天第一次有安全感，我相信不管是警察还是那个“蜘蛛”都不会找到我。然而，有时我会做噩梦，埃德蒙·埃德华和“蜥蜴”死时的恐怖场景总会出现在我的梦里。有时我会梦到贫瘠的沙漠，到处星星点点地布满了发白的骨架和黑色的刷子，看不到活着的生命。

第二天，有个男人来看我。他让我坐在床边，然后把桌子拉到我面前，又拉了把椅子，与我隔桌相坐。他打开小灯，灯光照在我的脸上，他谨慎地端详着我，然后让我把头转向一边，接着又转向另一边。他又叫我站起来走上一圈，之后就起身离开了，和他来时一样，既突如其来又悄无声息。

第三天晚上他又回来了，和他一起来的还有一个驼背的老头，老头带着一条毛毯似的长披肩还有一顶帽子，根本看不出长相，他站在角落的避光处。前一次来的那个男人和上次一样，又把桌子和椅子拉到我前面，但是他随后拿起我的手提包，在我面前把里面东西都倒在了桌子上。

他仔细地翻着手提包里的所有东西，每一样东西都检查了一遍。他取出钱包，把钱包倒空，然后把倒出的美元仔细地分成两摞，把其中一摞扔回靠我这边的桌面上，然后把另一摞装进了自己的口袋。“信用卡。”他说完，一下就把我的那几张信用卡撕个粉碎。“护照。”他又说，“驾驶执照。”这些东西他没有撕毁，而是卷起来小心地塞进上衣口袋。

第四天晚上，那个男人再一次和他的同伴一起回到我这里，但是这次我知道他是谁了,我向黑暗的角落里投去一抹微笑。上次的那个人递给我一盒染发剂,示意让我进洗手间把头发染一下。十几分钟后,我原本一头泛着草莓红光的金发就变成了棕色。我看着镜子中的自己,像是一个陌生人一样。

他给了我一本美国护照,上面的照片和镜子里的这个陌生人差不多。我还有一本堪萨斯州的驾驶执照,里面还塞了一张墨西哥游客的出境许可证。我还拿到一个鼓鼓的钱包,钱包里塞满了我不认识的一种货币,秘鲁索尔,但是没有信用卡。

角落里的那个男人突然扯开了长袍,走了出来。是卢卡斯。"你的一个朋友,就是那个警察,他让我给你带个口信。他真是个不错的家伙,是个当警察的料。"他看着我说。

"他说我现在应该和你有联系——我说如果你联系我的话,我会知道的——他说我应该劝你回家。这样他才能尽力弄清事情的真相。他还让我告诉你亚历克斯会好起来的。"

"要知道我们也能把你送回家,把你往南送而不是往北送。"

"我可不这样想。"我说,"我已经千里迢迢来到这儿了,我觉得自己一定能把这件事搞清楚。"

"这么说来,你还是坚持要这么做。"他叹了口气。我告诉他,虽然我像自己所说的那样身陷谜团,但想不出自己还能做什么。他递给我一个封上口的信封。"别打开。"他说,"按上面的地址把这封信原封不动地交给收信人,这是一封介绍信。"

"我到哪儿去找这个人呢?"我问道。

"只要跟着指令走就行了。"他说,"时机一到,你就会明白你应该了解的东西。我们会把你送上莫切的国土,之后你就得靠自己了,你能行吗?"

"我觉得行。"我说,"您能帮我想个法子,让莫伊拉知道我在什么地方吗?我的意思是不要让其他人知道。"

"好的。"他回答说,"我会帮你办妥。"

"小心点。"我说。

"我觉得这句话应该由我来说。"他说完,给了我一个拥抱,接着把长袍拉过来披在自己身上,随后又消失在黑暗的楼梯间里。我有一种感觉,我可能再也见不到他了。

第二天早晨,那个老太婆给我拿来一只收拾好的行李箱,扁扁的,上面还带有旅行专用的标志，然后我就坐车去了机场。她告诉我到那家航空公司的一个指定售票口，找一个叫安东尼尔塔的女人。她递给我一个小包裹，里面有一张下一班去往利马[1]的机票。

我离开之前，给克莱夫的商店打了个电话，克莱夫接了电话。我觉得这是其他人能够知道的我最后一次打电话的地方。即使他们跟踪到了这儿，在他们采取行动之前，我早已逃之夭夭了。我告诉克莱夫，十分钟后我再打给他，然后叫他走开一会，沿着街道走到莫伊拉的美发店，叫她来听电话。这是唯一的一次，他按我说的做了。

莫伊拉丝毫没有怠慢。"我从卢卡斯那儿听说了。"她说，"我猜到你一定会找个机会给我打电话的。到目前为止，我只从罗布的口中打听到，死在你储藏间里的那个人，他的名字叫雷蒙·塞凡提斯，塞凡提斯先生是为政府工作的。结果和你所料想的一样，他是个报关代理人。他和家人一起在卡亚俄[2]生活，有一个妻子和三个孩子。"她不停地说。

"那个地方在哪儿？"我打断了她的话。

"我想应该在利马的市郊，我只知道这么多了。"

"非常好。"我说，"亚历克斯怎么样了？"

"好多了。他已经不需要日夜看护了，但还是记不得那天晚上发生的事。他们把他留在医院里，做一些检查。但是我觉得医生好像对他的康复很有信心。"

"那些警察呢？他们还在对亚历克斯进行调查吗？"

"亚历克斯，还有你现在都是嫌疑犯。"她回答说，"我会想办法把那个讨厌的刘易斯从这件案子里踢出去。"

"我知道总有一天他会为自己和你的观点背道而驰而后悔的，莫伊拉。"我说，"但是你又能把他怎么样？"

"我已经让罗布插手了。"她回答道，"让他按我说的做。"

"你怎么能做到这一点的呢？"

"我只是告诉他，他应该对你的失踪负责，如果你还有亚历克斯有什么不测的话，都是他造成的。我就说了这么多。"她说，"当然了，你也知道我很精明的。"

---

① 利马，Lima，秘鲁首都。

② 卡亚俄，Callao，秘鲁西部港市。

我笑了起来，我即将做的坏事会得到惩罚的。

“这段时间，我可能不会和你联系了，莫伊拉。”我说，“我不知道自己要到哪儿去。”

“我明白，但是你得保证过些时候要联系我。”她开心地说。我觉得如果她不是这样精明，这样重感情，肯定不会拥有城里最成功的美发店。

现在我，不对，是丽贝卡·麦克柯瑞蒙，整理好思绪，通过入口，登上了飞机。

7

卡拉·蒙特亚·塞凡提斯坐在楼梯尽头的那间黑暗的房间里，百叶窗遮住了光线，她的脸上满是泪水，红肿起来。她是个漂亮温柔的女人，体态略为丰满，给人一种淫荡的感觉。她总是避免皮肤受到太阳的直射，因此她很自信，在黑色眼睛和头发的映衬下，皮肤看上去一定很白皙。花蕾般的双唇几乎时刻都微翘着，唯一例外的情况，就是她生气的时候，会眯起眼睛，撅起的嘴唇也会紧闭成一条细长的线。

她现在很生气。雷蒙，这样一个无能、毫无斗志的人，从来不会为了让他自己和她过上更好的生活而奋斗。而她自己的作风也太保守了，她需要找一个更有能力的人。爸爸曾告诉她不要嫁给雷蒙，他警告说雷蒙永远不会有什么大出息，她应该找一个更好的。但是雷蒙非常爱慕她，她怎么说，他就怎么做。而且不得不提到一点，面对三个哇哇嚎啕的孩子，她该怎么办才好？如果不是她阻止，把他赶到起居室住的话，他们的孩子肯定不止三个。谢天谢地，她的妹妹把这些孩子接回家过了几天。他们家真是又吵又穷，她需要安静，需要时间去思考。

她该怎么做呢？他到死都是那么无能，罗蒙，只给她留了那三个孩子，还有一片渺茫的前途。当然还有他的弟弟，乔治，她可以改嫁给他。怎样才能达到这一目的呢？他是有更多的干劲，可能还有更大的野心，但是他还是不是有点跟不上这个时代的潮流，不是吗？不幸的是，雷蒙看到了她和自己的弟弟在一起，真是不幸，但是他为什么要那样跑掉呢，结果去了那个遥远的地方……到底是为什么？这件事根本不足以造成那样的伤害。

爸爸说的对。她理应得到比现在更好的一切，而这间小屋，从楼下传来厨房里的味道，酸臭的油烟渗透了房间里的每一个角落，家具，她的头发，衣服；孩子们总是在哭，街道上的噪声，就像恶劣的天气一样，从百叶窗的缝隙中传进来。她应当脱离大使随员的队伍，居住在米拉弗洛雷，或者圣伊西德罗[①]。房子门前的院子里种着玫瑰，她喜欢粉红色，粉红色的玫瑰。那应该是一栋洁净、阴冷的白色房子，前面的窗户上镶嵌着带有格子形图案的白色铸铁，栅栏上布满了精巧的金属卷须，就像是在特鲁希略[②]的美丽家园，她是在那里长大的。这群孩子还应该有个保姆。

如果没有乔治的话，那该怎么办？还能依靠谁呢？近期内，她得好好考虑一下。瓦卡斯先生是这所房子的房东，虽然他对自己也很着迷，但是对于一个商人来说，让她不付房租在房子里住那么长时间，代价也太大了，她最好不要开门。如果雷蒙不是已经死了的话，她一定会杀了他的，她一定会的。他拿上了他们所有的钱——实际上是她的钱，他根本不会打理自己的钱物——那时他们的生活正在开始好转，他们之间也很少有什么问题。还有，得赶紧坐飞机离开加拿大！把他的尸体运回家，那得花多少钱啊！也许应该把他留在这儿。她也绝对不会为了他穿丧服。她可不适合穿那种衣服。她应该穿更漂亮的衣服，这是爸爸告诉她的。

她叹了一口气，只有一个答案，她得去和那个男人谈谈。她一点都不喜欢他：他让她感到有点害怕。但是她还有选择吗？毕竟，他欠她的，不是吗？如果不是她哀求，雷蒙绝对不会帮那个男人处理他遇到那个小问题的。不错，这就是答案，她得去找那个男人。

太阳有时会普照利马，但我没看见。一年之中有几个月，这个城市都会笼罩在令人不快的灰色空气中，这种空气主要是由海上的薄

---

① Miraflores，San Isidro，利马南部海滨的米拉弗洛雷和圣伊西德罗这两个区，都是利马的高级住宅区。

② Trujillo，秘鲁第三大城市，位于秘鲁西北部，是拉利贝塔德省的首府。

雾，歌如[1]，还有数以百万的汽车和工厂排放出来的污染气体形成的。就是这种带有沙砾的灰色潮湿气体在灼烧着你的喉咙、肺和眼睛，然后逐渐渗进你的心里。

在我看来，至少利马也是这样一个被这种空气重重包围的城市。每一栋建筑，每一个停车场至少有一名保安看守，有些保安都有武器。当客人在餐厅就餐时，餐厅也会安排几个保安帮客人看汽车；有些房子看上去很不起眼，但即使只有一丁点家产，也会有平民警卫 24 小时巡视，孩子们往返学校也都有人陪同。

这里还有一些事也让人害怕，这一点我很清楚。例如，恐怖分子，这是一个国际性问题，像森得若·卢米诺苏，山宁·帕斯，还有另一个据称是印加领导人的图帕卡·阿玛如，他们对偶发的爆炸事件、人质事件和其他一些恐怖行动都负有责任。但是比恐怖分子更令人恐慌的可能应该是绝望的人民，数百万的穷人和失业人员为了能够更好的生活，离开了自己在农村的家园，来到城市，但他们却发现自己的境况一天不如一天。现在，他们住在城市郊外肮脏的棚户区，没有水，没有污水处理系统，也没有电。

也许是出于宣泄的心理，利马人在自己的城市里喷上最令人惊奇的色彩，颜色里流露出灰暗和焦虑：赭色、烧焦似的焦茶色、深蓝色和纯净的群青色，上述这些颜色掩盖了冰淇淋色、柔和的淡黄绿色、奶油桃色、法国香草色，以及奥雷咖啡色。

每一个秘鲁的城镇里都有一个中心广场，利马也不例外，利马的中心广场名为阿玛斯广场。这座广场整个涂成了惹人注目的黄赭色，一片赭色中只有政府所在地的灰色墙壁比较显眼。广场周围建筑物的窗户上都镶嵌着工艺复杂的雕花木窗棂。像阿玛斯广场这样的地方，人声鼎沸，喧闹繁忙，到处都是走动的行人。那些居住在棚户区的穷人在人行道上叫卖糖果和饮料；专门做货币兑换生意的小贩手中则拿着计算器和几卷现金；女学生们付了几毛钱后，在角落处的体重计上一边称体重，一边咯咯傻笑；街道保洁员从头到脚都穿着鲜艳的橙色服装，他们踩着固定的步伐，弯腰用扫帚打扫地面——这个城市里每天的生活都是这样喧嚣和匆忙。

---

① garua，西班牙语，意思是迷雾。

一尊巨大的雕像为中心广场增色不少，这尊雕像描述的是西班牙人弗朗西斯科·皮斯若曾骑在马背上的情景。当时，由于西班牙对黄金的强烈欲望，再加上成功地征服了越来越多的北美洲的地区，之后西班牙越发贪得无厌，于是派出了皮斯若，使强大的印加王朝向其卑躬屈膝，因为历史上的一次战役，皮斯若在阿玛斯广场上获得了自己的荣誉地位。俗话说，原始的面目终究会从光环中显露出来，皮斯若那匹坐骑的屁股正冲着大教堂。教堂非常不悦，于是皮斯若和他的马就被驱逐到广场不远处的一个角落里，现在这座塑像坐落在广场的一个侧边上，而在附近居住的居民现在对征服者的名字，以及那些去街边咖啡馆喝咖啡时总要抬头看看皮斯若马屁股的顾客，也能够容忍了。

我要去那家咖啡店里面试，我要找份工作，尽管我自己都难以相信这一事实。我要见的人名叫斯蒂芬·尼尔，他是卢卡斯的同事，也是他以前的同班同学。我在电话里和他进行了简短交谈，然后我们约定了这次见面。在电话里，他的声音听起来令人很舒服，但是我不知道他长得怎么样。为了方便会面，他告诉我他有一头金发，向左偏分，还留着胡子。我刚要告诉他我有一头草莓色的金发，我突然醒悟过来。“棕色。”我告诉他，“我的头发是棕色的。”我觉得不管对谁都得保持警惕。

到底谁是丽贝卡·麦克柯瑞蒙？我也不得而知。她确实存在吗？如果她真的存在，那她看起来和我长得像吗，或者至少像这个人——深棕色的头发映衬着苍白的皮肤——我第一次看到时就是这种感觉，我住在离圣·马丁广场较远的一间宾馆里，宾馆的房间虽然又小又破，但却很干净。我在房间里端详着镜子中的自己，就是这种感觉。如果她是个真实存在的人，那她还活在这个世上吗，她的护照和驾驶执照上的照片很像我，有没有可能是她在墨西哥旅游时弄丢了，然后就被挪作他用？不然就是她已经死了，在她死后，把她的身份转移给了我？我是一个去旅游的陌生人，我从未有这种感觉，和曾经很熟悉、很了解的世界切断了联系，就像我现在这个陌生的名字一样。

这段经历让我很迷惑，这种感觉我描述不出来，而现在却不知道为什么稀里糊涂地获得了自由。丽贝卡不需要还账单，不需要参加聚会，而且更重要的是，她也不再有一个让她感觉很矛盾的前夫，这个前夫的品位真是不怎么样，竟然在她的街对面开了一家店。她也不会濒临破产，最高兴的是她和她的所有朋友都不需要因为一起谋杀案而接受调查，也不会遭到一个冷血的杀手追杀。

另一方面，这也需要冒一定的风险。“我确定那个航空公司的职员的确帮我收拾了包裹，而那个包裹一刻都没离开我的视线。”这种说法显然有点失实，而完全依赖卢卡斯和他同伴帮我制作的证件，又让我忐忑不安，有点透不过气的感觉。如果有哪个警卫让我描述其中的内容该怎么办啊？我根本不知道里面说了什么。尽管我清除了离开墨西哥的出境记录，然后又进入了秘鲁，但我还是很紧张。他们会不会抓住我，就我的生活问一些无聊的问题？虽然这身牛仔裤和粗斜纹棉布衬衫我穿起来很合身，但这身打扮却把我给出卖了。

在飞机上的时候，我坐在座位上，紧闭双眼，双手抓住座椅的扶手，在脑海里一遍又一遍地背诵着我的新名字，我的出生日期，我的家庭住址，就像在狂热地背诵咒语。我假装睡觉，假装因为太紧张而吃不下东西，也不愿和邻座的乘客交谈，以免在某些方面泄露了身份。当飞机开始在利马着陆时，那个空乘人员拍了一下我的肩膀，称我为麦克柯瑞蒙女士，然后递给我一个信封，这时，我的心都快提到嗓子眼了。

我到了利马之后，就住进了宾馆里的这间小房间，虽然很干净很整洁，但却很破旧。我一边绕着床打圈，一边盯着那只手提箱。信还搁在那儿，没打开，我感觉就像被人抛弃的行李包在一条空荡荡的行李传送带上不停地转来转去。里面的东西对我来说都很陌生：一条牛仔裤，两条七分短裤，一件黑色、浅绿色褐玫瑰红色相间的印第安棉布裙，还搭配着一件青绿色的印第安棉布上衣，一件轻薄的纯棉毛线衫，一件防雨夹克，还有一摞T恤衫。里面还有几件实用的纯棉内衣裤，几双袜子，还有一件长T恤，可以当睡衣用，一双凉鞋，一双慢跑鞋，以及一双工作靴。看到那几双鞋，我看到有些不安。根据我的经验，一般来说鞋子可以分为三个等级：非常舒服，不舒服，以及痛苦。我家里还收着一双长靴，那双靴子估计依迈尔达·马克思穿了都走不了路，我对自己说一定要尽快买一双非常合适的鞋。我试了试那双凉鞋和慢跑鞋：让我极其安慰的是，这两双鞋都属于非常舒服那个等级。而那双工作靴，我打算以后再说。

丽贝卡·麦克柯瑞蒙比我的实际年龄稍大一些，我的实际年龄是45岁。不过，经过这几天的演练，要让我比现在看起来显得老成一些也不是什么做不到的。我觉得她有点嬉皮士的心理,她是一个60岁的小孩子,决不满足现状,又有自己的主张,这种想法已经影响了我们几代人。她的T恤衫用处都各不相同:第一件是一件紧身的T恤,上面写着拯救雨林的口号;看到第二件T恤,我的脸上露出了笑容,上面写着考古学家是比较好的爱人;第三件上面画着让全世界都来救救鲸鱼。我拿起那件鲸鱼的T恤衫。显然,我要买的第一样东西就是一件新衬衫。我觉得任何一个像我这样优雅大方的人都不会愿意穿一件带有鲸鱼图画的T恤。

当然,钱是个问题。我不能把钱都花在填充衣柜上。我有一些现金,大约价值400美元,但是我没有信用卡,缺了这样东西,我感触很大。我觉得信用卡已经成了我的个人安全阀了。我不得不小心地用这些钱,这一点我可以确定,但是尽管如此,我还是要买一件新衬衫。至于原因,之后发生的事可以证明,因为我有工作机会了。

在我去利马的飞机上收到的那封信写道,关于我应聘秘鲁北部一处考古遗址工作的事,对方正在郑重考虑之中,此外我还要联系斯蒂芬·尼尔博士,他参与发现了这处遗址。信中告诉我如果应聘成功,希望我能够在8月28日去报到上班,所以只有两天的时间了。信上还说我的住宿和吃饭问题都给解决,但不幸的是,由于缺乏资金,无法给我支付工资,一点也没有。但是,作为补偿,我能够和另一位优秀的遗址发现者一起工作,希尔达·舒文珍,我可不认识她。信上的签名是斯蒂芬·尼尔,信的正文后还补充了一句话,让我觉得很安慰,应聘成功者还可以得到从利马到那处遗址的旅费。

我坐在咖啡馆里,等着和我未来的雇主会面。有段时间,我的目光停留在一群穿着校服的学生们身上,他们穿着鲜红色的运动夹克,男生穿着藏青色的运动裤,女生穿着藏青色的裙子,他们正在广场上散步。“请问,是麦克柯瑞蒙女士吗?”一个声音问道,过了一两秒钟,我刚要说抱歉,哦,不!

我立刻就喜欢上了斯蒂芬·尼尔。他热情地和我握手,他看上去表情既夸张凌乱,又友好坦率,他总是在笑,一笑起来,眼角堆满了皱纹。

他坐下后问我:“要啤酒吗?”我点了点头,他用西班牙语冲服务员说,“请给我两杯啤酒。”接着他又补充了一句,“要特鲁希略的。”

“在这儿呆了一段时间了,你觉得利马怎么样?”他问我,“卢卡斯怎么样了？我听说他从政了。我一直觉得从事考古的人有向政坛发展的倾向。”他大笑起来。

“卢卡斯和利马都很好。”我一边回答，一边把卢卡斯给我的信转递给他。当他读信的时候，我一直在静静地等着。我兑现了我的承诺，没有看这封信，但是当尼尔看到正文中的一处词句时，轻轻地皱了一下眉头，这激起了我的好奇心。

“好的。”他说完，慢慢地喝了几口啤酒。“咱们来谈谈工作的事吧。”

这一刻我担心了好久。卢卡斯说过的话，他真的做到了。他把我送到了秘鲁，然后帮我找到了一条路，一条能到莫切王国的路，剩下的就得靠我自己了。但是我敢确定，开始的第一个问题应该是有关我是从哪所威严的高等学府取得的考古学和人类学学位。我的学位语言是英语。毫无疑问，第二个问题应该是“告诉我你对秘鲁北部沿海的古代文化有多少了解”。

不幸的是，我在考古学方面的经验非常有限，只是和卢卡斯在当时挖掘的那处遗址上度过了几个愉快的下午。他让我帮他的忙，当然是在他的监督下，还没人称我是一个考古学家。

至于第二个问题的答案：最近，大约两周以前，我才开始对秘鲁的古代文化产生了兴趣，此外，就只有几年前我去墨西哥和中美地区时，学习过玛雅文化。我知道这些东西都没什么用，在进行工作面试前，我花了一个早上的时间，匆匆忙忙地把利马的博物馆逛了个遍。到目前为止，我所知道的就是早在印加王国和西班牙征服这片土地之前，秘鲁曾出现过很多文化，包括钱凯文化、奇穆文化、查文文化、莫切文化，以及兰巴业克文化。但我觉得莫切人是其中最杰出的手工艺人。如果说有人能制作出像我现在带在身边的这个小金人一样有艺术性的工艺品的话，那一定是莫切的艺术工匠。

我参观了由莫切人建造的制陶的场所，纺织品工厂，还有金属作坊，并为这些场所展示出的艺术性和技艺所征服。我看到有些房间堆满了莫切文化中的那种充满色情的陶器，基本上都是两个人摆着那种姿势，我只能说这是一种带有挑逗性的解剖学方式。有些陶器描绘了两人中的一人长着一个骷髅头，全身都只有骨架。房间的保安告诉我这说明莫切认为过度的性生活会置你于死地。以我目前的身份来说，像我现在健康的生活状态，我觉得这种事对我来说绝对不是什么问题，我根本不需要花时间来担心这个问题。

我的博物馆之旅非常有趣，问题在于他会不会问到相关的问题，“你能说一说从巴兰业克到莫切后期的情况吗？”答案非常明白，不能。

但尼尔提出的问题完全让我惊呆了。

“我不知道你对商业经营了解多少。”他用西班牙语说，“支付账单、工资，与政府当局打交道，还有诸如此类的事？问题在于，我是一个考古学家，不是一个商人，而且在这个组织里，我要做的那些琐碎事项都让我感到很沮丧。遗址上已经有了几个非常优秀的研究人员，优秀的工人，但是没人能保证整个发掘工作能够平稳运行。”

我对商业经营是否了解？我当然了解。我经营古董与艺术品商店已经有15年的时间了，其间只中断过一年。当然，我还是需要非常谨慎地来处理这次的面试。我觉得要让丽贝卡·麦克柯瑞蒙的身份继续保持下去，唯一的方法就是让她的背景尽量与我的背景保持一致。那样的话，人们就不容易发现我有自相矛盾的地方。丽贝卡来自堪萨斯州；她的驾驶执照上是这样写的，而且我只是有一次路过堪萨斯州。我不得不对这一点极其小心。但是商业经营？谁说丽贝卡·麦克柯瑞蒙没有经营的经验？

“我有过许多经商的经验。”我用最好的西班牙语，小心地答道，“我曾经自己经营过几年，零售。我销售家具，员工不多，但还是有几个人，而且他们都需要支付工资。我也付过账单。我经常和海关关员和代理人，以及银行家、报税人、会计师和托运人打交道。我可以负责任地说，我绝对不会因为自己的失误而错过任何一笔运输业务的最后期限。”我停了一下，笑着说，“不过我得承认，有几次几乎就快到最后期限了。”

“你被雇用了。”他说。

“真的吗？”我惊奇地回答。

“不错。”他说，“你的西班牙语很好，卢卡斯说我可以信任你——实际上是绝对信任，而且我可以把手中那些讨厌的工作转交给你。这些工作很适合你。”他笑着说，“卢卡斯在信里说让我帮他一个忙。但我觉得好像是他在帮我的忙，你千万可别把这句话告诉他！”

“待遇你是知道的——到遗址的路费，以及你到遗址后的食宿，我知道不是很多。你愿意干吗？那我们成交了？”他说完，从桌子上方伸过手，我握了上去。

"我们成交了，那我什么时候开始工作？"

他在桌子上展开一幅地图。"我们工作的遗址在这个位置。"他一边说，一边用手指着地图上的一点，那里看上去是一片空白的区域。"在特鲁希略和奇克拉约[1]中间。比中部的莫切遗址要早一些。我们得到了政府最大限度的承诺，最近的城市是堪皮纳维加城。"

老卢卡斯真行，我心里想：正好可以到堪皮纳维加城。我得要动身了，但是，尼尔犹豫了几秒钟，然后说道，"你可以先坐飞机飞到特鲁希略，到了那儿之后，你得找到瓦尔卡诺公共汽车站，然后坐上特鲁希略—奇卡拉约之间的往返汽车。汽车几乎每小时都有一班，上车后你和他们说一声，他们会在堪皮纳维加给你停下的。"

"我今晚要飞回特鲁希略，所以你可以明天启程，然后到特鲁希略转转，那里有一些很有意思的莫切和奇穆遗址，然后等后天早晨你再搭公共汽车。我后天大部分时间都会在镇上呆着，我会留意公交车站的。如果你到的时候我不在，你就坐一会，我很快会开车过去，然后载你到遗址。我们在遗址附近借了座庄园，在那儿办公。你到了那儿之后，可以见到小组里其他的同事，包括老板希尔达。你看怎么样？"

"现在咱们去给你买张飞机票。"他咧开嘴笑着说，"趁你还没改变主意。顺便问一下，你希望别人怎么称呼你？"

在他面前我觉得非常放松，所以差点犯了个错误，但是我及时反应过来。当我犹豫不决的时候，他说："你是喜欢别人叫你丽贝卡，还是别的什么名字，像贝基？"

"丽贝卡。"我说，"肯定是丽贝卡。"

当尼尔和我在航空公司分手后，太阳开始迅速落到了黑暗之中，落到接近地赤道的地方。利用最后那点时间，我又去那个我称之为"蜥蜴"的人的住所，根据罗布·卢卡兹的说法，他的名字叫雷蒙·塞凡提斯。我从来没有像现在这样费劲地搜寻一个地方，卡亚俄只有一个叫雷蒙·塞凡提斯的人。我曾经有两次这样的经历，我很喜欢这种公共交通，特别是秘鲁的公共运输方式，私营的小型公共汽车或厢式汽车都沿着规定的路线行驶，在车的前面和侧面的玻璃上都贴着一个

---

① Chiclayo，秘鲁北部城市。

标牌，上面写着目的地。除了驾驶员以外，车上还有一个助手，他负责开启滑行门，告诉上车的乘客，车上还有多少个空位子，然后再用手给乘客指座位。而厢式汽车会停下来，让你上车和下车，但是很便宜，当把你送到目的地后，又摇摇晃晃地驶入利马独有的那种令人毛骨悚然的车流中去了，满是汽车尾气和噪声。

我现在可以确定，雷蒙・塞凡提斯并不是一个富有的人，如果我的形容不是很过分的话，他的住所位于靠近利马郊外机场的一条黑暗的小街道里，到处散发着食用油的腐臭味，横放着排气系统。与利马中心的老城区有所不同的是，这条街道上虽然铺着地砖，还是有许多车辙印，到处都坑坑洼洼的。雷蒙住在一个小公寓里，这间公寓坐落在一间散发恶臭的餐馆和一间发动机修理店之间，就在一段又黑又脏的楼梯上。游客走在这条街道上，肯定会对这个肮脏的地方留下深刻的印象。但如果有人无意中穿过街道，也会看见第二层的大窗户前有一个铁铸的扶手，沿着扶手的边缘，有一圈漩涡型的石膏和花冠，这一切都残留着利马曾经作为殖民地的痕迹。公寓的百叶窗在靠楼梯右边的位置，也紧紧地闭着。

我在利马呆不了多长时间，也是第一次来这个地方。我爬上漆黑的台阶，上了二层的平台。二层有两间房，分别位于楼梯两边。右边的那间房门上有一个小名牌，上面不是塞凡提斯的名字，而另一边的那间房门的门环上系着一条黑色的丝带。我开始先试探性地敲了敲门，然后又大声地敲起来，没人回应，屋里也没声音。我在外面等了几分钟，街对面的中国餐馆里有一个中国女人紧紧地盯着我看。

我第二次来的时候，还是同样的寂静，还是没人回应。这次，我到街对面的餐馆里坐了下来，然后点了一杯啤酒，坐在这里我能看见对面的楼梯。几分钟后，那个中国老板走到我的桌子旁，问道："你想找谁?"我告诉她我想找塞凡提斯太太。

"是那个小妓女啊。"她说，"真奇怪，你叫她塞凡提斯太太，她肯定会喜欢这个名字的。她觉得她比我们其他人都强，总是装腔作势。但是在这里我们都叫她卡拉，或者小妓女什么的。"她用了一个词"弗拉纳"，在西班牙语中，有许多词可以用来形容世界上最古老的职业，我们英语里也有很多这样的词。"她在屋里。"她继续说，"只不过不应声。她害怕敲门是房东，要知道她付不起房租。要不就是害怕她的小叔子，他要来为发生的事责问她，她的丈夫死了。"

“我听说了。”我说，“太可惜了。”

“对她来说的确是太可惜了。但对塞凡提斯来说可能不是这样。对于塞凡提斯来说，这也许是件幸事。他丈夫给她留下了三个小孩。你知道吗，她把孩子送走了，送到她在特鲁希略的妹妹家里去了。对她来说，一个孩子都太多了。她的那个丈夫拿上了他们所有的钱，去了挺远的一个地方，我想应该是加拿大，然后到了那儿就死了。”

很显然，我这位新交的朋友漏掉许多事，而且她也不介意把这件事告诉别人。

“那他为什么要这样做呢，真想不通。”我说。

她一边喘着粗气，一边说：“你是说死了，还是说去加拿大？首先，唯一想不明白的就是他怎么会有足够的钱去那儿，还有他为什么那么快就起程了。他发现她老婆跟别人搞在一起，而且还是他的弟弟。雷蒙·塞凡提斯是个好人。我得告诉你，他不该有这样的结局。那个女人是个十足的妓女。”

我的天哪，我心里想“蜥蜴”真可怜。不过，既然他当场抓到自己的妻子和自己的弟弟在一起，那又怎么会出现在多伦多的拍卖行，然后鲜血淋淋地过早地死在了我的储存间里？

中餐馆的那个女人还有更多的事要告诉我。她停了下来，给我又端上一杯啤酒，我根本就没点。我觉得从她这买点东西就是为这些信息支付的酬金。

“但是为雷蒙感到遗憾也没什么用，不是吗？为他的死感到遗憾也没用。我现在只是为他的弟弟感到遗憾：乔治。他的罪行把他给毁了，真的把他毁了。这条街往下走有一个酒吧，他经常在那里喝得像条烂鱼一样，然后回到这里，站在窗户下望着她。我叫那个女人小妓女，但是他却叫她女巫，布鲁贾[①]。他说她把自己和哥哥都迷住了，让他们做坏事。他的妻子现在也离开了他，把他的孩子也带走了，我真为他感到遗憾。”

“看！”她一边说，一边指着一个年轻人，那个年轻人显然喝醉了，衣冠不整，正从中餐馆的前面经过。“那就是乔治。”我们看着他东倒西歪地从面前走过。她说的不错：他看起来的确很可怜。过了一会

① 布鲁贾，Bruja，西班牙语，意为"女巫"。

儿,等乔治从我们的视线中消失后,她继续说道:"至于那个女人,我可以这样说,当她出门的时候,她绝不会打扮地像个寡妇的。真是可耻,她穿的衣服都是五颜六色的:粉色是她最喜欢的颜色。如果她落泪的话,那也是为她自己流的,但绝不是为了她的丈夫。当然,她会过得很好的,男人都喜欢照顾她。一开始,是他的父亲溺爱她,然后是雷蒙,那个可怜的男人。对她来说这还不够好,不是吗?他是一个好人,在政府机关有一份稳定的工作,对于我们大部分人来说这些都足够了,不是吗?"

"她这两天出来过,对吗?"我故意用一种漠不关心的语调问道。那个女人没有回答。我点了一份奶酪三明治,来搭配啤酒。这是菜单上最便宜的"贿赂"了。

她把烤过的奶酪三明治端到我面前,说:"通常晚上的时候,等在这条街下面的房东关了商店,回到蒙特瑞克的家后,她就会出来,大概八九点的时候。"

这么说来,我得等到夜里八九点才能回卡亚俄。在镇上的这个城区,我一个人在外面呆着,感觉有点不安。但是这家中餐馆还开着门,于是我又点了一杯咖啡和一份乳酪饴糖,一边享用一边等着,看看将要发生什么事。

大概七点三十分的时候,我那位新结交的中国朋友用肘部轻轻碰了碰我的胳臂,然后指着一个非常富态的中年男子,他正沿着街道走来。当他经过塞凡提斯的住所时,我看见他抬头向那间黑漆漆的房间里看了一会。"他就是房东。"她小声说,"他要回家了,现在你再仔细地看看百叶窗。"我看了过去,大概几分钟后,屋里射出一线微弱的灯光。那个中餐馆的老板娘心照不宣地看了我一眼。

大概四十五分钟之后,我听见有人走在楼梯上,然后有个年轻的女人走上了街道。

"是那个小妓女。"那个中国女人用轻蔑的声音说,一边说一边把头转向那个女人。我赶紧付了账,然后跟上那个年轻女子。

和我的线人预测的一样,卡拉·塞凡提斯果然没有穿丧服,而是穿了一身粉色的衣服,还是无袖的,腰上扎着一条细细的皮带,领口开得非常低。我觉得这身衣服有点过时了,而且穿在她身上太紧了,不过我得承认,自己要是想把那件衣服穿得像她一样,那我得付出很大的代价。我还注意到,当她走过时,街上所有的男人都张口结舌地看着她，而且不管我长什么样，那些男人没一个人注意到我，尽管那个时刻我是这条街上唯一的外国佬，这个塞凡提斯太太的确有吸引力，对那些男人来说，她就是个尤物。

在街道的尽头有一片热闹的林荫道。过了一会儿，卡拉招手拦了一辆开往米拉弗洛雷区的公共汽车，我也立刻叫了一辆出租车，然后告诉司机跟着那辆公共汽车。司机是个年轻的男子，穿着牛仔裤和T恤衫，T恤衫上面的广告是我从未听说过的一个滚石组织，很可能是生产车子里用的那种磁带的公司。他听完我的命令，急忙打开加速器，一边摁喇叭，一边冲到路上。巨大的反弹力把我和他的录音磁带从车后座的一边弹到了另一边，就像盒子里滚动的筛子一样。他时不时地向我咧嘴笑笑，极其不必要地指了指前面的那辆公交车。我们和前面的车只相隔一两辆车的距离。为了保护我宝贵的生命，我紧紧地握着门把手。

那辆公共汽车转到了一条辅路上，然后在后街的小巷接上一对夫妇，沿着一个斜坡开往里米诺斯称之为地池的地方。一条凹陷的高速公路以斜对角线的方式把整个城市分割开来。几分钟后，公共汽车又在另一条斜坡处停了下来，卡拉从车门里走出来，径直走向米拉弗洛雷区的一家高级宾馆，这家宾馆坐落于利马最豪华的地区。我跟上她，穿过玻璃门，走进宾馆大门右边的酒吧间，然后在离卡拉有三个位置远的地方找了个位子坐了下来，但在这个位置我能清楚地看到卡拉和一个男人，显然她是来和他会面的。

他可比她老多了，大约有60岁，得比她大20多岁。他不是西班牙人，但从穿衣的方式看，他似乎和我一样是欧洲人。在酒吧间的尽头有一个大屏幕，播放着西班牙爆炸性的摇滚音乐，尽管离屏幕很远，但我还是听不清他在说什么。不过，我听到他叫了服务生，为他的女性朋友点了一杯马提尼酒。我觉得他是个法国人。我点了一杯白酒，尽量让自己看上去能够融入这个环境。我得说，监视别人可不是我的专长。

不过，我觉得干了十五年的零售之后，我能很好地理解身体语言，虽然听不见他们在说什么，而且也不敢靠近一步，但这场特殊的谈话还是很有意思。那个男人上身穿着一件棕褐色的羊皮夹克，下身穿着一条木炭灰色的休闲裤，一件黄色的衬衫上打着非常时髦的领结。开始的时候他向后靠在椅背上，让自己和同伴保持一定的距离，脸色也有点灰暗。他的一只手搭在自己的膝盖上,另一只手放在侧面的椅子扶手和大腿之间。整个谈话过程持续了有一个小时,大部分的时间里,他的身体语言都表明他对卡拉所说的话并不感兴趣。

另一方面,她却在卖力地做说服工作。我感觉她在向他提建议,但似乎没什么用。开始的时候,当她向那个男人俯过身去的时候,她脸上浮现出一个可爱的笑容,这似乎对他不起什么作用;随后,她开始一边抽着鼻子,一边用蕾丝手帕擦拭脸上的泪珠。那个男人依然不为所动;下一步,她开始撅嘴生气;最后的杀手锏,她扭动着身体,直到一根肩带从肩上滑落,那个男人终于微笑着向她凑过去。我觉得那不是一个友善的微笑,而是一个胜利的微笑,或者也可能是预料之中的微笑。

在他们谈话的过程中,我小心啜饮我的那一小杯白酒,努力把自己伪装起来,像是在等什么人。我时不时地看看手表,假装有点不耐烦的样子。这间宾馆里,一杯酒的价格贵得出奇,不管他们俩在那儿坐多长时间,我都不愿再点一杯了。我从桌子上的水晶碗中一粒一粒地拿着花生吃起来,我觉得这样还可以再撑一会儿,让我的钱花得不冤枉。一个人在这个陌生的国度,没有让人安慰的信用卡,这种经历,希望以后再也不要在我身上发生了。

肩带事件发生后,过了没多长时间,显然该离开了。卡拉的同伴签了账单,据此我可以推断出他应该是这间酒店的房客。这时,我才注意到他是用左手签的单,而他的右手缺了小指和无名指。

他们一起离开了酒吧。我实在没必要再跟着他们了,连傻子都能猜得出他们要去哪儿。但是我还是跟着他们,一直走到电梯那儿。当我走过他们坐的桌子旁时,想趁服务生还没将账单收走,看看他在账单上签的是什么名字,但是灯光太暗了,而且我觉得偷看别人的签名似乎也有些不合法。但我还是清清楚楚地看到了他的房间号,1236。我看见他们两个人走进了电梯,为了证明自己的猜测,我一直盯着电梯门上方闪动的楼层号,电梯直接到了第十二层。那个塞凡提斯的遗孀似乎很会处理自己的伤心事。

我离开了宾馆,打算找一辆公共汽车,把我送回市区。这时,我突然瞥见一个男人站在宾馆入口的旁边,我看着他悄无声息地走进了黑暗的街道里。尽管我没有十足的把握,但我发誓那个人一定是雷蒙的弟弟乔治。

问题是,我现在该怎么办?我觉得自己很冲动,为了摆脱现在所处的这种令人生厌的境地,没头没脑地开始了这趟旅行。我只有两个线索:一个名字,雷蒙·塞凡提斯,他的遗孀现在正在楼上和一个我从未见过的男人干着苟且之事,任何人都能猜得到。而且我没有理由来怀疑他和所有这些事件有什么关系;还有一件小首饰,十有八九是真正的莫切物品。我可以继续跟踪这个名字——也就是说,我可以在这里等等,看看塞凡提斯的遗孀下一次会去什么地方、和谁见面;我也可以去调查乔治,看看关于他哥哥的死,他是否隐瞒了什么内情;或者我还可以沿着工艺品这条线,接受那份工作,踏上莫切的领土,看看能有什么发现。

我最后选择了追踪工艺品的线索。有个人曾说过,当你不知道自己要去哪的时候,道路会给你指引的。我很喜欢罗伯特·布朗宁的那句诗,他这样写道:每个人迟早都会到罗马的。在我的亲身经历的这次事件中,"罗马"就是秘鲁北部,那个名叫堪皮纳维加的小镇。

女祭司

刽子手还在等待，一只手举着图米刀，另一只手依然空荡荡。女祭司站在他的旁边，她留着蛇状的头发，手中举着金杯，不久之后金杯中将盛满神圣的液体，祭品的鲜血。

当他们在胡卡瓦的宫殿里等候时，我们在准备武士的裹尸布。三块织布紧紧地把他包裹起来。镶着羽毛的金色头盔，金银相间的后襟，镀金的腰带都已事先置备好了。

他的身下堆着干草，干草支撑着他的身体。他被安放在另一件月牙形的金饰物上，饰物的周边堆满了火烈鸟的羽毛。我们把金色的权杖放到他的右手中，这是他在世时的权力象征，我们把一根略小一点的银色权杖放到他的左手中。他右手的手面上放着金块，左手的手面上放着银块。

我们在他的脸上戴上了五个金面具，在他的脚上穿上银鞋。他的身旁还放着三对闪闪发光的耳饰：第一对是稀有的白尾鹿；第二对是金蜘蛛；第三对是猫头，这种生灵能穿越由巨大的双头毒蛇看管的两个世界交界处，今生和前世。

还有三条胸饰，上面串着成千上万的珍珠，奶油色和绿色相间，粉色和白色相间。我们把这些珠串放到他的胸前和手腕，装饰他的手臂。

接下来是这件花生珠粒项链，与前面所述一样，右边是金项链，分别代表太阳、月亮，左边是银项链，代表大地、海洋；第二件项链是金蜘蛛，还有一件是金子和绿宝石做的圆盘。

我们把他的旗帜，他的军旗，他今世权力的象征，覆盖到他的身上：我们在粗糙的棉布上缝上了金圆盘和他的肖像，那是莫切神灵的形象。然后我们把裹尸布缠绕在他身上。

祭品也准备就绪了，从我们当中挑选的守卫将会陪伴着他。

待会儿，仪式就会在伟大的宫殿里举行。

8

我在考虑该走哪条路，在这场毛骨悚然的小闹剧中，所有的演员似乎都被某个看不见的导演指挥着，就像我一样，被牵引着登上了舞台。有些人是被绝望所驱动，有些人是被欲望和贪婪所驱动，还有一些人则是被妄想所驱动。此外，还有一些觉得自己依然幸福的人，根本没有察觉到有些居心叵测的人已经为他们选择好了角色。就像在近代道德故事中通常所描写的人物——英雄，恶棍，妖妇，巫婆，术士，傻瓜。我们从地球的四面八方赶来，集中到堪皮纳维加，扮演给我们安排好的角色。

我以前曾想过，这种观念会与印加王国引起共鸣。尽管这个国家存续的时间不长，但印加人称自己的国家为伟大的塔万廷苏约帝国，这个帝国有四个省区。欧洲人第一次踏上美洲大陆的时候，塔万廷苏约是这片土地上最大的国家，该国的首都城市是极具光辉色彩的库斯科城①，这座城市位于印加国土的中心，就像堪皮纳维加城即将成为这场戏剧的中心一样。

如果按来源地来分的话，我是来自印加北部的申查苏于地区，我可能是故事的讲述者，或者更糟一些，是个傻瓜。对于我来说，从利马出发的这次隐蔽之旅还是很令人鼓舞的，所有的大城市都像利马一样

---

① Cuzco，秘鲁南部城市，11 世纪初起至 16 世纪为印加帝国首都。

有些本质相同的东西。这是隐去我真实身份的一次经历，我觉得就像蛇蜕皮一样。这次的旅行没什么特别的地方，只是时刻充满了诡异离奇，这意味着丽贝卡不再是堪萨斯州的那个丽贝卡了。

在飞往特鲁希略的航班上，一切都平安无事，我只玩了把赌博游戏，看了一场电影而已。然后，没费什么劲就找到了瓦尔卡诺汽车站。在该国的这个地区，坐公共汽车旅行显然是一次全员参与的民主性经历。乘客会聚精会神地向司机喊叫着指令，告诉司机他在某个车站耽搁的时间太长了，或者他没有按照特殊的规定驾驶。

我们顶着泛美地区的北风向前行驶。泛美公路地处带状的沙漠边缘，与众多的河流山谷相交，但是这些河流大部分都已经干涸。公路一边是海洋，另一边就是安第斯山脉。我们时不时会经过一些小镇，有时是一小片树林或农田，但是大体上来说，高速公路两边都是沙漠地带。有时我还能看到驶出公路的轮胎印，似乎一直向前延伸到一些未知的地方。远处的山脉在沙丘上方若隐若现，看上去真的很美丽，沙漠的颜色是金色的、褐色的、燃烧的绿色、肉桂色，又像是积满灰尘的玫瑰的颜色，与蓝绿色的大海，以及布满灰色、绿色、海军蓝色和紫色的高山，形成了鲜明的对比。

塔万廷苏约帝国其他几个省的景物又是什么样的呢？从南部的卡拉苏于地区出现了神奇的变化。

坐在后边的几个声音洪亮“司机”一路指点，这辆公共汽车规律地停下来放下乘客，然后又接上其他的乘客。有时候在小镇上停车，更多的时候是在公路边上有记号的地方停靠，所谓的记号不过是一块小的台子或者是一个小标记。

有一次停车的时候，上来一对年轻夫妇，他们背着巨大的背包。他们看上去也不过就十五岁左右，不过说实在的，他们怎么也得二十出头，是两个外国佬。她穿着一条长及膝盖的牛仔裤，上身穿着一件三角背心，露出被太阳晒得黝黑的后背和一线肚脐；她还戴了许多首饰，每只手指上都戴着引人注目的银戒指，耳朵上还挂着一副长长的银耳坠，看起来有点像纳瓦霍人①；那张小脸周围耷拉着一圈长长的卷发，看起来又像是甜甜·麦当娜。那个男人头发几乎和她一样长，

---

① 美国最大的印第安部落。

下身穿着牛仔短裤,上身穿的那件T恤肩膀处已经磨破了,袖子也不见了,一个耳朵上戴着一排别致的安全别针;胳臂上有一大片纹身,上面画着一幅骷髅头的图案,还有一句简洁的暗示性语句:“组织成员进行的是一项解剖学的不可能之举”,这句话中包含了一个考古学术语。当他们经过我的座位时,我无意识地想到他们的父母,特别是她的父母,知不知道他们在什么地方,他们在做什么。提前进入中年真是无聊。

公共汽车又开动了。过了一会,汽车又开始摇晃起来,那个年轻的男人走到汽车的前部,面向坐在前面的那群人,从兜里掏出一副纸牌。他说的不是西班牙语,而且在这辆公交车上,除了我之外,没别人会讲英语了,但是他继续自说自话,洋洋自得,就像一个玩杂耍的人。之后他又示范了几个纸牌的小把戏,这引起了所有人的注意。然后,他拿出一张报纸,用手势示意坐在前面座位上的每一个男人,让他们都仔细地检查一遍,接着他把报纸折成圆锥形,并从随身携带的包里掏出一瓶水,把水倒入圆锥体里。之后,他快速地把那个圆锥体翻转过来,放到最近的一位乘客头上,那个乘客急忙躲到一边,这让其他的乘客都乐了起来。水却没从那个锥体中流出来,这时周围响起了零星的掌声。他也咧嘴笑了,依然自说自话,然后他把水从锥体中倒回瓶子里。

这次鼓掌声大了许多,但我还搞不清楚到底是怎么回事。虽然我并不是一个魔术表演的爱好者,但是我不得不承认这个年轻人表演得很精彩。他没有衣袖可以用来藏东西,而且我离得也相当近,能够仔细地观察他。我还是不明白他是怎么做到的。他又玩了两个把戏,其中一个是硬币,另一个是塑料吸管,这两个把戏同样让人觉得摸不清头脑。当他的表演快要结束的时候,那个年轻女子从汽车的后部走了过来,手里拿着一顶棒球帽,开始收小费。我看见前面的那些人给了一些较小的硬币,那些棕色的硬币要按北美的价值标准来衡量的话,几乎不值什么钱。我知道自己得非常谨慎地用我的每一分钱,但还是给了她大约价值3美元的秘鲁货币。当那些硬币掉进帽子里的时候,那个年轻的女人对我的慷慨露出惊讶的神情。表演结束后,过了几分钟,那个年轻的男人扑通一声坐到我旁边的位子上。

“你会说英语吗?”他问道。我点了点头,他是个美国人。

“我的名字叫美洲狮,和在这片土地上漫步的野生猫科动物一个名字。我的女朋友名叫帕恰玛玛[①],在当地语言中,意思就是大地之母。但这些都不是我们的真名。”他补充说,“这只是我们暂时用的两个名字。”

我从没有想到他会对我说这些,而且我也不愿从中推断什么。“我叫丽贝卡。”我一边说,一边握住他伸出的手,然后我对他的魔术表演赞扬了一番。

“如果你不介意的话,我想问一下,你来这样一个偏远地区干什么?”他问道。

“我要去一个考古遗址工作。”我回答道。

“哇!”他大叫一声,“真让人惊异!”

“你呢?”我礼貌地问道。

“我们就在遗址附近干活,那里主要是印加遗址,就在南边。但是现在我们要去见一伙人,也可以是说一个公社,离这儿不远。我们打算在那里自己种粮食和蔬菜。”

好家伙,我心里想。“真是个有趣的注意。”我说。

他谨慎地盯着我,想看看我是不是在开玩笑,他显然认为我相当认真。“我要告诉你一个秘密。”他一本正经地在我耳边轻轻说道,“我们在这儿是为了‘躲避’世界末日。”我在心里叹了口气。

“你知道吗,即将有一场惊世浩劫。”他补充说,似乎不知道或者说是没注意到当他说到浩劫这个词的时候,前面少了一个字母“a”。“地震、大火、火山爆发、洪水,所有的灾难。伴随着核毁灭,这些灾难都会接踵而至。”对于我来说,这些词听起来杀伤力太大了。

“这场袭击会准时发生在1999年12月31日的午夜。”他继续说道,“我已经看过当时的情形了,我的脑海中已经出现过那时的情形了。所有的资本主义国家,美国、欧洲等所有的国家都会被摧毁,你很幸运来到了这里。”

当这场谈话结束后,我们都沉默了几分钟。然后他继续说:“我有点担心你们的那个考古遗址,刚才我一直在思考这个问题。你们找到的可能是一座坟墓之类的东西,那里会释放出一些可怕的诅咒。”

“我会尽量不那样做。”我回答道。

---

① Pachamama,意为大地之母。

“那就好。”他咧嘴冲我笑了笑，然后起身向后面的座位走去，“谢谢你的慷慨解囊。”

我转过身去，一处景色飞驰而过。在我看来，秘鲁这片陆地，在地理上极其极端，南部这边是世界上最干旱的沙漠，阿塔卡马沙漠；一边是最富饶的海水资源，海洋中生长着丰富的生物，从南极洲吹来的冰冷的洪堡寒流与太平洋暖流在南部交汇，造就了这一富饶的海洋资源；另一边横卧着世界上第二大山脉，安第斯山脉。在这片土地上，没有丘陵地带。你可以从太平洋里爬出来，穿过绵延几英里的干旱沙漠，然后突然看到满是沙子的土地上方，几乎垂直地耸立起一座岩石墙壁。墙壁后就是榆林地区，在某些地区，还有大片的绿色高地和凹进地表的河谷溪流。

从地理学的角度来说，这个区域不太稳定。纳斯卡海洋板块在南美的大陆板块下面，以一定的速度缓慢滑行，尽管我们感觉不到这种相对移动，但是从建筑学角度来说，这种移动速度相当快。正是这种运动造就了安第斯山脉，并在海洋边缘形成了非常深的海沟。也正是由于这种地理不稳定性的存在，才会导致灾难性的地震有规律地频繁发生，以及零星地出现的火山爆发。美洲狮和帕恰玛玛选择秘鲁作为躲避哈米吉多顿①洪水爆发的场所，从这一点来说，真不是个好选择。

这里就是莫切王国，我心里一边想，一边惊奇地看着这里的一切。这样一个非凡的文明社会是怎样制作出我身上那件艺术品的呢，在这种不适宜人类居住的地方怎么会出现繁荣呢？我想不通。但是这里确实繁荣一时。大约在公元前100年的时候，在瑞尔莫切流域形成了某种政治同盟，然后这个联盟一直延伸到北方。他们在塞罗布兰科建造了庞大而复杂的城市，这个首都城市由两个巨大的金字塔看守，莫切月亮金字塔和太阳金字塔，这两座金字塔分别是月亮和太阳的神殿。

过了几个世纪，莫切王国通过在河流流经的地方修建仪式场所和行政中心，巩固了自己的地位，从北部一直延伸到南部的首都——控制水源对于这个位于干旱地带的帝国来说绝对至关重要。莫切人开凿了一条运河，从安第斯山脉上经过，这条运河从山上的河沟引入河

① Armageddon，《圣经》哈米吉多顿（世界末日善恶决战的战场）。

水，然后灌溉到沙漠的土地上。

莫切王国有一套复杂的社会组织结构，包括中坚分子阶层，武士阶层，手工艺人阶层，以及平民阶层；他们都要参加复杂的仪式，其中有许多人会作为活人祭；对于那些在与埃及人交战过程中战死的重要人物，莫切人会用财宝给他们陪葬；他们还有栩栩如生的神话故事，至今还留下让人迷惑的线索。

然而，在公元六世纪后半叶，北部沿海的沙漠地区发生了严重的自然灾害。长期酷热干旱的塞罗布兰科城以及其他一些莫切的城市突然爆发了灾难性的洪水，城池被摧毁殆尽。莫切人也曾想到过要重建，但最终，这场灾难给帝国带来的损失是无法挽回的，而莫切文化也逐渐淡出，并为其他文化所取代。又经过了许多年，莫切王国的庄严与伟大才再一次为世人所了解和重视。

当我沉浸在这段文化的繁荣与衰落之中时，我觉得自己能更好地消磨自己的时间，尽量少去想和家里有关的事。我感觉自己已经不像上一次回忆时那样意识清晰了，我很少去回忆自己发现亚历克斯毫无知觉地躺在店里的情景，也不去想“蜥蜴”那具烧焦的尸体，当然更不会去想我在纽约远古路线画廊发现的恐怖一幕。

我可以取笑美洲狮关于“浩劫”以及会有从坟墓里放出诅咒危险的那些想法，但毫无疑问，我觉得所有已经发生的那些糟糕的事情都与一些莫切艺术品有关联，而且自从我得到了那几件所谓的复制品后，奇怪的事情就开始接踵而至。此外，几乎每个与那些艺术品扯上关系的人，不管是哪种千丝万缕的联系，他们的生活中最后都会发生一些不幸，有些人下场真的非常惨。尽管那个西姆森画廊的前任老板A·J·西姆森事实上并没有得到那批艺术品，但却被人误认为是把艺术品藏了起来，结果惨死店中。

问题是我不相信诅咒，即使在我的头脑不理智时也不会相信。

但现在我坐在一辆汽车上，前往传说中的工艺品发源地，那几件工艺品中至少有一件是来自那个地方，那个外扩的瓶子就来自堪皮纳维加。我大概坐了三四个小时，终于到达特鲁希略北部，这里离利马大概有四五百英里。我真的很担心，一个人的生命很容易流逝。

我觉得自己快要发疯了。回家吧，等亚历克斯恢复了意识，你可以和他一起说服罗布。虽然他很生气，但气头总会过去的，而且他一定会帮忙查出真相的。

“堪皮纳维加到了。”司机大声叫道。我到了目的地了，不知道这个消息是好是坏。我下了车，那两位年轻朋友也跟了下来。

斯蒂芬·尼尔说过，他会来镇上接我的，他应该会信守诺言。在等候他的那十几分钟里，我快速地打量着四周，我现在所在的这个镇子相当大，对面是一座熙熙攘攘的露天市场。我还看到车上那两个嬉皮模样的年轻人——真得没法用别的词语来形容他们的装扮，就像术语一样过时——为了达到下一个目的地，他们正努力地讨价还价。

在堪皮纳维加，首选的交通方式好像是摩托出租车。美洲狮和帕恰玛玛小心地数着零钱——显然他们没多少钱，甚至比我还贫穷——他们正在与公交车站附近的一个司机就价格争论不休。

他们有一个非常不利的条件，不会说西班牙语，而且他们谈论的那个地方，司机既没听说过，也并不愿意载他们去。最后，他们背上自己的行李，开始徒步前进。没过多久，斯蒂芬·尼尔开着一辆灰色的尼桑敞篷货车在我面前停了下来。

之后的半个小时内，尼尔开着车在镇上绕了一会儿。与此同时，他还向我不停地解释这是什么地方，那是什么地方。我们买了四大塑料桶的淡水，一罐丙烷，还有一些煤油。然后我们驶出城外，再一次沿着泛美公路向北行驶。出城后大约走了两英里，我看见那两个年轻人在我们的前面，正沿着公路边缘吃力地走着。他们身上布满了灰尘，特别是那个年轻女子，她看上去已经疲惫不堪了。

虽然我极不情愿再继续这段友谊——公社的居民在等待世界末日的来临，这种说法确实不对我的胃口——但我身体中原本潜藏的母性本能在这一刻被激发了出来，他们看起来像是被遗弃的孩子一样。我把他们的事告诉了斯蒂芬，然后他就把车停在他们前面几码远的路边，接着我走下车子，冲他们挥了挥手。这两个年轻人急忙跑到我们的车子旁边。

“斯蒂芬，”我说，“这是我的新朋友，美洲狮和帕恰玛玛。”

我看得出斯蒂芬的眼角和嘴角露出愉快的笑容，但是他还是控制住了自己的情绪。“你们好！”他一边用低沉的声音问候，一边与他们挨个握手。我说明了他们要去的地方，美洲狮也给他指了指方向。“把你们的东西扔到后面，上车。”他一边打着手势，一边说，“我们要多停一站，不过幸好他们和咱们一个方向。”那两个年轻人感激地咧嘴笑了起来。

在离镇子几英里远的地方，斯蒂芬向左转上一条满是尘土的公路，驶进两座房子的中间。其中一栋房子门前站着一个瘦小的女人，褐色的皮肤上布满了皱纹，她戴着一顶灯罩形状的棕色毡帽，绣花上衣外面套着一件棕色的背心，裹腿外穿着一条多褶的海军蓝色短裙，脚下踩着一双工作靴。她黑色的头发上有几撮灰发，头发编成又长又粗的辫子。她旁边放着两只非常大的编织篮，篮上的颜色非常鲜艳，有粉色、橙色和绿色。斯蒂芬将卡车停在她旁边，把篮子搬到了车后，然后帮她爬上了车后的车斗里。

"她叫因斯·卡多索。"他一边说，一边回到前面的车厢里。"她是我们的厨子，帮我们做饭。"他又说了一句。

沿着那条满是尘土的公路走了大约半英里，他又把车开出了公路，我们开始上下颠簸起来。这原本只是一条普通的手推车走的小路，路旁边长满了树木。我看见路边有几座原始的小屋，洗好的衣服在微风中上下飘动，小屋的周围用篱笆围了起来，篱笆旁还长着几颗垂头丧气的玉米。

"我们到了，这就是公社。"斯蒂芬说。我为这两个年轻的朋友悬着的心终于放了下来。

我们下了车，美洲狮和帕恰玛玛从卡车后面的车斗里卸下行李。我冲因斯笑了笑，她正在注视着我，但却没有向我回敬笑容。

我拥抱了这两个孩子，一时心软，把大约价值20美元的秘鲁钱币塞给了美洲狮，然后目送他们向营地走去。"不要忘了我告诉你的那件事，"美洲狮对我喊道，"12月31日，还有所有的一切。"我怎么会忘记呢，无论何时何地我都会记得的。

"我不会忘的，谢谢你的忠告。"

"谢谢你送他们一程。"我对斯蒂芬说。现在只有我们两个人坐在卡车车厢里，虽然还有空位子，但是因斯更愿意坐在后面。

"不用谢。你知道吗，他们比我的孩子也大不了多少。我的儿子在读大学，女儿刚读完高中。我知道如果是我呆在这些盲目的爱国主义小公猪的帐篷里，可能还能坚持住，但我真的无法想象，我的女儿呆在那样的地方会是怎样的情景。"他看了我一眼，说，"顺便说一声，我看到你做的一切了。"我假装什么也不知道，"你不觉得有点挥霍吗？"

"我不觉得。"我回答说，"其实我也知道我没钱，但这就是朋友关系。你以后会明白,我心里有个上限,而且你会管我的伙食,我能处理好。”

他叹了口气说:“我很不喜欢他们呆在那种地方。”他又重复了一遍。

“他们会好起来的。”我回答说,尽管有些犹豫,“除了要给他们的帮助外,你觉得还有什么事情需要他们担心的吗?”

“好像没什么了。”他回答说,但是说话的语速有点太快了,“我有没有告诉你,你能够接受这份工作我真是高兴极了。”他换了个话题,我笑了笑。

“真的,我是说真的。”他说,“我是个田野粗人,不是个商人。我非常希望自己能够到户外,到遗址上工作。但是有好多事情要处理,得保持这个项目的整体运行,而且在这个项目里,我是二把手。其实希尔达·舒文珍博士才是这个项目的头头,尽管她和我都被称为主管。你听说过她吗?没听说过吗?”他说完,看到我目无表情的样子。“她是在这个国家参与野外考古的一个高级女祭司。她以前是奥地利人,但在她年龄还小的时候就移民到了美国。她曾在印加遗址上完成了一些出色的考古工作,她几乎是单独一个人在山上清理出了一整座城市,在这个过程中她还曾经与盗贼搏斗过。我们的希尔达真是一个传奇人物。她现在开始关注莫切遗址。不过,到目前为止,我们还没发现什么。”

“这是你们在这儿呆的第一年吗?”我换了个话题问道。

“第四年了。”斯蒂芬回答说,“这是第四年,除非我们能发掘出一些壮观的东西,否则我们还得继续呆下去。我争取到的挖掘授权,到今年年末就到期了,我们只有再找到一两个赞助人,才能在这儿继续干下去——今年,我们已经找到了一家小型的赞助商帮我们解决困难。我曾经和几家秘鲁银行谈过,但是他们这些赞助人想要的是一些能为他们带来更惊喜的收入的东西,而不是我们目前找到的这些。我们后来找到这家赞助商,他倒是非常感兴趣;我们已经发掘了一个工匠的墓穴,还有一座很可能是手工艺人聚居的小村庄。”

“不过,这听起来很有诱惑力。”我插了一句话。

“哦,不错。”他回答说,“但是并不是那样让人着迷。我们已经了解到许多有关莫切早期的事情,但是除此之外,赞助商还想要一些更令人惊喜的东西,而且他们知道这是很有可能的事。在离这里不远的南边，我们还发现了一些让人震惊的东西。例如，西潘王室的墓室，那些坟墓都非常壮观。当然我觉得这些墓穴与新世界的古埃及王图坦的墓穴没什么差别，但我还是偏爱西潘的坟墓。有大量的金银财宝，会让一个大财主都乐陶陶的。这就是赞助商想要的东西。尽管如此，我还是相信这里一定还有更重大的发现，希尔达也是这样想的。我的直觉告诉我，今年我们一定会有所发现的。所有的迹象都表明了我们的这个想法。不管怎么样，希尔达和我都非常希望我们能找到那个大东西。"

"真是令人震惊。"我说。

"的确是这样。但是，我得提醒你，要小心我们的赞助商，那个叫卡洛斯·蒙特罗的家伙。他是市长的弟弟，还是城里一家大商行的老板。顺便提一下，这个镇上其实就一家工厂。"

我的耳朵立刻竖了起来，斯蒂芬继续说道："你可能已经看见了，这儿不是很富裕，只有捕鱼的渔夫，种地的农民，还有卡洛斯和我们。关于卡洛斯……"他停了一两秒钟，接着说，"我们只能说秘鲁的政治方针目前还没有普及到秘鲁北部沿海的沙漠地区。卡洛斯，还有这里的许多当地人，他们觉得如果一个女人自己单独外出，那她就会成为捕猎的对象。如果我是你的话，在没人陪同的情况下，绝对不会夜里单身一个人出入当地的酒吧。在这个遗址上工作的女人都觉得卡洛斯有一点病态，所以我得提醒你不要招惹他。我们会努力确保你们这些女人不会单独和他一起离开太久。"

"这么说来，卡洛斯是不是做过什么坏事，如果他真的做了的话，那他作为市长的弟弟，怎么会骚扰女人呢?"我问道。

"他拥有当地的工厂，工厂的名字非常有趣，叫迪斯·阿提萨尼尔斯·巴瑞索[①]工厂，你可能也知道，这个名字的意思是天堂手工艺工厂。"斯蒂芬说，"他们生产莫切工艺品的仿制品，然后把这些产品用船运到世界各地。"

现在开始变得有意思了，我在心里说。

"蒙特罗支持我们在这里工作。"斯蒂芬继续说道，"没有他的话，我们就会遇到财政危机，会入不敷出。他每年会为我们捐赠一些物

---

① Fabrica des Artesanias Paraiso，西班牙语，意思是天堂手工艺品工厂。

资,还时不时地给我们借调一些工具和工人。我从他那里租来了这辆卡车,他给我的租金价格还算合理。他对我们很慷慨,但是这对他来说也不是亏本的买卖。我得说我们现在只是一种共生关系。他在财政上给我们提供帮助,但却是以贷代款。我们同意在把我们发现的东西运到利马之前先给他看看。当他给这些东西的细节部位拍照时,我们会装作没看见,这样一来,过不了多久,他就能制作出仿制品,然后第一个拿到市场上出售。你在这附近看到的那些莫切物件的纪念品,大部分都是从他工厂里生产出来的。"

"你们是他资助的唯一一支考古队吗?"我问道。

"今年我们是唯一的考古队,他在几年前还资助过德国的一支考古队,就在南边。他们在那里发现了一些好东西。蒙特罗通常生产陶器,他手下有一个模具制造师,那个人根据照片能很快做出同样的模型,在此之后,这家工厂就会做出成百上千的仿制品。还有许多小分销商帮他销售这些仿制品。他们呆在名胜古迹附近,兜售这些东西。你应该知道的,就是那种人:小姐,你想买块手表吗?他们主要做这种事。他们看上去像是互相独立的商人,但实际上他们都是蒙特罗的人。蒙特罗在这方面很有一手,而且他还处心积虑地把业务范围扩展到金银仿制品,因为那伙德国人发现了莫切女祭司的墓葬,真是一群幸运的家伙。"他停了一下,然后说:"你不知道,我们觉得自己在潜意识里其实很嫉妒那些专业同事。"

我大笑了一声说:"可能这只是你一时的想法,不过继续说吧。"

"好。蒙特罗有些手下缺乏教养。去他那儿取钱让我觉得有点不快,但还是得去取啊。那群德国人去年撤走了资金,今年就没回来,所以现在我们接受了蒙特罗所有慷慨的捐赠。南边那片还有一些工作需要继续进行,但是确切地说,今年在这片区域我们是唯一的一个项目。"

"蒙特罗也生产仿制品是吗?我的意思是除了批量生产的复制品外。"我假装用漫不经心的语气问道。

"我觉得只要能挣钱,他就会做。他想成为这个镇上的老大,有最大的房子,最好的汽车,还有其他一些东西,他都有点走火入魔了。很可能当他还是小孩的时候,就开始和他的哥哥,我们的市长竞争起来。"斯蒂芬回答说,"但是仿制品是价值较高的东西,要制作仿制品,成本实在太高了,我觉得这一点你应该清楚。我倒觉得蒙特罗好像是那种批量生产廉价商品的制造商,我敢说他生产的那些都是不值钱的东西。”

虽然我很想再了解一些情况,但我没有继续探究。那个外扩的瓶子应该来自堪皮纳维加。那个东西看上去可是个值钱的东西。但是我决定暂时只了解一部分关于蒙特罗和他的天堂工厂的情况。如果卡洛斯·蒙特罗真的是这个镇上的大亨,那我问问题时得小心点。

“为什么那些德国人今年不再回来了呢?”我有点好奇。

“我估计是气候的原因。”斯蒂芬回答说,“你听说过厄尔尼诺吗?”我点了点头,厄尔尼诺是一种气候现象的名称,这种现象会导致太平洋的海流发生变化。这种现象就用基督小时候的名字命名,称为厄尔尼诺现象。由于诸多原因,今年太平洋的暖流比以往呆的时间更长,这使水温产生了巨大的变化,因此也影响到了陆地的气候,不仅影响到秘鲁,还对全世界都产生了影响。

“所以,我们要经历一次大的厄尔尼诺现象。我觉得那些生活在北美大城市的人不会喜欢这种天气,其实是由于这个社会改变了天气情况,导致厄尔尼诺之类的天气现象的产生。”他继续说道,“我们观察到,正是由于这种气候,造成了中西部地区极易发生干旱,而其他地区则会受到洪水或冰雹的袭击,但是在一定程度上,我们依然受到主要天气类型的保护,厄尔尼诺还没到我们这里。”

“在沙漠地区,你真的只能处于自然环境的支配之下。上次出现厄尔尼诺现象时,发生了可怕的洪水,泥石流造成许多人死亡。爆发洪水的同时通常会流行霍乱。我要说明的是,这可不是什么全新现象。你可以看看考古学史上记载的证据。正是由于这种天气导致莫切王国的灭亡。总之,另一场厄尔尼诺就要来临了,我们会留心随之而来的那些气候变化和社会变化。鱼类资源不断减少,水温比正常时期要高,这杀死了海中的植物和鱼类。据遗址上的一个秘鲁工人估计,鱼类的数量几乎减少了80%。这意味着那些以捕鱼为生的人会陷入不利的处境。渔民中有一部分为了活命,开始转向粮食耕种。”

“与此同时,其他地方也变得干旱,所以人们一直在迁移。有些时候,他们就迁到我们这些沿海附近地区,接管这边的土地,开始种植作物。”

“毫无疑问,当地人对于这些新来的人肯定会不高兴——当地人把他们称作外来人，侵略者——特别是现在，优质的土地越来越难取得，而且捕鱼也几乎没什么收获。不幸的是，这些新来的人有时会遭到毒打，以前就发生过两次严重的对抗。这样的光景已经把人民推向了绝路。”

“而且雨季还没有来到，要知道，现在这里还是冬天。正常的情况下，开始下雨的时候，我们就进入了下一个季节，等雨停了，春天就结束了。但是智利已经开始下雨了，我们可能得早点收拾好回家去。这就是为什么今年我们是这个地方唯一的一支考古队伍的原因。而且我得承认，这也是我有点担心从公路上接的那两个孩子的原因之一。我觉得那些农夫，当地的那些农民见到这些年轻的外来人，会比看到那些内陆来的人更加不高兴，即使他们不介意，我们那些年轻的朋友也会受到各方的责难。”

“我们自己非常小心。当我们到遗址以外的地方时，都尽量几个人组成一个群体，集体行动，不管什么时候，我们去庄园的话至少也两个人一起。就像你看到的那样，我们有点被孤立了。”

“我讲这些事不是为了吓唬你，是不是？我只是不得不预先防范，就这些。顺便说一声，当然也有一些好消息。挖掘工作也更容易找到秘鲁工人，许多人都在找工作。虽然我们这些考古学家很渺小，但是我们现在是这个镇上主要的雇主，只有我们这个项目和公路另一边蒙特罗的手工工场雇用工人。”

我们静静地坐了几分钟，我还在消化刚才听到的一切。在车的右前方，一段非常宽广的沟渠与公路相交，大约有几百码宽。后来我才知道那是一条河床，但只有河中央有一股涓涓细流。我知道，我们要向着海洋的方向一直往前开，所以这条看上去像沟渠的河床一定靠近河口。这条路荒无人烟，沿线没有一座房屋，只是偶尔会在路的右边出现一些树丛。我们时不时地会看见人，有一次我看见一个男人骑着一头驴。除此之外，这片地区一直空无一人，只有我们的卡车行驶过后，留下一团灰尘。

我们像这样大约颠簸了一英里，一小片森林突然出现在眼前，森林过后向右拐大约又行驶了几百码，然后穿过一条用混凝土浇灌的运河，路过一座小山丘。

我永远不会忘记第一次看到迷雾庄园的情景。斯蒂芬曾说过，这座庄园有点与世隔绝，但是我从未去过这样的地方，觉得自己一下就感觉到那种无法抗拒的孤独感，一幢古老的旧房子，曾经非常豪华，但却逐渐衰败下来。我发现房子现在的方位，通风较好，而且从河口到绿色的丘陵以及再往后的海洋景色都一览无余。这座庄园有两层楼，虽然门上的雕刻已经干裂损毁，但仍可以看出那是一扇非常漂亮的雕花木门。只有一层有几扇大窗户，上面镶着木制的百叶窗，其中几扇关得很严实，还有两扇窗的铰链生了锈，百叶窗也歪歪斜斜地悬着，在微风的吹拂下，与墙壁碰撞发出巨大的响声。

我能看得出这座房子以前涂的是黄赭色，但是涂料已经褪色剥落了。房子的前面有一个喷泉，一座手持海螺贝壳的丘比特石像矗立在旁边，喷泉已经干涸，安静地躺在那里。在右边不远，靠近树林的边缘还有一座小房子，我脑中突然闪现出一个愚蠢的念头，那以前可能是一处用来户外享受的地方，现在只剩下一个空壳。还有一排拱门不知道通向什么地方。斯蒂芬把卡车开到门口，熄了火，车子所过之处，院子里的灰尘打起了漩儿。

虽然我知道这个地方以前住过人，但不知道为什么，这个地方的氛围给我的感觉就像是幽灵国。当我接近大门的时候似乎听见从屋里传来一个世纪以前举办的某个幽灵聚会上的音乐声和说话声，以及银器和水晶发出的叮当声。事实上，我唯一听到的声音就是某处传来的狗吠声。我站在那里，呆呆地看着这一切，思绪几乎完全被这座荒废的房子控制了，与此同时，斯蒂芬开始从车后面卸下东西，然后帮因斯搬运她那两只篮子。

慢慢地，我有点不情愿地接受了这个事实，我穿过那条宽广的门道，走进一扇大门，来到里面的天井，从天井上方能看到天空。如果给房子赋予拟人化的性格的话，那么这所房子就是含蓄型的，它的精神都藏于内部。但从外部来看，这所房子很简朴，建筑特色都保留在内部。这个天井的地面上满是灰尘，灰尘下面镶嵌着磨光的大石板——我觉得应该是大理石，有几块石板破裂损坏了。天井四边和每层楼上都有一条开阔的走廊，像是阳台，这条走廊比天井的地面略高一些，每边的入口处都有三层的大理石石阶。最后我看见中心位置也有三层大理石石阶。阳台由意大利风格的石柱支撑着，周边围着铁铸的扶手，上面的白漆也剥落了许多，墙壁上泛着和外部相同的黄赭色。一层的四面以及二层的三面都有几间房间，根据门和窗户的个数还有这些阳台，我可以想象出这个天井的俯瞰图。二层的尽头，以及走廊的相反方向都是敞开的，用于通风，而且我能透过敞开的地方看见天空，灰白色的，越往远处越阴暗。

这时，我听见身后传来了脚步声，一个声音咆哮道：“举起手来，慢慢转过身，不然我就开枪了。”

9

“我的天哪！卢卡！你是不是个十足的呆瓜啊？”一个女人大声叫道。

我小心地慢慢抬起头，向右转，看见一个年轻的女子从楼上的扶手上俯下身子。“把那个东西拿开，你这个白痴。”她冲某个人说道，但是我看不见那个人。“卢卡！”她说完，瞥了我一眼，却把头偏向我身后的那个人，“你现在是在进行恐怖练习？”

“一场自由之战。”这时，传来一个男人暴躁的声音。“我也不是在练习，是在训练。把自己训练成一个自由战士。”

“当然，你是个自由战士。”她说完，冲我咧嘴笑了笑，“我差点忘了，你一定是丽贝卡，对吗？”

我点了点头，还没转过神来，一点声音也发不出来。

“等一下啊。”她说完，从扶手处扭头走开了。

等一下？我还得等一下。我害怕极了，双脚就像在地板上生了根一样，动弹不得。我听见凉鞋踩在楼梯上发出嘀嗒的声音，然后她再一次出现在天井的一个角落里。

“我是翠西，翠西·道格尔。来杯老茶怎么样？”

老茶？欢迎仪式结束后，把我给杀了才合情合理。我竟然还能喝点东西。“好。”我费尽地吐出这个字。

斯蒂芬·尼尔踱着步子走了进来。“很好，我觉得你已经认识队里的一个成员了。”他向翠西和我分别送出一个甜美的微笑，但可悲的是，真正的热情却只给了翠西一个人。毫无疑问，她非常耀眼夺目。我得说，她很年轻，才二十多岁，金发碧眼，留着短发，前额底下一撮美丽的秀发，高颧骨，深眼窝，丰满的双唇，完美的牙齿，脸上的皮肤几乎没有瑕疵。她是那种生下来就遗传了优良基因的人。她穿着一件黑色的紧身衣，脖子上有一条黑色的系带，脚上踩着一双平底凉鞋，身上还套着一件大款的粗斜纹棉布衬衫，可能是一个男人的衬衫，衬衫敞开着，在腰部打了个结。我有种感觉，这个女人很讨人喜欢。

“翠西是我最得力的博士学生。”斯蒂芬说，脸上依然保持着笑容。“她负责实验室。”这个女人不仅漂亮，还很聪明。我觉得自己没费吹灰之力，对她的感觉就从开始时仅仅是不喜欢上升到纯粹的讨厌。

“卢卡刚才和丽贝卡玩自由战士呢！”她对斯蒂芬说。

斯蒂芬恼怒地把肩膀沉了下来。“卢卡，滚出来！”他命令道。一个又矮又胖的小伙子从门后走了出来，他从头到脚都全副武装，脸上有一些小斑点，下巴留着黑色的胡茬，他戴着一顶菲德尔·卡斯特罗风格的帽子，帽子刚好盖住他卷曲的头发，一条非常冗长的枪带在他的肚子上绕了一圈。虽然他看起来很傻，但是我觉得那支枪看起来像真的一样。

“把那个东西给我。”斯蒂芬命令道。

卢卡卑躬屈膝地抱怨说：“如果没有枪的话，我怎么保护这个地方啊，尼尔博士先生？”

“你是个士兵，你自己想办法。”斯蒂芬说，他的怒火已经平息了，但是语气坚决。“现在把枪给我。”卢卡极其不情愿地把枪递了过来。“现在把麦克柯瑞蒙女士的包送到她的房间。那个蓝色的包。”他一边说，一边用手指着二楼的一个房间。

当卢卡拿起我的包开始慢慢吞吞地往楼梯走时，翠西对我说：“他有点迟钝，而且……”她用食指轻轻地触了一下前额，然后说：“很疯狂。”

“他没有恶意。”当卢卡走后，斯蒂芬对我说：“他不会伤害你的，真的。但是我们最好还是找个安全的地方把这个东西放起来，找个我们这位自由战士找不到的地方。翠西，你觉得实验室里有地方吗？”

翠西厌恶地注视着那件武器。“当然有。”她说，“把它给我吧。”

她非常谨慎地接过那把枪，拿到身前，小心翼翼地用拇指和食指握着枪柄，把枪管指向地面。枪这种东西似乎不适合翠西。比起先前我对她的感觉，我有点喜欢她了。

“来吧，丽贝卡。”翠西说，“我们得把这个可怕的东西放到实验室里，然后再让因斯给我们泡上些茶水，我会帮你整理东西的。我的房间在你的隔壁。真的很有趣，就像大学宿舍一样。”

“再享受最后这几小时的清闲时光吧。”斯蒂芬咧开嘴对我笑着说，“明天我会给你安排第一件工作。”当卢卡慢吞吞地后退着出现在楼上的阳台上时，斯蒂芬说：“翠西，让我看看你把这件不喜欢的东西藏在什么地方。”显然他们对待卢卡的态度就像是对待一个小孩子一样。不管怎样，我们都要把枪藏起来。

翠西一直等到卢卡再次淡出视线，才把我领到那间离天井很远，位于大门右方的房间。这间实验室面积很大，沿墙根摆放着支架台，在房间的正中还放着一张大桌子。房间的左边，一副动物骨架似的东西占据了整张桌子，头颅搁在一块黑色的丝绒枕头上。“那是本纪。”翠西一边顺着我的眼神看去，一边说，“个头很大，是不是？”

“大本纪。“一个声音说道，然后我转过头，看见一个一身灰色衣着的高大男子从门外走了进来，站到我的右边。“你也看到了，他非常高大，或者说曾经非常高大。我是拉尔夫。”他一边伸出手，一边说，“欢迎你来到蛮荒庄园。”

“这是拉尔夫·乌斯，这位是丽贝卡·麦克柯瑞蒙，”翠西为我们作了介绍，“拉尔夫是我们的陶艺制作师，就读于南加利福尼亚大学。丽贝卡——”

“我知道丽贝卡的情况。”拉尔夫笑着说。拉尔夫也非常高大，一副放松而悠闲的神态，他伸出手和我紧紧地握了一下。“关于前两天的事，斯蒂芬也说过一些，但却没告诉我他是怎样找到这样一位能让我们的一切井然有序的出色女人。我只能说如果你能使我们这群人像这间屋子一样井然有序，”他伸出胳臂环顾了一下这间房子，说道，“那你真是个奇才了。”

“实际上并没有那么糟糕。”翠西说。我看了看四周，的确如此。如果以一种是否混乱的标准来衡量的话，这个房间的确很有秩序。房间的左边是大本纪，以及其他按类别区分开来的骨骼。翠西顺着我的眼神望了过去，然后说：“这是我的领地，我正在写有关古人类学的博士论文。在这个项目里我可是个中坚分子。从我的朋友大本纪这里，我们了解到一些非常有趣的事情，有关莫切时期该国人民的健康状况的。看!"她说完，拿起本纪的头骨，然后举到我的面前，"牙齿很结实！你也看到了，这间房间的另一半是拉尔夫的。"她一边说，一边挥着头骨向拉尔夫指去。

拉尔夫那边到处是陶器碎片，一些碎片浸在装满水的大盘中。拉尔夫正小心翼翼地对两只碎成一片一片的陶罐进行修复。在那面墙靠中间的位置，桌上有一套照相器材，还有一台计算机和一部笔记本电脑。"丽贝卡，你的计算机水平怎么样?"拉尔夫问道，"我们希望你能帮我们把这些物件编成目录。"

我飞快地扫了一眼，就是我在商店使用的那种计算机和软件，似乎是好长时间以前的事了，离我已经非常遥远了。"还不错。"我回答说，大概有几秒钟的时间，我开始沉浸在对家乡的思念中。我说:"应该没问题。"他们看起来都相当高兴。我觉得核对他们的记录就可以很容易地找到那只外扩的莫切瓶子，还有那只绿宝石和金子做的耳饰，如果他们知道我的这一想法，就不会那么激动了。

房间的后部放着一堆箱子，每个箱子上都标注着年份，开头的字母是 CV，我猜这两个字母代表的是堪皮纳维加，然后是"卡加"，在西班牙语中，"卡加"是箱的意思，"卡加"后面跟着一个数字。"这些是什么东西?"我问。

"是从这座遗址上发掘出来的分好类别的工艺品。"翠西回答说，"我们对这些工艺品进行研究、分类，并将其放在这些箱子里。每个季度末，我们就把这些箱子打包运往利马的 INC，也就是国家文化委员会，我们需要提供在秘鲁进行考古挖掘的许可证件。"翠西继续说，"而许可证是由 INC 颁发的，而且在秘鲁的考古项目中发现的每一件东西都是 INC 的财产。"

她围着那堆箱子转了一圈。"说到贮藏，咱们把这个东西放到卡加奥卡①，也就是第八箱，怎么样?"她说完，小心地举起枪，放进那口箱子中。"你们俩记住了吗？你们还得提醒我把这件事告诉斯蒂芬。"她说，"当然，在把这些箱子运走之前，我们得把枪拿出来。我怀

---

① 奥卡，Ocho，西班牙语中意为数字 8。

疑如果 INC 发现一只新枪与这些我们在遗址上发现的工艺品放在一起，他们一定会非常惊讶！现在，让我想想，我们还是帮你安顿一下吧，丽贝卡。不要告诉卢卡关于卡加奥卡的事，拉尔夫。”当我们离开时，她再三叮嘱拉尔夫。

“不要担心。”他冲着她微笑着说。从拉尔夫笑容的热情程度可以判断出，他也是翠西的一名倾慕者。

翠西把我领到厨房，让因斯帮我们泡了杯茶。当时因斯正在准备晚餐，但是她似乎很喜欢翠西，马上就把茶壶放到了炉子上，当水在加热的时候，她们俩就在那儿闲聊。因斯还是不和我说话。

厨房里的设施看起来相当齐备，有一台苹果绿色的电冰箱，还有一只小的丙烷炉作为储备灶具，据翠西说，丙烷是一种蓝绿色的气体，此外，厨房里还有一个水槽，以及其他附属设施。我不知道在这种地方我还能有什么奢望，但是这里的一切的确很简单。无论如何，晚餐闻起来似乎还很美味。

翠西和我每人端着一杯茶，快速地把这个地方游览了一遍，然后我们回到了楼上。迷雾庄园其实是方形的，一层有一个圆形的天井，这两层楼房间的门都冲着天井，两层楼的边缘都铺有走廊，可以到达天井，走廊是由铁扶手拦起来的。

不知道是出于什么原因，一层比水平线略为高一点，大约高了三级阶梯。可能是为了视觉上的效果，也可能是为了保护房间不受洪水的浸泡。很难想象在这样一个沙漠地区会出现洪水，尽管如此，根据翠西的讲述以及我从斯蒂芬那儿了解到的情况，这片地区在历史上真的出现过洪水。餐厅和厨房在这所房子的后部，与大门相反的方向。一进门的右边是实验室，还有几个储藏间。左边靠后的位置是一间小起居室和一间图书室。图书室的扶手椅虽然有些损坏，但坐上去却很舒服，图书室里摆了许多书，还有一张写字台。主入口处左边的第一个房间是卢卡的。他的门上画着一个骷髅头标志，并写着警告语“禁止入内”。除了厨房藏在庄园后部的一个角落里，其他所有的房间不仅有门还有开向中央天井的窗户，在每一层楼上，都可以绕着天井走成一个矩形。

与门相反方向的尽头，在天井后部的两个角落里，每边都有楼梯从一层直通二楼。女士的房间位于二层穿过主大门位置的右手边，而男人们的房间位于左边。我的房间，是一间蓝色的房子，在右边走廊的尽头，与翠西的房间相邻，翠西的房间是黄色的，旁边还有一间公用的盥洗室。希尔达·舒文珍的房间是主门右手边的第一间，按翠西的说法，这显出了她的重要地位，这间房子的窗户是面向庄园前面的外部世界的。

男士那边与希尔达·舒文珍的房间对称的是斯蒂芬·尼尔的，在斯蒂芬隔壁住的是负责后期工作的拉尔夫。再往后的一间是给来访的学者准备的客房，翠西告诉我，有时是一个叫里卡多·洛姆斯的秘鲁考古学家住那间房子。据我推断，他应该是斯蒂芬的朋友或同事。

翠西告诉我，希尔达和斯蒂芬都有自己的盥洗室，我们其他人共用带有厕所和水池的小卫生间。在二层靠后的位置有公共浴室，女士的浴室在右边，男士的在左边。

翠西看出了我的疑问，说道："这座庄园建成于19世纪80年代，原本属于一个富裕的家族。我听说，他们会在天井举办令人惊诧的聚会。但是后来水源枯竭了，这座房子也被遗弃了，直到大概30年前，有人重新打开了庄园的大门，把它改建成短期租住的旅馆。由于这个地方太过偏远，所以旅馆开不下去了，那个所有者也破了产。"

"那现在这座房子属于谁啊？"我问道。

"卡洛斯·蒙特罗，"她一边说，一边扮了个鬼脸。"是个可怕的家伙，老色鬼一个。他的父亲得到了这座房子的债权，所以旅馆关闭后，他就得到了这座庄园。用不了多久你就会见到卡洛斯，也许还没等你反应过来，你就会见到他。他喜欢在附近逗留。不过，你真是个幸运的女人，他今天去特鲁希略了，今晚不会来打扰我们。"

当她说个不停的时候，我打开丽贝卡的粗呢大包，把里面的东西都堆到床上。

"你没带多少东西。"翠西一边说，一边用怀疑的眼神看着我那堆少得可怜的私人用品。

我该怎么说呢？难道说我在用别人的身份，穿着别人的衣服逃亡？"直到最后一刻我才知道我要来这里，所以没太多的时间整理行李。"我说，但这个说法实在没什么说服力。"虽然如此，"我瞥了一眼那个小巧的橱柜，说，"好像这里也没法把这堆衣服挂起来。"

"呀！"翠西说，"那是因为我侵吞了所有的衣架。我带了许多衣服，咱俩都穿不完。我把衣服借你几件。我还有好多，来我的房间看看。"

尽管我明显比翠西多了 20 磅的肉，但还是善意地笑了笑，我知道她的衣服我一件都穿不上。但是有一点她说的没错：她是带了好多衣服，都够一大群人穿了。她的房间到处都是衣服、鞋子、照片、毛绒动物玩具，还有各种各样的小饰品。

她注意到我在四处打量，于是说道："我真的很喜欢我的工作，但是不喜欢那种背井离乡的感觉，所以我总是带上一大堆东西，这样就能感到像是在家里一样。我想我的妈妈和继父、我的哥哥、我的好朋友们，还有我的男朋友杰米。"她每说一个人，都会用手指着那个人的照片。"我每周都给家里照一张相，有的时候一周照两次。我还想我的汽车。"她说完，递给我一张照片，上面是一个像是汽车的交通工具。我心里想，是啊，这辆车谁会不想呢？那是一辆绅宝敞篷车。如果我能赚到足够的钱，拥有这样一辆车的话，我也会很想念的。翠西既美丽又聪明，而且显然她还很有钱。但是我觉得她并没有被宠坏。"给！"她说完，把一些衣服扔到床上，"给你些衣架。"

就在这时，我听见斯蒂芬在楼下喊叫，我们从屋里走到走廊上。"鸡尾酒！"他大声叫道，这样一来，所有的人都能听见了，"现在到休闲室，可以享受到鸡尾酒啊！"

希尔达·舒文珍正在休闲室里，笔挺地坐在一张看起来极不舒服的椅子上，她那纤长、优雅的手指夹着一根香烟，散发出缕缕烟雾，在她的头顶轻柔地缭绕着。她旁边的桌子上摆着一大杯饮料，是苏格兰酒，我觉得既没加水，也没加冰。我走进屋子后，她才站起身来。事实上，在我们互相介绍时，她并没有表现出太多热情，只是伸出了手，随后就轻轻地把手放了下来。在这种情况下，有一瞬间我觉得她好像期望我弯下腰去亲吻她的手。我觉得也许她对自己拥有的名声太自信了，认为自己是一个传奇人物，是秘鲁考古界的最高女祭司，就和斯蒂芬形容的一样。我觉得她非常高挑，身材苗条，脖子修长，颧骨看起来很高贵的样子。她穿着一件白色的亚麻衬衫和同样颜色及质地的裤子，上面还带着一条银色的金属链，银灰色的长发松散地盘在脑后。

"欢迎来到迷雾庄园，加入我们这个小项目。"她对我说，语气很和蔼，但是在吸了几百万支香烟后，声音却丧失了原有的自然声调。"我知道你刚到的时候，卢卡拿着一把枪对着你。"她说，"我必须为我手下人的行为向你道歉，你一定受到惊吓了。"

"我在这里的工作有了一个兴奋的开端。"我赞同说。每个人都大笑起来，斯蒂芬突然出现在我的身边，手里拿着一瓶苏格兰酒，聚会开始了。这个项目团队里的每个人都挤进了这个小房间，闲谈着白天发生的事，他们发现了什么，没发现什么。我见到了工头帕布鲁·韦勒，他是一个脾气很好的小伙子，中等个头，身材瘦削，脸上新长出的胡茬让他看起来很迷人。他告诉我他住在镇上，但是每天晚上都在庄园吃饭，然后计划第二天的工作。“这里的饭菜比家里要好。”他笑着说。为了庆贺我的到来，那些吃住都在镇上的学生也被邀请来吃晚餐：阿拉纳、苏茜、珍妮特，还有罗伯特，他们都是来自南加利福尼亚大学的学生。此外，还有来自德克萨斯 A&M 大学的乔治、大卫和佛瑞德。只有卢卡缺席，他更愿意在外面站岗，显然在为自由战士的严酷生活进行准备。至于他保护我们，到底是为了抵抗什么东西还是抵抗谁，就没人知道了。

那天晚上，虽然小房间里塞满了人，到处洋溢着苏格兰酒香，但在这个庄园里，参加这种鸡尾酒会比其他任何仪式都让人感到压抑的事情，不过在这之后还举办过多次这样的鸡尾酒会。每个人都很重视一件事，就是到希尔达身边和她说上两句。而希尔达似乎很尊重他们的这种习惯，一直以同样的姿势坐在同一张椅子上。我看得出，在这个狭小的空间里，除了翠西之外，每个人都尽量离这位传奇人物远远的。

这时，因斯出现在门口，叫我们去吃晚饭，真是一顿丰盛的晚餐。最先上来的是一道香喷喷的玉米和土豆熬制的甜汤，因斯是用餐具柜上的那个巨大的汤盆盛的甜汤。接下来是一大盘石首鱼，他们告诉我这是一种鳍科的海生鱼，石首鱼上浇着胡桃汁；还有柔滑如丝的鳄梨片，在调味汁中浸泡的蔬菜，以及一盘西红柿片，我不知道上面浇的是哪种调味汁，但是我一看到那盘菜就立刻喜欢上了。我们所有人都非常高兴，痛快地吃了起来，但是希尔达·舒文珍除外，她把食物推到餐盘的边上，大口大口地喝着苏格兰酒。有好几次我都看见她在向翠西的方向俯视，而翠西正在用一种活泼的语调与帕布鲁和斯蒂芬开心地聊天。我不愿插嘴，但是我知道那并不是友好的眼神，可能只是妒嫉的眼神，翠西几乎能勾起所有人的忌妒之情。事实上，我觉得希尔达看我的眼神还算真诚和友好。不过我才刚到这个地方，希尔达了解一些我不知道的情况。我还注意到拉尔夫也一直在观察着翠西，我的直觉告诉我这个家伙不是一般的糊涂。

晚餐进行了几分钟后，希尔达就从餐桌头部的座位上起身，找理由要离开,而她盘子里的食物几乎一点没动。她从桌子边上拿起那半杯苏格兰酒,离开了餐厅。我能听见她缓慢的脚步声。她上了楼梯,到了二层的走廊,然后往自己的房间走去。

有一段时间,大家都不说话了。这时,翠西打破了沉默。"因斯,"她说,"麻烦你端一盘食物上楼送给舒文珍博士,可以吗?"

"她不会吃的。"因斯回答说。

"我知道。"翠西小声地说,"但还是端上去吧。"

我心里想,如果希尔达不吃的话,那她可真是错过了一顿盛宴,因为因斯还在不停地从厨房里端出饭菜。这时,翠西离开了房间,我开始还在想这里到底是怎么回事,没过几分钟,翠西双手背在身后,又回来了。

"我一直把这些东西留着,等到一个特殊的时机再拿出来,"她说,"我想丽贝卡来了,而且她刚在凶猛的自由战士卢卡的手中九死一生,所以现在拿出来应该很合适。来喽!"她大叫一声,然后从背后变出三瓶上好的白酒。当时我就在想,这样的人怎么会不讨人喜欢呢? 周围的人都齐声欢呼,向她的这一举动致以谢意,我们对翠西的这一举动都称赞不已。在此之后,谈话声和吵闹声又大声响了起来。每个人都讲了自己的一段考古冒险经历,一个比一个精彩,一个比一个难以置信。斯蒂夫和翠西讲了一个帮助警察调查藏匿已久的犯罪案件;帕布鲁讲了一个故事,是关于镇上的居民迁怒于一群考古队员在他们居住的区域进行挖掘,夺取了他们赖以生存的活计——非法运输文物。那些学生们讲了一些有趣的故事,都是他们曾经经历过的简单情节。

但是最精彩的故事一直到最后才出现:是那次希尔达·舒文珍让四个盗贼不得近身的故事。希尔达和斯蒂芬当时正在回镇上的途中,他们开着一辆敞篷吉普车经过一条狭窄的乡间小道,小道是沿着高大的堤坝修建的,而且离他们正在发掘中的一个遗址不远。这时四个男人从矮树丛中跳了出来,跳到他们开车即将经过的小路上,他们挥舞着铁棒,还有一个人手里的东西很醒目,是把剑。他们命令斯蒂芬和希尔达从车上下来。希尔达冷静地从车上跳下来,从手套里掏出一把手枪,开始向他们的头部射击。"我相信他们都觉得她的射击水平不怎么样。"斯蒂芬说完大笑了起来,"我以前也是这样想的。我躲在吉普车里的地板上……你们可以想象得出,像我这么大的体格,被塞进那么小的空间，是什么样的情景，我真的做到了。但是希尔达还是一直射击，也许是运气好，最后他们发现她射中了一个人，于是就夹着尾巴逃跑了。”

我能听得出，这是一个重复了几千遍的故事，几乎达到了神乎其神的地步。他们背诵这个故事的时候，不管希尔达对我怎么样，我觉得自己对希尔达产生了一种敬佩之情。

这真的是个愉快的夜晚，开始的时候我还拘束了一会儿，后来感觉自己开始放松下来，最后一点都不拘谨了，我踢落了自己的两只鞋，蜷缩在椅子上。正当我们围坐在桌子旁，尽情地享受这份友情时，灯灭了。显然，这样的事情经常发生，因为蜡烛和火柴就放在随手可及的地方。不过，夜里越来越冷，我决定回房间找一件能罩住肩膀的毛衣穿上。我光着脚爬上楼梯，脚趾踩在冰冷的大理石上，为了不打扰希尔达，我小心翼翼地尽量不发出任何声音。当我走到房间门口的时候，我发现门半虚半掩着，刚才我明明把门关上了，而且好像看到里面闪着点点烛光。我悄无声息地走到门口。

因斯在里面，她背对着我，床头柜上的蜡烛在闪耀发光。她正在翻弄着我放在床上的每一件物品，我好像还听见她在自言自语。她把每样东西都挨个翻了一遍，然后直起身来，却没有转过身，她说：“这么说来，你真像他们说的那样，是在最后一刻才决定来的。”接着她转过身来，看着我，我僵直地站在门口，她小声地说一句西班牙语，意思是小心这座森林。“如果你想成功的话，必须逃离这座森林。”

突然吹来一阵狂风，蜡烛熄灭了，一扇门发出巨大的撞击声，我转过身去。虽然我堵在门口，但当我再转过身来时，她已经不见了。我想看看她是不是穿过那间小浴室跑到翠西的房间去了，但是在那里却没有发现她的踪影。这件事真是让人困惑不已，心情不安。

几分钟后，我回到楼下，因斯正在那儿收拾厨房。她一句话也没和我说；事实上，她根本就当我不存在。这件事发生之后，没过多长时间，她的哥哥托马斯就来这儿要接她回家。斯蒂芬，翠西和我把她送到门口。托马斯有一辆小型的摩托出租车，是那种后面还有一个座位的摩托车。因斯爬上车，呆呆地坐在上面，她把帽子牢牢地戴在头上，帽檐压得很低，把包抱在身前。至于她的哥哥，我从没见过他，摩托车停在外面的一个拱门下，修建那个拱门真是一件费力不讨好的事情。他把摩托车掉头，转向小镇所在的方向，就在那时，车前灯的光束扫过，一个图形映入眼帘，我盯着看了一会。从他的衣着上推断，可能是个工人，也可能是个农夫，他正紧紧地抓着一个麻袋——我觉得是粗麻布或者塑胶做的，很可能是一个装大米的袋子。当光线照到他身上时，他赶紧躲到拱门的阴影下。

我心里想，这真是个奇怪的地方。

那天晚上已经很晚了，虽然我有点瞌睡，但躺在床上总是难以入睡。因斯那痛苦的表情，以及那个男人站在拱门下的场景，又浮现在我的脑中，所以有一点小噪声，我都会紧张起来。我开始感觉到屋里有个地方传来微风飒飒的响声，我轻轻地爬起来，走到门口，我把门开了一条缝。果然有声音，飒飒的声音，是从楼下传来的。我没看见，但我听得见，前面的大门开了一点，然后有人闪了进来。我走到走廊的扶手边，想看看到底是谁在楼下，这时一根火柴闪耀了一两秒。我想应该是斯蒂芬，还有一个陌生人，但我看不清楚。他们的谈话很短，似乎有一个人开始生气了，然后另一个人又闪了出去，不管这个人是谁，有没有可能是站在拱门下的那个男人？趁斯蒂芬还没上二楼之前，我回到自己的房间，把门紧紧地锁住。

过了一会儿，我好像听见我的隔壁，翠西房间的门咔嗒一声关上了。我又爬起来，望向门外。虽然薄雾笼罩，但是夜晚的天空还是非常明亮，这时，我瞥见翠西悄悄地沿着天井对面的阳台走动。她一直走到阳台的尽头，我又多等了几分钟，她还是没有回来。斯蒂芬和翠西在一起，我一点也不感到惊奇，但还是有些失望。

10

在我到达庄园几天后，我第一次结识了卡洛斯·蒙特罗先生，那个取了一个奢华名字的工厂——天堂工艺品厂的老板。按我最初的想法，这个男人最有可能将莫切文物走私出境。回想起来，一开始，我们相处的并不融洽。我眼中的这个人和他的名望根本不相符，蒙特罗过得极其快乐，他向遗址上的女人们挨个献殷勤。但至少我可以以此为由去参观他的工厂。这是我来到这个地方后最想做的事。

问题是我的丽贝卡身份占用了过多的时间，害得我都没时间去解决我在真实身份中遇到的那些问题。早晨五点到六点之间，庄园外院子里的那只公鸡一打鸣，我就得起床洗漱。因为淡水供应的问题，洗漱时我必须节制用水；然后我煮上咖啡，把水果、面包和花生酱端到桌子上，这时，队员们才呵欠连天地往厨房走来，他们经常这样。六点多一点儿，我就得开车到镇上的另一端，接上那个工头帕布鲁，还有斯蒂芬与希尔达的那群学生，他们住在镇上一个狭小的公寓楼里。一些人坐在卡车的后面，其他人坐在驾驶室里。我开车把他们送到遗址，那是一个离帕纳麦里卡纳城不远的沙尘地区。到了那儿之后，我把他们放下，然后再走公路折回，到下一个站点去接那群秘鲁工人，一共是8个人，再把他们送到遗址。在此之后，我还要返回庄园。等我到了庄园，斯蒂芬已经在那儿急切地等着走了，而希尔达正抽着香烟，喝着咖啡，很显然她总是离不开这三类食物——咖啡因、尼古丁和酒精，她一天到晚就靠这些活了。我还得把他们送到遗址,和先前到的人会合。

大概七点半的时候,我得去公路边,接上因斯·卡多索,然后把她送到堪皮纳维加的集市去买食物。她买东西的时候,我还得补充庄园和考古队所需的供给:每天都得买苏格兰酒、经常要买饮用水,还有相机胶卷、绳索、木头、链条,以及冰箱用的丙烷等等。等这些工作都完成,我还要把因斯和杂货包送到她家,然后开车去遗址帮那里的工人干活。在我们呆在一起的那几个小时里,关于在我房间里发生的那件事,她一句也没提,我也什么都没说。如果我问她的话,她也不会替自己辩解什么。此外,这附近几乎没什么树林,所以很难把那个小心森林的警告当真。

等这些差事都干完后,我就在实验室里工作。遗址上发掘的每一件东西,不管有多小,也不管那些东西对我来说有多么不起眼,通常都会装在一个塑料袋里,给送回来。每个东西上都贴着一个标签,详细地注明是在什么地方发现的。每一件物品都要输入计算机那个专门设计的模板里:首先要输入发掘的位置、发掘地点的深度、尺寸、材料,还有一些描述。然后根据材料的类别,填写一个更加详细的模板,这个模板比前一个模板要精确得多。在实验室,拉尔夫和翠西设法按年代和文化风格将这些物品进行分类——例如莫切中期的文物。对于他们来说,这可是需要花费很多功夫的精细活。但我倒觉我的工作是一种不用动脑子的体力活,只需要把他们给我的信息输进模板的正确位置就行了。

每天我都得收集一小包从遗址发现的所谓文物,然后把这些东西送给翠西和拉尔夫,他们一天到晚都呆在实验室里。这种事我每天都得做,有时还不止一次。

有时候,只要我有空的话,就要到遗址上工作,我的名衔是挖掘助理,在斯蒂芬和希尔达的手下工作,接受他们的监督和管理。正在挖掘的遗址大约有十二平方英尺,并且用一根绳子圈起来,做上标记。他们偶尔会允许我下去清理遗址区域,但是我是帮忙给发现的文物做记录,所谓的文物几乎都是些陶器碎片,要不就是把从坑里挖出的碎片倒到筛子上。筛子是由一大块金属网做成的,2.5 英尺见方,边上镶着框,安在一个支架上,大概与腰齐平。碎片从上面倒下,然后将支架上的筛子来回摇动,这样泥土就从网眼中掉了下去,上面就只剩下那些小陶片了。还要对这些小陶片做标注,然后再打包送回实验室。

我觉得从遗址里并没有挖出什么东西，只是把这些方形的遗址坑标在地图上，做一下记录，之后再拍个照什么的。

有一天，天气非常热，下午两点到两点半之间，大家本应在外面的遗址上工作，但是我却把人都送了回去。如果天气凉爽一点的话，他们会工作得晚一些，但是那一天早早就收工了。下午时分，袭来阵阵微风，在这样炎热的天气里，大家最希望能刮起这样的凉风，然而风力不断加强，直到后来尘土飞扬，嗖嗖地刮起了旋风。我的眼睛里，衣服上，还有头发里都是沙尘。甚至连嘴里都尝到了沙土的味道。更糟糕的是，在今天的这种扬尘天气里，大风把沙尘都吹回到挖好的遗址坑里，结果这么多天的工作都白费了。

每天五点的时候，我都要从公路上折回，去因斯家接她，然后把她送到庄园准备晚餐。我每天都得在遗址、小镇和庄园这三个地方之间接送人，接送补给品。

每天我都要抽点时间去公社看望那两个让我记挂的年轻人，我经常会想到他们，美洲狮和帕恰玛玛。我对自己感到惊奇，竟然会对这两个孩子牵挂如此多的感情。我不知道他们是怎么走进我的感情生活的，但是他们确实已经融入了我的情感。

他们分到了一个小棚屋，而美洲狮在这个组织其他成员的帮助下，很快就将棚屋改造了一下，这和原来的棚屋相比，算是能住人了。他们不知道从哪儿找到了几块毯子，把毯子钉在墙上，这样沙尘就进不来了。还有人借给他们一张小木桌和两张凳子。他们还是睡在睡袋里，但是至少多了一块能放睡袋的平台。美洲狮立马就给自己制定了任务，要学习西班牙语。其实生活在这个公社里，学西班牙语并不是很必要，因为大部分居民都是美国人。每当我去看他时，他就和我说西班牙语，当然，目前他的西班牙语说得还不够熟练，但我觉得他在语言方面已经显现出一定的天赋。

这个公社的负责人是个非常傲慢的男人，他的名字叫曼科·卡帕科，与第一任印加国王同名。据说，这位国王是太阳与月亮之子。当我问他为什么会取这样一个名字时，他回答说："什么都无所谓。"我后来才知道这句话是公社的座右铭，还有一句是"随波逐流"。

曼科·卡帕科身材不高，其实非常矮小，和我差不多高，但是他身高上的不足在现实生活中却得到了补偿。据说，他在成为古印加国王的转世之前，曾经是一个演员。他有一个硕大的脑袋，和他的身体很成比例，他走路的姿态相当优雅，好像以前学过舞蹈，而且他那颐指气使的声音非常引人注意。他的眼神穿透力很强，眼球是与众不同的深蓝色；颧骨非常凸出，灰色的头发在脑袋后编成了一条长长的辫子。我估计他有五十岁多一点。公社的另一位成员是一个中年男人，他起了一个让人非常费解的名字，月光。我觉得这个名字是一个别名，他起这个名字是要表明自己要远离过去的生活。他告诉我曼科·卡帕科当年在好莱坞差一点就成了名人，后来因为劳累过度患上了疾病，于是来到秘鲁，希望能回归到最初的状态。好莱坞生涯让人操劳成疾，这一点我当然能理解，但就算曼科·卡帕科曾经是个令人难忘的演员，但事实上我却从未听说过，那他又怎么会倍受争议而且几近成名呢？我觉得他更可能是一个失败的演员。

这个公社由一群小棚屋组成，棚屋大部分住人，只有一间主屋里面有水和电，厨房和用餐区也在这间房子里，而曼科·卡帕科住在房子的后部。公社大约有二十人，年龄从小到老，身形从瘦到胖，体格有矮有高，住在这儿的人什么样的都有，他们每人都分到了一项工作。帕恰玛玛在厨房工作，而美洲狮，我觉得他并不是特别聪明，但却是个可爱的孩子，他分到了许多日常工作，例如找木材，或者在开始种庄稼之前清理土地，按月光的话来说就是耕地。至少他们是把这种活动称之为耕作。我通常称之为种植，而且在这个区域进行种植并非易事。这里的土地沙化很严重，而公社坐落在树丛边缘，里面的角豆树伸出美丽的枝叶，但是我也曾在那里看到丑陋的荆棘。这些荆棘遍布在树下的土地上，能把薄薄的鞋底划开一条大口子。总而言之，这里永远有一种极其微弱的大麻的味道。

一个人千万不能有太强的归属感，我经常在想，人们在这样一种生活状态下经历的是怎样的一种生活。出于某种原因，我和美洲狮都有一种很相似的勇气。帕恰玛玛喜欢那间主房间和厨房里的喧闹生活，她很容易就交上了一些朋友，而且把这一切都当作是在过家家一样。我有一种感觉，当她在这个公社里得到自己想要的那种生活后，她会继续住下去。但是我不止一次地发现美洲狮一个人独自站在小棚屋旁，陷入深深地沉思。我不想惊动他，于是就远远地看着他。

这个地方非常平和，也非常安静，只是偶尔从公社里远远传来的歌声和叮当声，以及泥铲发出的嚓嚓声会打破这份宁静。美洲狮终于抬起头，看见了我。“听到声音了吗？那边的农夫。”他一边说，一边用手指了指公社后面，"那个农夫在我们和他之间砌了一堵墙。我觉得他对我们一点都不热情。我提出要帮他的忙，可他可能听不懂我在说什么，也可能是不喜欢我。我不知道到底是什么原因。他应该像曼科·卡帕科说的那样，得学会随波逐流。我把'浩劫'那件事告诉他，可他好像也听不懂我在说什么。"

我心里想，那个农夫真是个幸运的人。

他微微一笑，好像读懂了我的心思。"那个声音让我想到了自己的家。我以前住在采石场附近。"

我盯着他看了好一阵子，他很可能是这样的人：一个离家很远的孩子在想念自己的家乡。这种感觉我能体会得到。"你为什么不收拾行李回家去呢，美洲狮？"我问他，"是不是钱的问题？你是不是回家的钱不够？"

他看着我，眼眶红通通的，我觉得他快要哭出来了。"我现在还不能回家，我是没钱，但这不是原因。我现在就是不能回家。"

"我也不能回家，"我说。我们沉默地坐了一会儿。

"我目前在遗址上工作，我想问问你有没有时间，帮我个忙好吗？"最终，我开了口，"把水箱和装丙烷的罐子搬上卡车后面的车斗，对于我来说有点麻烦，得有人帮帮我才行。"我这话说得很直白，而美洲狮尽管不是很聪明，也马上明白过来，他立刻就答应了。

从那之后，我常常往公社跑，虽然不是每天都去，但是也非常频繁。如果他在公社里没什么家务事可做的话，我就会开车带他去镇上。和美洲狮一起去镇上，特别是去集市是一种愉快的体验，集市里所有的东西对于他这个魔术师来说都是可以用来变化的工具。让我们大家，特别是孩子们都很惊奇的是，鳄梨、橙子、香蕉、壶、盘子、桌布等等这些东西在他的手下都会突然消失，然后又突然出现。虽然他的西班牙语还在起步阶段，但他的魔力代替了语言，从此之后，我们周围总是聚集一大群人。

我以前觉得他不是很聪明，但这种想法是错误的。不错，虽然他没怎么上过学，而且有点怪异，就像美国的那种旅行推销员一样，千里迢迢跑到这里，但是他对历史有一种非凡的认知，让我了解到许多西班牙征服者和印加王国的故事，特别是那些历史教科书中无声的情节，在他的讲述下都成了栩栩如生的生命演绎。在那几次出游过程中，他总是想和我谈谈关于"浩劫"的事。虽然我对古老的生命都存在一种信仰，但我就是不愿意讨论这方面的东西。

因为他替我干了些活，我提出给他支付工钱，但是他拒绝接受。所以我给他派了些差事，去买水、买几码长的绳子，或者其他各种各样的工作，我告诉他把找下的零钱留下。这种方式对于他来说还能接受，没有侵犯他的尊严。我觉得这有点像是两个人之间的一种默认的合同，因为各自的原因，都是无法阐明的原因，在那段时间里，大家都无法回到家乡的缘故。

有一次我在镇上遇到了卡洛斯·蒙特罗。那真是特殊的一刻，当时我正开车带着美洲狮、帕恰玛玛和翠西去镇上，美洲狮想用他辛辛苦苦赚来的钱去买点冰淇淋，而翠西想去当地的秘鲁邮政电报局给家里打电话。翠西打完电话后，美洲狮留下来给孩子们用橙子变戏法，而我和翠西去了集市，帮她买点实验室需要用的东西。现在回想起来，我当时很享受在集市里的那种感觉，闻着各种各样的味道，看着各种各样的场景，听着集市里喧闹的声音。

堪皮纳维加是个好地方，也许没有美丽的风景，但总是很有意思，许多这样的小镇像珠子一样洒落在帕纳麦里卡纳城周围，而堪皮纳维加正是其中之一。每个小镇的教堂前面都有一个不可或缺的阿玛斯广场。而位于堪皮纳维加的阿玛斯广场却非常小，走不了几步就能到达广场的中心，看到那个耀武扬威的英雄雕塑的全貌。这个广场上屹立的英雄是西蒙·玻利瓦尔，他是解放秘鲁的英雄之一。不管白天还是黑夜，这个小广场上都是闹哄哄的景象。到了夜晚，情侣们来这儿消磨时间，他们紧紧地拥在一起绕着玻利瓦尔散步。以广场为中心向外辐射，许多街上都有养兔场，确切地说是小巷里的养兔场。这些街道都窄得可怜，连我们的卡车都过不去。这里是小型的摩托出租车的天下，摩托车每天载着货物或客人从小街道上来往穿梭于镇上的每一个角落。

这里的集市要比其他镇上的规模大得多，集市位于一块巨大的空旷区域。但是当你走进去的时候，集市里的过道就像小巷子似的：总是处在拥挤、嘈杂、忙碌的状态之中，狭窄的空间几乎把人给封闭起来，让人觉得很不舒服。

我们正在集市的中心位置四处闲逛，一边走一边大口地咀嚼着浓香可口的阿尔法胶丝，这是一种用面粉、奶油和糖掺和做成的小型脆饼三明治，中间还夹着甜炼乳。

“不好!”翠西说,“他过来了!”

不好?我转过身去,看到一个圆脸的中年男子,他穿着灰色的休闲裤,粉色的短袖衬衫,由于扯得太紧,衬衫的钮扣处露出了一点肚皮。他正在两条过道的那边向翠西一边招手一边吹着口哨。

我们的天使赞助人——卡洛斯·蒙特罗走了过来。到近处,我才发现这个男人有几颗坏牙。他微笑着,我突然看到一闪而过的金色光芒,原来是戴着金戒指的手从脸前划过。毫无疑问,一听到卢卡说他的叔叔马上要从特鲁希略回来的消息之后,在这个项目部工作的所有女人都开始畏缩起来。

我开始还在想我这把年纪还有什么好怕的,但是当我一见到他,就立马明白过来。所有的女人,不论多大年龄、什么样身段、也不管性格怎样,对于蒙特罗先生来说都很有吸引力。

“丽贝卡,这位是蒙特罗先生,我们的赞助人,我们欠了他好多人情。”翠西机灵地说。从我站的位置看过去,我能看见她的手指头交叉放在背后,“蒙特罗先生,这位是麦克柯瑞蒙女士,最近才加入我们这个项目的。”

我努力让我的声音听起来热情点:“蒙特罗先生,久仰大名。”我说得可都是真话。“斯蒂芬曾告诉过我,您的天堂工厂生产精美的工艺品。”我继续说,“我真的希望能有机会找个时间去您的工厂参观一下。”

蒙特罗冲我微微一笑,眼神极其淫荡,然后他吻了一下我的手背,着实握了好长一段时间。“这么说你也是个考古学家,这位女士?一项令人敬佩的职业。我希望自己也能学习考古学,然而当我还很小的时候,就不得不和父亲还有哥哥一起工作了。“他难过地摇了摇头,但同时还紧紧地握着我的手。我把手从他手中抽了出来,于是蒙特罗把注意力转移到了翠西身上。翠西一身白色装扮,非常迷人,她穿着白色的无袖上衣和亚麻短裤,脚上踩着凉鞋,手腕和脖子上都戴着细长的金链子,就像金发的白雪公主。

很明显,卡洛斯对于眼前发生的事非常高兴:实际上他口水都快流下来了。“那翠西小姐最近可好?”他油腔滑调地问道。

“还不错!”她鼓起勇气回答道,还装作很愉快,“你怎么样,蒙特罗先生?”

“请叫我卡洛斯,你必须称呼我卡洛斯。”他强调说,“我好极了,我希望在我外出的这段时间里,你们能成功地找到一些精美的文物。如果有可能的话,我甚至希望你们挖到了一座墓葬。”

“还没挖到什么让人激动的东西,蒙特罗先生。”翠西恳切地回答,很显然不想让他知道内情,“恐怕您这周投入的钱还没有什么收获。”

“不过这和钱可没什么关系。“他油腔滑调地说,假装因为翠西提到钱的问题觉得自己有点受到了伤害,“我的赞助绝对是以学术的名义。”

“当然。”我们俩同时小声嘟哝着。

他从翠西那儿没有得到想要的答案,于是又向我发起了攻击。“我觉得带您到天堂工厂四处转转,真是我莫大的荣幸,女士。我真的希望能早些为您效劳。”

翠西开始帮我打掩护,感激蒙特罗先生的慷慨,感激他致力于学术的精神,而且替我保证,我一定会去他的工厂参观的,这样又过了几分钟,我们终于准备离开了。我真是没看出来,翠西是这样一个精明的人,她一步一步后退往前走。而我却没想太多,转过身去,这时我觉得蒙特罗靠了上来,在我的臀部用力地掐了一下。我几乎没遇到过这样的待遇——只有一次,那时我 18 岁,正背着背包在意大利旅行,一个无业游民也这样掐了我一下——我什么话都说不出来。不过,我很快明白过来。我发誓,从此以后,再碰到蒙特罗先生一定要尽量离得远些。

“用流氓、大色狼这些词来形容这个男人一点也不为过。卡洛斯·蒙特罗连流氓都不如!”我小声地向翠西发泄我对他的不满,“现在我终于明白过来,你们为什么觉得卢卡也没那么坏了。我的意思是,他只不过拿了把枪指着你。而那个家伙一看到你就垂涎三尺,之后还掐你的屁股。”

翠西咯咯地笑了起来。“啊! 这种事大家应该都提醒过你了。”我生气地看着她,但是随后也大笑起来。

虽然有蒙特罗的邀请,第二天我还是找到了一个借口去天堂工厂参观。庄园没有自己的电话,而蒙特罗的赞助内容中有一项是可以使用他的电话和传真机。斯蒂芬叫我给他一个回家的同事发传真,让他看看能不能找到 X 射线仪,如果有的话就借来用一下,在对本纪进行研究时会有用。

天堂手工艺品工厂离公路非常远。往庄园去的那条小路上有一条偏北的岔路，工厂就在那边。工厂占用山林建造了几座连在一起的建筑，外墙涂的粉红色墙漆已经褪色。工厂里有生产车间、一个汽车修理厂，还有一个小型的加油站。蒙特罗真是当地唯一的一个商人。

我在汽车修理厂和加油站里没发现蒙特罗的踪迹，于是我向离得最远的那幢建筑走去。入口的两边都摆着巨大的装饰花瓶，上面雕刻着莫切风格的图案。走进房间后，我看到黑漆漆的通道旁边摆着一张桌子，上面放着许多陶器，其中有三四只罐口呈马镫形的罐子，还有各种各样的陶制动物，大部分都是海狮和海马。通道通向房间的右方，我转进去后，看见三间小房间连成一排，从一间可以通向下一间。

第二间房子里有一张小展台，墙上挂着一张告示图，说明莫切陶器制品是怎样制作出来的。我注视着一个橱柜里的陶器。然而，我还没来得及四处看看，一个身材矮小的害羞女人轻轻地向我走来。“有什么可以帮忙的吗？”她问。

“我想找卡洛斯·蒙特罗，”我说，“考古项目部的斯蒂芬·尼尔让我来的。”我又补充了一句。上帝保佑，希望蒙特罗不要觉得我是因为私人原因来这儿的。我听见蒙特罗咕哝了一声，只见他挺着傲人的大肚子从隔壁房间的椅子上站起身来，出来看看是谁要找他。

“麦克柯瑞蒙女士，”他惊呼了一声，脸上立刻露出了笑容，“见到你真高兴！”我问他如果不介意的话，我能不能用一下他的传真机帮我们发一份传真，但在我说话的时候，我始终离他远远地站着。

“康斯薇洛，”他命令说，“给麦克柯瑞蒙女士上一杯饮料。请坐。”他说完，请我坐到一张椅子上。我觉得康斯薇洛好像是蒙特罗的妻子，真是个可怜的女人。这时康斯薇洛给我拿来一杯印加可乐，这种饮料在秘鲁非常流行，但是尝起来就像是装在玻璃杯里的泡泡糖一样，我只喝了一口就不想喝了。为了掩饰我这种不礼貌的行为，我问蒙特罗能不能在这间工厂里四处转转，这时，蒙特罗正在调试传真机。

蒙特罗说了一句“当然可以”，然后指了指后面，康斯薇洛带着我经过蒙特罗的办公桌，又穿过一扇门，来到一间非常宽敞的工作间，这里大概有二十个人，他们看到我进来后，都停下手头的工作望着我。这里看起来真像一个工业化的厂房：吊着高高的天花板，几根斜梁横在半空中。屋顶开着几扇天窗用于采光和通风。在这里，通风极其必要,因为房间的一头有一个巨大的烧窑,从窑里冒出滚滚热流。烧窑旁边开着几扇大门,用来冷却房间。

烧窑的对面,塞满了几张长桌,陶器制品在进窑烧制前,工人们就在桌子上给陶器涂颜料。这些工人中许多都是年轻的女人。在房间的另一头,左边也摆着一张桌子,有一个中年男子正坐在桌子旁绘制草图。

虽然我已经来到了这里,但我实在不知道要找些什么。先前我坐在纽约的一间博物馆旁的咖啡馆里,还在想那些被当作赝品通过海关的莫切文物,其来源地就是堪皮纳维加,但是等我真到了这里,却觉得没什么好怀疑的。镇上只有一间手工艺品工厂,而我现在就站在这里。于是我又四处打量了一番,想看看能不能找到什么可疑的线索,像上了锁的门、藏着活板门的大件封装物,或者是藏着密室的可疑物品。但我什么也没发现。烧窑两边都各有一扇车库型的大门,剩下就只有三个门了:其中一扇门是后门,是用来进风的——烧窑使得这间房子让人有种窒息的感觉——另一扇门就是我刚才从蒙特罗办公室穿过的那扇,还有一扇门通往卫生间。

存放点与烧窑在同一区域,也是敞开的:几排约八英尺高的工业化货架上按形状不同,排列着各种陶器制品。有一个橱柜里摆着几排一模一样的陶器鱼,另一个橱柜里摆着莫切武士的陶像,其他的几个橱柜里摆着植物、动物,以及其他各种各样已经完工的陶器制品。在靠近烧窑的地方还摆着一些潮湿的泥土塑像,另一些仅仅烧制了一遍,还有一些已经成型但还没有最后完工。旁边还摆着一堆已经完工的产品。我已经把这几片差不多的地方都转了个遍,看起来一切正常。

我快速扫了一眼通向外面的一扇门,发现大概500码远的地方还有一座房子,四面的砖墙有不同程度的损毁,上面没有房顶,侧面也没有窗户。那间房子可能曾经作过储藏室,但是今时不同往日,现在已经没什么用了。

没过多长时间,蒙特罗就走到康斯薇洛和我身边。他嘘了一声,悄悄地支开他的妻子,自己顶替她当上了导游。他向我讲述了有关莫切陶器制品的许多知识,以及这些东西是怎样从最初的状态一步一步地做出来的。他告诉我在这个国家,莫切王国第一个使用模子制作东西,莫切陶器中最常见的就是瓶口呈马镫形的花瓶。他还告诉我如何鉴别陶器制作的时间，特别是莫切王国的南部地区的陶器，可以根据罐口的长度和罐口边缘的不同种类进行辨别。

他还非常骄傲地对工厂的运作流程作了详细的解释。他走到绘图师身边，向我介绍这位绘图师名叫安东尼奥，他说："这是最初的一步，安东尼奥在这里根据文物照片画出草图，然后设计出模型。你看，他现在画的是一幅猎人逐鹿的场景，你再看这里。"他说完，又向车间的另一个部分走去。"工人们在这里制作出模具，而这些，"他一边伸出手向我示意整个房间，一边说，"这些都是我的艺术家，他们按照草图对模具进行修饰。"

"我为我的工人感到骄傲。"他继续说，"他们的工作很出色。你看看这些马镫形的花瓶，上面的细节部位镶的是一个鱼的造型。"正在做花瓶的那个年轻女子羞涩地笑了笑。"我们还生产一些便宜的物件，卖给游客，但是我们做的东西中有一些严格来说不能算作复制品：这些都是按原始的莫切风格制作陶器。我觉得这些东西都是艺术品，真的。你同意我的说法吗？"

我赞同他的说法，我也是这样对他说的。卡洛斯的工人都是非常有才能的艺术家，他们在陶器的表面绘制复杂的图案，虽然这样的场景在别的地方不止一次地见过，但看着他们灵巧的双手一笔一划的样子真是一种享受。"那你们做的全是仿制品吗，卡洛斯？"我问道，"都是精确地按照莫切陶器制作的仿制品吗？"

"你的意思是使用原始的方法进行制作吗？"他问道："不，我们喜欢用现在这种电力烧窑来做东西。"他微笑着说，"说实话，我们根本承担不起生产复制品的成本。我不能靠那个赚钱，因为做复制品需要很多的人力和财力。"

我们一直沿着房间走了好长时间，蒙特罗一边走一边侃侃而谈。他告诉我这些货物在什么地方打包装船，还有他的产品都会运到哪些博物馆商店，有关莫切的工艺他倒没说得少——阿尔法已经向我传授了不少陶器制作的知识——不过，他的相关知识很渊博，而且对能生产出这样的工艺品相当自豪。我以前因为他的行为而心存偏见，觉得他是个无知之徒，但是事实相反，他的思想显然比我想象中要深邃得多。

当我们走到房间的尽头，他把所有的东西都介绍完之后，又开始色迷迷地抓住我的手，但是我已经习惯了他对待异性的这种特殊方式。我只是赶紧把自己的手从他的手里抽出来，然后说了一声再见。

当我离开的时候，我又飞快地扫了一眼那间汽车修理厂。看起来和其他的汽车修理店铺没什么两样，只有一层楼，其中有一半开着天窗，还有个维修车间，屋里还堆着一堆杂物。不管从哪个方面看都没什么可疑之处。

那天晚上与往常一样，希尔达·舒文珍在晚餐开始不久就不见了，整个晚上都没再看到她的人影。而卢卡则在屋里蹑手蹑脚地走来走去，四处乱看。我敢保证，他是在找那把枪。那天早些时候，我还在实验室里看到了他，正在箱子里翻来找去。此外，还与往常一样，晚上大家都回到屋里睡觉后，我又听见楼下传来轻声轻语的谈话声，大门吱吱的响声，二层的一间房门开启和闭合时发出的咔哒声和吱吱响声。

我还在回忆当天去天堂工厂参观的场景。那个地方没什么不对劲。没什么地方能用来藏匿无价的莫切文物，但是我觉得有人可能会在最后一刻把文物运到工厂，塞到包装箱里。但是那又怎么样？他们怎么可能把这些东西运出国境呢？我回想以前古董从外国运到我商店的整个运输过程。我经常办理由海路运输的集装箱装载业务，如果我愿意的话，我也能把一些违法的东西放进去。但是装进去和取出来我都得冒被抓住的极大风险。当然，“蜥蜴”是报关代理人，从天堂工厂到通过海关这个过程中，检查每一个箱子的人不可能都是他。会不会在某个地方有一家博物馆商店，而该商店的某个人一直在等这些货物，等船一到岸，就迅速将真品取出？这一系列活动组织起来可够困难的，我想不通，而且也很难找出什么结论。那在这之后，这些东西又怎么会出现在莫尔斯沃斯 & 考克斯拍卖行呢？

我又不禁会想到这些文物并不是从天堂工厂流出来的。但如果不是天堂工厂的话，那这个地区唯一与考古有关的单位就是我现在工作的这个考古项目了。我觉得有必要对迷雾庄园进行更深一步的了解。从表面上看，这是一个友好而随和的集体，但是透过这些表面现象，人与人之间的关系其实有些紧张。我敢说希尔达不喜欢翠西，但是为什么不喜欢，我也搞不清楚。拉尔夫对翠西着迷不已，但是翠西却和斯蒂芬在一起，而拉尔夫明知道这件事却没有采取任何措施。这个群体中的每个人离乡背井，结果在这里组成一个有隔阂的群体，就像所有肥皂剧中的主人公一样，或者其中还有更多不可告人的秘密？

还有夜里的访客，以及拱门下的那个人，这两个可能是同一个人，也可能不是。要想把这个问题搞清楚，我得从两个方面着手：一是当工厂里没人的时候，我得再去天堂工厂看看，二是再多了解一些有关这个项目的内容。我有必要和斯蒂芬进行一次坦率的谈话。

11

这个问题还是时常萦绕在我心头。有时候我梦见自己站在一颗遥远的行星上，或者是荒无人烟的月球上，也有可能是精疲力竭地站在某个不按固定轨道从空中呼啸而过的小行星上。星球表面尘土飞扬，到处都是因陨星掉落造成的弹坑，满是凹痕。星球上耸立着一座小小山丘。由于很久以前的一次的暴风雪，山丘的侧边饱受蹂躏，出现一道道的条纹。那里一个人也没有。我知道有人曾经在这个人迹罕至的地方居住过，那是很久很久以前的事了。坑坑洼洼的星球表面，散落着他们的骨骸。这片土地上还留存有其他一些东西：到处都是遗弃的古代建筑，我脚下踩着一撮黑发，遥远的太阳透过薄雾散射出的朦胧光线照在上面，那撮头发褪成了红色。在梦中，我听见他们在朦胧的薄雾中低声私语；他们混在微风吹动的沙尘中叮咬我的脸。毁灭之地！

我原本打算问问斯蒂芬有关这个考古项目的事，但这个计划由于在集市上发生的一个突发事件被耽搁了。据传，最不道德的一个人要来堪皮纳维加了，我曾经见过这个人。斯蒂芬称他为“浮在死水上面的绿藻”。那是一次偶然的巧遇，我们在一门有关灾难的课上起了冲突，大家都很鲁莽。当时，我不知道是因为发生的那件事激发了我对灾难课程的兴趣，还是让我不愿再澄清的错综复杂的关系中又出现另一段困境。不管我怎么想都无所谓:我觉得自己已经被另一个人迷住了。

当这件事发生时,斯蒂芬、翠西和我正在集市中心,周围到处堆满了五六英尺高的香蕉串。我们正在寻找美味的鳄梨,打算买些带回庄园,等因斯下班的时候可以分给大家吃。我们到了镇上后,先去了商店,因为翠西要给家里打个电话(我觉得翠西打这么多的电话有些没必要,但也许是因为我嫉妒的原因),然后大家休息了一会儿。我们三个人四处转悠,非常高兴,这时,斯蒂芬突然停了下来,翠西几乎撞到他身上。

我听见他小声嘀咕着:“真倒霉!”他正斜着眼盯着远处。“真是眼瞎了,真倒霉!”他又咕哝了一遍。

这时,翠西和我都呆呆地盯着他,而他则开始一路小跑,一边跑一边转脸对我们叫道:“一小时后我们在埃尔莫见。”我们看着他在人群里左躲右闪,几步便冲到了市场边上,然后蹲下身子从一个货摊的防水油布下拱了过去,油布飘动了一下,他就从我们的视线里消失了。

“这到底是怎么了?”我问翠西。

“我也搞不清楚。”她机灵地说。我注意到,翠西似乎很担心。

也许从小就很漂亮机灵,还生在富裕家庭,会让人产生一种无敌的想法。“不过他可不是个田径高手,对不对?”她问我,“那我们现在干什么?”

“我觉得咱们先买完东西,然后再去喝杯啤酒等着他。”我耸了耸肩。既然翠西都不担心,那我何必担心呢?

我们没想到在去埃尔莫之前耽搁了那么长时间,埃尔莫是一间咖啡酒吧,又兼餐馆。全名是埃尔·莫切,但大多数人都叫他埃尔莫。我们还有些东西没买。没用几分钟我和翠西就从那群学生中间穿了过去——那天大伙儿都休息——正好看到美洲狮和帕恰玛玛,他们正站在那里聊天。当我们走进酒吧,斯蒂芬已经在里面等着了。他懒散地坐在椅子里,我们进屋时,他也没抬头。

我们点了几杯啤酒,而斯蒂芬在此期间一直没有说话。翠西大声冲他喊道:“和我们说话啊,斯蒂芬!出什么事了?你到底在追谁?还是你在追什么东西?”

他做了个鬼脸,一脸疲惫的苦相。“一个词,”他说,“我觉得应该是两个词，埃尔·奥姆布雷[1]。附近的人称那个家伙为埃尔·奥姆布雷。”

埃尔·奥姆布雷？男人。难道附近四处转悠的人都称自己为男人？我想大声笑出来，但是看到斯蒂芬当时的状态，我把笑容吞了下去。

“真是个愚蠢的名字！”翠西大声叫道，“他到底是谁？怎么会有人给自己起这样的名字？”她问道，并没有被斯蒂芬的脸色吓住。

他叹了口气说：“埃尔·奥姆布雷？这个名字真让人受不了。可能他不想让这里的人知道他的真名，其实他应该自己小心点，因为他总是很张扬地报出自己的名字，我真不知道说什么好。也许他只是觉得这个名字听起来更威严。他的真名叫艾提尼·拉夫瑞特，法国人，来自巴黎，是一个艺术品商人，在左岸有一家不同凡响的画廊，名为巴黎画廊。他也是个既庸俗又贪图享受的人。我已经有好几年没在这儿见过他了。但他通常一年至少要来一次，有时一年要来两次。他的处事风格还是老样子，开着一辆奢华的大轿车出其不意地出现在镇上，到几家酒吧和餐馆里转上一圈，四处散点钱，出出洋相。等镇上的每个人都知道他带着大卷大卷的现金后，他就找一个地方，把他那极其艳俗而又奢华的车停下来——今年他开的是一辆金色的默西迪丝——就在大庭广众之下，这样每个人都知道他住在那儿，然后他就在那儿坐着等。”

“等什么？”我问道，“这样做不危险吗？像那样在这个地方炫耀自己的财富？他不是自找麻烦吗？”

斯蒂芬看着我，他觉得我似乎想得太天真了。“他可不是在找麻烦，他自己就是个麻烦。没人会给他添乱的。当然，他是在等人给他送那些偷盗的文物。他得通知他们，自己已经来了，而且他有买东西的打算，还得让别人知道到哪儿才能找到他。”

“偷盗的文物，你的意思是……”我问道。

“凡是哥伦布以前美洲的东西他都要，而且专门收购莫切时期的文物。”

“你的意思是说他坐在附近是为了等别人给他送偷盗的东西，就

---

① El Hombre，拉丁语，意为那个男人。

在大庭广众之下？在宾馆大厅之类的地方？”

“是一间房子。他通常会租间房子，这次他也租了一间白色的房子，在卡尔街五金商店附近，房子的二楼镶着圆形的窗户。下午我一路跟踪他到了那里。房子周围围着一堵高墙，前面的院子里有一棵大树，从街对面看不到房子的窗户。所以没人知道院子里或者房间里在进行什么勾当。但是他把车停在了房子外面，这样每个人都能看到他的车，也就知道他来了。这个计划可够完美的。”

“这里的警察都干什么去了？他们就不会采取点措施吗？”

“也许他们能做点什么，但是他们不会这么做。可能是不能做，或是不愿意做。这个家伙是残暴出名的，附近的人也的确害怕招惹到他。”

“但是这里的人还和他做生意呀！”

“不错。”他叹了口气说，“他们之间有交易。”

“但是他无法把莫切的文物带出国境呀！”我提出了疑问。

斯蒂芬又看了看我，那眼神似乎在说“你是新来的吧”。“他肯定有法子带出去。”他说，“我可以保证，当他坐飞机回巴黎老家的时候，绝对不会被检查出身上带着什么东西的。”

我们都沉思了一会儿，斯蒂芬闷闷不乐地盯着自己的啤酒。“我原以为他可能不会再来这个地区了。”他终于开口说了句话，“前两年他去了遥远的南部地区，而且据我所知，那个地区并没有什么值钱的东西。我不知道他这次回来到底是为了什么。我觉得，我得找个人问问。”

我不知道他想找人问什么，但是我根本没时间来考虑这个问题。这时，埃尔·莫切酒吧的入口处有点骚动，于是斯蒂芬转身看向门口。

“咱们赶快离开这里。”他说完，把钱扔在账单上，但他杯中的啤酒还没喝完。“这个地方没什么可留恋的。”

我坐在背对着门口的位子，也微微转过头去，想看看到底是什么事让斯蒂芬突然变了脸色。我用眼角的余光看到外面明亮的阳光下有个人影，是个男人。我又转过头来望着斯蒂芬，想问问我看到的那个人是不是埃尔·奥姆布雷。但是我根本没开口的必要，斯蒂芬的脸上写得清清楚楚。当我们走到门口的时候，埃尔·奥姆布雷走进入口右边的休闲室，不见了踪迹。

那天晚上吃晚饭的时候，气氛不像往常那么和谐，每个人都感觉到斯蒂芬心情不好。每当因斯放假的那天，我们的挖掘工作也会暂停一天。考古队的成员——除了帕布鲁，他会回镇上与家人团聚，还有希尔达，她会一整天都呆在自己的房间里，毫无疑问，一定又喝得晕乎乎的——有时，还有一两个学生，大家挤到狭窄的小厨房里，一起准备晚饭，通常都是吵吵闹闹的情景。

拉尔夫，这个单身汉很喜欢做饭，而且手艺还不错。他的任务是那道主菜——鸡，在西班牙语中被称为保罗。他总是说自己烹调的那只鸡是“魔鬼的女仆”，因为每当他烹调的时候，煤气炉总是像要没气了一样。我负责开胃小吃，想试着做因斯的那道帕帕斯-阿拉-乌凯纳①，就是把滚烫的胡椒调味汁浇到用奶酪包裹的西红柿和洋葱上。当我来这儿的第一晚，我就喜欢上了这道菜。翠西的拿手好菜是果酱饼和奶油饴糖，所以她负责餐后甜点。斯蒂芬负责指导，他还有一个任务，就是负责给“厨师们”的杯中倒满酒。而我们做出的晚饭永远没法与因斯的盛宴相提并论，但也有一两次我们做得还不错，这时我们会一直强调完成了一顿多么成功的晚餐。从某种程度上来说，那两次我们做得真的很成功。但通常炉子会给你来个罢工，有时是因为丙烷用完了：我们很想成功地做一顿晚饭，但在我们面前总是摆着一些障碍。翠西总是会让我们中的一个人端一盘食物给希尔达送到楼上，放在她的门外，但是经常是到了第二天早上，盘子里的食物一下也没动。

那天晚上，当每个人都回房睡觉后，我又从薄纱包装纸里拿出那个莫切小人细细研究起来。自从来到迷雾庄园以来，这是我第一次拿出这件文物。每当我看着这个小人，就会发现一些让我赞叹不已的细节。这个小人真是精致极了。每次看到他，我都觉得制作手艺出神入化。小人颈部项链上的珠子，每一粒都是手工制作的，而且每一个都略有不同，这些珠子制作得如此精美，看着他们，我几乎都屏住了呼吸。难以想象，这件工艺品对细节是如此地关注，为了做这件东西，工匠一定花了大量的时间，而花那么多的时间却只是为了给某个人制作一件耳饰。毫无疑问，这个人一定非常有地位。我又把它小心地包起来，放回原来的藏匿之处——橱柜后那片松散的木板下面。艾提尼·

① papas a la Huancaina，西班牙语，一道菜名。

拉夫瑞特是否就是我要找的那个关键人物，我也搞不清楚。

过了一会儿，我又听见有人在小声说话，这次我静悄悄地爬起来，走到门外的扶手边上。三个人正点着蜡烛站在前门说着什么。其中一个是斯蒂芬，当烛光闪过时，我突然看到了门口停着一辆摩托车，那是因斯哥哥的摩托车，就是站在拱门下的那个男人。当我注视第三个人时，让我大吃一惊，那人竟然是希尔达。我竖起了耳朵，全神贯注，但只能听到他们谈话中的一些琐碎片断。

我听见希尔达说："我们不可能把他从这里赶走。"她接着说，"去找蒙特罗，让他和他的哥哥谈一谈。"

然后他们又低声咕哝了一阵。斯蒂芬说了一句："如果有必要的话，我会到利马走一趟。"

这时，突然安静下来，拱门下的那个人窜出门外，消失在夜色里，蜡烛也突然熄灭了，而希尔达和斯蒂芬正向楼梯走去。我飞快地退回房里，把门轻轻带上。一两分钟后，我听见希尔达轻而无力的脚步声。

第二天一大早，天还没完全亮，一阵细碎而持续的敲门声把我从睡梦中惊醒。"丽贝卡，我是希尔达。"她小声说，"快点穿上衣服到楼下来。"

我摇摇晃晃地从被子里爬起来——昨天晚上我一直在想楼下那几个人的谈话，几乎都没怎么睡着——我喝了几口水，穿上牛仔裤和T恤衫，向楼下奔去。斯蒂芬、希尔达和拉尔夫已经站在楼下了，连卡洛斯·蒙特罗也在那儿，只差翠西了。

"拉尔夫，你跟我来。"希尔达急促地说，"卡洛斯又给我们开来一辆货车，我们俩开这辆车。丽贝卡，你和斯蒂芬一起。卡洛斯，你带着那封信了吗？"卡洛斯点了点头，把一个信封递给斯蒂芬。

"那好，我们出发。"希尔达用命令的语气说，"斯蒂芬，你和丽贝卡上路之后，再找点东西吃。"

我看着斯蒂芬，睡意朦胧的头脑中，疑问层出不穷。"我一边走一边向你解释。"他说完，我们便向卡车走去。

几分钟后，我们开始向南边的帕纳麦里卡纳城驶去。斯蒂芬开得飞快，所幸的是大早上路上没什么人。"我们要去特鲁希略。"他说，"等INC办事处一开门，我们就得到那儿。"

INC，国家文化委员会。弄得那么紧张就是为了去一个政府部门？

“我们要搬走。”他说，“我是说从现在这个遗址上搬走。我们打算先把现在的这个遗址停工，再搬到一英里外的另一处遗址，至少得一英里以外。我需要许可证，重新挖掘的许可证。卡斯洛从他哥哥，市长那里拿到了一封信，他也支持我们，市长和卡斯洛已经给 INC 办事处打过电话了，所以 INC 的人会在那里等我们。”

“不过，我可能还要坐飞机去利马，去 INC 总部，所以我才让你和我一起来。如果有必要的话，你可以把卡车开回来。”

“我原本以为你对现在的项目很满意。”我说，“为什么会突然做出这样大的改变？”当我们到堪皮纳维加时，斯蒂芬才开得慢了一些。当地的农夫正开始把他们的农产品拿到市场上去卖，当我们经过镇子时，一些手推车和摩托车把前面的路堵得水泄不通。

“我们……”他犹豫了两秒钟——“我们内部有奸细，一个沃奎罗①，名叫奥特鲁——我不能告诉你他的姓，也不是那么重要——那个人……”

“沃奎罗？”我打断了斯蒂芬，问道，“是不是和我想的一样？是一个盗墓贼？”

“不错。印加人的语言中没有上帝这个词，他们的神灵只有一个词——胡瓦卡，而沃奎罗是指抢劫神的领地的那帮人。在这些地区有极为古老的传统，印加人会进入神的领地，抢劫早期文明的墓穴。附近整个家族都参与其中，而且这种传统是代代相传的。我不得不承认，他们对这种盗墓之事非常擅长。他们知道要找什么东西，可能比我们懂得还多，而且他们在修复破损文物方面的技术也非常专业。其实，我们的工头，帕布鲁以前就是一位非常优秀的沃奎罗，后来我们把他争取了过来，对我们来说，他现在真是一笔巨大的财富。他手下有几个人以前也是沃奎罗。我们给他们提供一份工作，向他们讲述自己的文化，我们希望能通过这种方式，让他们继续在这种艰苦卓绝的环境中从事这一事业。”

我觉得，他这种想法似乎还是存在一定的风险。

“那么，他们——我是指那些沃奎罗——怎么处理找到的东西？会不会卖到黑市去？”

---

① Huaquero，西班牙语，意为告密者，奸细。

“不错，他们有时候会进行黑市交易；但在其他一些情况下，从某种意义上来说，这种行为会被认为是合法的。我的意思是说，在这个国家要想公然占有某些文物，还是有许多种方法可以做到这一点的，而沃奎罗则从中牟取私利。”

“但是这里允许人们占有文物会不会更加鼓励人们去盗墓？”我问道。

“的确是这样，我也觉得很疯狂。但是你也要明白盗墓的原因，是不是？你已经看到了这个地方有多贫穷。如果你运气好的话，盗墓赚的钱要比你打渔或种庄稼要多得多，这是肯定的。我们告诉那些人，不管你们找到什么文物都该上缴，但对于我们这些来自富裕国家来的人来说，这话说起来容易。我们应该谴责的是那些买家，特别是那些艺术品商人。就是在他们的怂恿下，这种事情才屡屡发生，我还得补充一点，他们也是从这些文物中赚大钱的人只不过是社会的垃圾，至少拉夫瑞特肯定是头号垃圾。不过，咱们不要再谈这个话题了。”他说完，好像又开始萎靡不振起来。

“你刚才跟我提起过一个叫奥特鲁的人？”我试探地问。

“不错！”他说，“奥特鲁去年来找过我，还带了一些他找到的文物。我看到他在附近四处乱看，接着他来到庄园，让我帮他看点东西，还让我告诉他那些东西到底值多少钱。”

“他的那两件东西都是非常精美的陶器：莫切时期的东西，有一个罐口呈马镫形，整体造型是海狮的罐子，海狮的两只眼睛都是贝壳做的，还有一件稍微有点破损的罐子，上面绘有美丽的线条。我差不多敢肯定，那是真正的莫切的东西，而且肯定是偷来的。他不可能从别的途径找到这两件东西。他要求我必须先给这两件东西估价，然后才告诉我他是从哪儿找到这两样东西。于是我们讲好了条件，我要先把这个线条精美的罐子拿来研究一两天，然后才能告诉他大概的价格。

我一句话也说不出来。“我知道你在想什么。”他继续说道，“但是盗墓行为一直很猖獗，我也没能力阻止。我觉得至少在这件东西流人黑市之前，我还能有机会研究一下。”

我沉思了好一会儿，我觉得他的想法有利有弊，而且从道德上来说这样做有些不妥，但是我对实际情况又了解多少呢？毕竟，我对这些盗墓贼一直都有偏见。此外，我非常高兴自己能够有一件真正的莫切文物,我目前还没考虑好要不要把这件东西捐给博物馆。

“不过,奥特鲁今年又回来了,拿了几件东西让我帮他看看。这次他给我拿来的东西也是真品文物:有一个小铜像,从服装上判断,应该是个武士,还有一件非常精美的鸭子造型的陶器。”

“昨天晚上,奥特鲁跑来告诉我,当地的一个名叫罗兰多·格罗的农夫正在一块阿尔戈卢布林[①]边上砌墙,就是那片角豆树林。那个农夫告诉当地居民,他这么做只是为了保护自己的土地不受外来人的侵犯,但是奥特鲁告诉我,他敢肯定那个家伙十有八九是找到什么东西了,砌上墙把那片地围起来只不过是为了盗墓时不被别人发现。实际上,一直以来,格罗家族都是出了名的沃奎罗,而且证据确凿,有一点需要说明,奥特鲁拿来的这件陶器和武士像也是从同一块地上挖出来的,而且和格罗的那块地紧紧相连。那个农夫肯定找到大家伙了。”

“大家伙是什么?”

“一座墓葬。一座从未有人发现过的墓葬,里面埋着一个上层社会的人,一个非常有地位的人。在我们发现的所有遗址里,这是最令人激动的一个,就离这里不远,肯定是个非常壮观的墓葬。许多年以前,人们就开始研究莫切陶器上所描绘的场景,但却没有意识到这些场景描写的都是真实发生过的事件或某种宗教仪式。例如,许多莫切陶器上都画着这样一幅场景,俘虏们被带到一个神灵,或者是一个武士国王,也可能是某种神职人员的面前,他经常坐在一堆干草上,面前还有一个半人半鸟的武士,身后有一个女人,是一个手持圣杯的女祭司。女祭司的身后还有另一个人像,顶着一张动物脸,通常是猫头鹰的脸。”

“不管这样绘声绘色的场景出现多少次,不管是哪个艺术家绘制了这些场景,也不管场景的人物有多相似,这些场景都是非常非常有吸引力的艺术品。这些绘画与我们国家文化中钉在十字架上的受难耶稣图和耶稣诞生图相似。那两幅耶稣图都是若干世纪以前,许多人一起绘制的,但是我们常常可以在两幅图中找到共有的人物。同样,我觉得这些陶器上虽然没有文字语言,但是描述的场景应该是和莫切

---

① Algarrobal,西班牙语,一种角豆树。

有关的较为重要的仪式，由此我们可以推断出场景中正在发生的事情，通常是这些绘画的主题都是祭祀。这样的场景有点血腥：俘虏被活生生地切开喉咙，而圣杯里盛的东西极有可能是俘虏的鲜血。”

埃德蒙·埃德华死时的惨状突然闪现在我的脑海中，鲜血在桌面上流得到处都是，还有“蜥蜴”——雷蒙·塞凡提斯被勒死的情形也跃入脑中，我尽力在潜意识里不去想这些图像，而是全神贯注地听斯蒂芬讲话。

“例如，第一个武士通常戴着一件圆锥形的头饰，头饰是一弯向上的月牙，而且头饰和肩膀处都散射出光线，鼻子上戴着月牙形的鼻饰，耳朵上戴着圆形的大耳环，脚下通常伏着一条狗。”

“那个女祭司通常戴着一顶镶着两片大羽毛的头饰，头发扎成长长的辫子，尾端是几只缠绕在一起的毒蛇头。第四个武士戴着一条边缘呈锯齿状的金光闪闪的长头巾。你明白了吧。“

“这些被发现的人非常的特别。”他激情地说，“沃尔特·阿尔瓦在一个叫西潘的地方偶然发现了这座武士祭司和鸟头祭司的墓葬。克里斯多佛·唐尼和刘易斯·詹米·卡斯特罗在圣何塞沼泽发现了女祭司。这些祭司下葬的时间几乎相同，与陶器上描绘的一样，几乎都是同一个朝代！”

“我也不知道自己听懂没有。”我说，“你的意思是不是说那些瓶瓶罐罐上描绘的人物在现实中确有其人？如果他们真的存在，按你的话来说，他们已经被发现了，那我们还在找什么呀？”

“问得好。陶器上描绘的那种仪式在现实世界中肯定发生过，不错，现实中真的有这样地位的人。在很长一段时间里，这种仪式一遍一遍地重复进行。从他们身上我突然想到英国的君主：披着貂皮斗篷的国王或者王后，权杖，还有镶满珠宝的球形王冠。如果你对英国熟悉的话，你很容易就能明白，在邮局或政府部门里挂着的那些图片上的两人是非常特殊的首脑。当你翻阅历史照片的时候，只要你留心看一眼，就会发现处在最高层位置的不止一个人，因为他们都戴着相同的王冠。换句话说，那个球形王冠是地位的象征。现在设想一下，如果其中一个君主去世了，他身上的那些东西，王冠、权杖、所有的一切都会与他一起下葬。这样一来——”

“这样一来，就得为下一个君主准备所有这些东西！”我惊呼了一声。

"说的很对!"

"我的天哪,"我说,"这也就意味着在这五个世纪左右的时间里会出现许多金银财宝。"

"一定是这样。"斯蒂芬笑着说,"而我只是想找到其中的一点儿。不过,我也不是想据为己有,希尔达和我会以我们的声誉作保证,我们进行考古研究可能要历时若干年,而且在寻找研究资金方面还会遇到不计其数的难题。"

"是不是还有许多不为人知的墓穴还没被人发现?"我问道,"你和我说过关于沃奎罗,那些盗墓贼的事,听起来他们好像不仅擅长盗墓,而且一直在盗墓。"

"事实如此。自从欧洲人登上这片土地后,数千座莫切墓穴被掠夺一空,但还有一些墓葬,可能因为埋在地下数百英尺的缘故,这才由专业人士进行挖掘。对于我们来说,这么大的损失永远都弥补不回来。但是未来还是很有希望。有关印加王国起源的传说中提到,在印加王国之前,世界上基本都是奴隶,人们生活在洞穴里,身上穿着动物皮毛制成的衣服,没有宗教信仰、没有村庄等等。据说,太阳神对此非常反感,于是派他的一个儿子和一个女儿下到凡间——他们来到了的的喀喀湖①。太阳神让他们往地上扔一根树枝,树枝落到哪儿,他们就去哪儿定居。他们遵命而行,最终到了库斯科②地区,建造了城市,教授人们如何耕种,如何织布等等——换句话说,给人们带来了文明。"

"现在看来,不管他们是不是相信这个故事,印加人在一定程度上成功地说服了西班牙人,让他们承认印加王国是世界上第一个王国,而在此之前,那些人都处在原始的无组织状态。当然我们都知道,这种说法显然是不对的。远在印加文明之前,还有许多印加人不知道的博大精深的文明。这也就意味着当西班牙人在印加各地的城市里找到了财富之后,便不打算到别的地方去寻找金银财宝,他们也没必要到别的地方去,在这里可以占有大量金银财宝。"

"在我看来,虽然秘鲁政府把将莫切文物走私出境定为违法行为,而且许多国家,包括美国在内,也都签署了协定支持秘鲁政府的政策,但到目前为止他们都只是在和时间进行斗争,在这场斗争中,我

---

① 的的喀喀湖,Titicaca,在南美洲西部,位于秘鲁同玻利维亚之间。

② 库斯科,Cuzco,秘鲁南部城市,11 世纪初起至 16 世纪为印加帝国首都。

们——我是指我们这群好人——一直蒙受损失。所以我们得向前看,有时我们也会发现沃奎罗错过了一个机会,而我们却得到了这个机会,就像这次一样。"

"所以我们要去 INC,努力争取到一张许可证,或者将现在这个遗址的许可证的地理范围扩大,在那堵墙砌起来之前开始挖掘。这就能解释清楚为什么拉夫瑞特要到镇上来。格罗肯定会千方百计地联系他,告诉他自己找到了一座墓葬。我们已经准备好了,绝对不会再把这个墓葬拱手送给那些社会寄生虫!"

"你不是告诉过我,申请一张许可证要一年到两年的时间吗?"我问道。

"通常是这样,所以市长写了一封支持我们申请许可证的介绍信。我中途到镇上得稍微停留一下,接上我的一个朋友,一个秘鲁考古学家,他名字叫理查多·雷蒙斯。我希望他能和我们一起去,帮我们完成目标。希尔达去了卡洛斯的工厂,用他的电话联系雷蒙斯。希望他在镇上,也希望我们能找到他。"

"上帝,我还得帮希尔达找个人!"他过了一会儿,说道,"要知道,你没见过她身体健康时的样子。她以前是一个很爱笑的人。但是去年出了一次严重的事故:当时我们正在挖掘一个遗址坑,她从梯子上掉到了坑里,背部受了重伤。这将是她呆在这里的最后一个年头。我觉得她以后都不会来这儿了。她伤得很重,这就是她酗酒的原因。我想你肯定没注意过她喝了多少酒。"

"我注意到了。"我说,"她和翠西相处得不太融洽。"我又多了一句嘴。如果斯蒂芬觉得这个话题有意思的话,我想我会和他多聊一点。

"不会吧!"斯蒂芬叹了一口气,说,"翠西是个积极进取的人,这一点我很肯定。她知道自己想要什么,也知道如何得到自己想要的东西。有些时候,希尔达觉得翠西可能对自己造成了威胁。只有这个理由才解释得通。翠西今年想去做现场工作,但是希尔达却说翠西必须留在实验室继续研究。翠西很失望,所以可能会说这样的话。不管表面看起来怎么样,我都不希望你对希尔达有什么不好的印象。从学术角度来看,她在这里所做的工作绝对都是非常杰出的。她出的事故真的很不幸,这也是我们今年一年都在努力工作的原因之一。我们想为她找到一些真正超乎寻常的东西。"

在去特鲁希略的路上，我们聊得非常愉快，中途只在一家壳牌加油站停了一下，给车加满油。当我们一路狂奔到特鲁希略的阿玛斯广场时，才刚到九点。阿玛斯广场周围的建筑颜色都非常明快，广场上立着一根圆柱，圆柱顶端有一个运动员的雕塑，那尊雕塑虽然与众不同，但比例却不太协调。斯蒂芬很快把车停在一座暗红色的建筑门口。一个留着微须的身材高大的男人正斜靠在门框上。当我们停车时，他向我们的卡车走过来，爬进后面的座位上。

“早上好。”那个男人用西班牙语问候我们。

斯蒂芬转身把手伸向后面的那个男人，两个人握了握手。“我知道是希尔达让你来的。”他说，“理查多，这位是丽贝卡·麦克柯瑞蒙；丽贝卡，这位是理查多·雷蒙斯博士。”我们对视微笑了一下。我立刻对这个男人产生了好感。“希尔达都详细告诉你了，是吗？”

“她只说了一点儿。”雷蒙斯看了一下自己的手表，说，“我们去喝杯咖啡吧，INC 办事处得到九点半才开门。还有一段时间，正好你们可以把事情原委告诉我。”

我们找了一间中餐馆，点了几杯咖啡，斯蒂芬和我还要了柠檬果酱面包。斯蒂芬把有关奥特鲁来过的事告诉了雷蒙斯。我发现对于一位考古学家和沃奎罗进行交易这种事，雷蒙斯似乎并不觉得奇怪。之后，斯蒂芬展开一幅地图，铺到桌子上。“这是庄园。”他一边说，一边用手指指着地图上的一点。“这是现在的遗址。”他又指向另一点，“而这里，就是新的遗址。奥特鲁说当地人称这片地区为科洛·德拉斯·如纳斯①。”

科洛·德拉斯·如纳斯，也就是“毁灭山丘”。斯蒂芬从公文包里拿出一张卫星拍摄的照片。“我们可以近距离观察一下。”他说，“这是最近拍下的，大约两个月之前。”我们都目不转睛地凝视着照片。顺着照片上的河床，我一下子就找到了庄园和我们现在正在挖掘的遗址，但是“毁灭之丘”的位置还得仔细搜索一下。

“我找到了！”雷蒙斯大叫一声说，“就在这儿。”他一边说，一边指向照片。我盯着他指的那个地点，很容易看出那是一片树林，在树林的右边，有一条阴影，这说明那里有一道墙。在墙的一侧，有几棵树的

---

① Cerro de las Ruinas，西班牙语，意为“毁灭之丘”。

影子，此外还有一块黑色的轮廓，雷蒙斯说那是一个山丘。我可看不出那是个山丘，但是他们受过训练，而我却没接受过什么训练，所以只能听他们说。我看到在稍微远一点的位置，在墙的另一边，有几个像小棚屋一样的屋顶。我突然想起来，那是公社。这么说来，格罗就是美洲狮说的那个农夫，那个家伙正在公社和他的地盘中间砌墙。大概是因为格罗的后院直接冲着公社，这样一来，当他从地下挖财宝的时候，就会给他造成不必要的麻烦，附近的所有人都会看见。

“那你有什打算？”斯蒂芬问道。

“嗯，”罗蒙斯一边用手摸摸下巴上的胡茬，一边说，“光从这张照片来看，很难确定那个地方会不会有重大的发现。另一方面，关于格罗家的事，你说得也很对。当他们进行交易的时候，我不会坐视不理的，我可不介意在其中插一脚！”他停了一下，耸了耸肩，说，“那咱们现在去 INC 吧！”斯蒂芬咧嘴笑了起来。

雷蒙斯补充说：“我们得抢先给格罗他们当头一棒，他们会发动整个家族一起把那个地方挖个底朝天，如果我们不能及时得到那块地，他们会把一切都彻底破坏。”

“那咱们走吧。”斯蒂芬说完，看了看手表。

九点三十分的时候，这两个人走进了 INC 办事处，而我留下来看车。

大约一个小时后，这两个人走了出来。“我们得赶紧走。”斯蒂芬说完，钻进车里。“去机场。我们还要去利马！这里的人已经提前给他们打过电话了。只要一到利马，就会有人来接我们。”我看得出，他心里非常激动。

到了机场以后，我把他们送到登机口。正好有一班飞机即将起飞。

“开车回堪皮纳维加，好吗，向希尔达报告一下。今天晚上我会找个时间，让蒙特罗给你捎信儿的。如果没成功，我就自己从特鲁希略坐公车回去。如果成功了，我们就得抓紧时间了，到时候你得来机场接我，好吗？”我点了点头。

“你明白我的意思，是吗？”他又问了一句。

“我明白，我会时刻准备行动的。”我回答说。

“除了希尔达、拉尔夫和翠西，不要告诉任何人，知道吗？”他说。

“我肯定不会说的。”我说。

“你真讨人喜欢!”他说完,拥抱了我一下。“那就明天机场再见,或者回庄园再见。”他转身走进登机口,但让我吃惊的是,没过几秒钟,他又转身回来,又和我拥抱了一下。我目送这两个人穿过停机坪,登上飞机的扶梯。

我小心翼翼地开车回了堪皮纳维加,我不希望因为任何原因,让警察找我的麻烦。我先开到遗址,刚把卡车停下来,车旁的灰尘还没散尽,希尔达就走了过来。我把一切都告诉她。

但她用一种讽刺的语气说:“我们得装作漠不关心的样子,这样就没人知道发生了什么事,也不能让学生知道。我只告诉他们斯蒂芬去特鲁希略出差了,而你开车送他过去,拉尔夫和我今天代他值班。今天早上,我把因斯送到了集市,不过你得和往常一样去把她接回来。晚餐的时候,帕布鲁在场的话,什么都不要说,好吗?”

我觉得自己陷入到一场惊险刺激的游戏之中,而且我几乎无法摆脱所有这些秘密、阴谋,还有突然飞奔到特鲁希略这件事。不知道是怎么回事,和我的预期有所不同,翠西对这件事一点都不感兴趣;事实上,她的反应有点冷淡。我不知道是不是因为斯蒂芬给了我一个拥抱,让我对这两个女人都没什么好感。晚上,大家在等待开饭的时候,也几乎没人再评论因斯做的汤、鱼,还有棕色的甜布丁。

帕布鲁和因斯最后离开庄园,回家去了。他们刚走,我们就聚到一起,商讨怎样以最快的速度关闭现在的这个遗址,然后搬到下一个遗址。我们的想法是在格罗发现事实真相之前,获取格罗的信任。我们像着了魔一样,一直在讨论如果我们获得了信任,我们该这样做或那样做,就好像我们这样计划就不会让他发现。

“我好像听到有卡车的声音!”拉尔夫惊呼了一声,然后我们都竖起了耳朵。前面的大门吱呀一声打开了,卢卡那慢吞吞的脚步声穿过天井,我们都可以想象得出卢卡的步速有多慢。我看到翠西两只手紧张地交叉在一起。卢卡递给希尔达一封信。“我叔叔让我过来给您送封信。”他说。

包括希尔达在内,我们所有人的目光一时间都落到了那封信上。我感觉自己像是个演员,在等待奥斯卡颁奖。然后她把信封撕开,飞快地扫了一眼,然后举起手指做了一个胜利的手势。

“我们可以搬迁了!”她惊叫着说。我们不约而同都爆发出高兴的叫声。

那天晚上，我几乎没合眼，有好多事得考虑：当然包括第二天的计划，还有一件事，就是一个有名的文物买家来到了镇上。我辗转反侧，好几个小时都难以入睡，最后也没想出什么，于是蹑手蹑脚地提着鞋子，走下楼梯，轻轻地向门口走去。外面天还黑着，现在大概是早上五点半。我悄无声息地飞快走向卡车，打开车门，挂上挡，掉转车头，打算把车开出去。就在这时，车身上闪过希尔达的影子，她正站在楼上的窗户旁，举着手似乎在祈祷，这种祈福的方式真是古怪。我打开引擎，阿塔瓦尔帕[①]行动即将拉开序幕。

① Atahualpa，印加国王阿塔瓦尔帕。

12

他听见了吗？当沙子开始落下时，发出轻轻的嗖嗖声，开始时，沙子移动得非常缓慢，然后越来越快，充满了整个空间。现在又变成了隆隆的声音，正在操劳的他有没有听到这个声音，是否看清了自己未知的命数，有没有为他眼前的一切感到不知所措？在这一切不知不觉地降临到他身上的时刻，是不是还在努力地工作，还在想象着为了自己的自由再奋力一搏？又或者他被困了起来，伴随着周围空气的逐渐消逝，他也在诅咒着命运？

前一天，在从镇上回遗址的途中，我坐在卡车里有些惊慌失措，但是现在我把那种惊慌的感觉抛到了脑后，让所有的小心谨慎都随风而逝。开车到特鲁希略花了我二十分钟的时间，一路上我都在整理自己的心情。快到八点十分的时候，我来到了机场，耐心地看着天空，寻找即将抵达的那架航班的踪影。斯蒂芬和理查多应该坐这班飞机回来，但我不知道他们有没有赶上这班飞机。如果错过了，那我只能在这里等他们回来了。航班延误了几分钟，但是当扶梯靠上飞机，机舱门开启的瞬间，斯蒂芬和理查多就冲到舱门前，飞快地跑下楼梯，穿过停机坪。

一看到他们下了飞机，我就向机场的秘鲁公用电话亭跑去，我从来没有这样的感觉，电话亭像笼罩在一层光环中。跑到电话亭里，我拿起听筒，用希尔达给的电话卡，拨通了蒙特罗的电话。“我们正在回去的路上。”我说完砰地一声挂上电话，向那两个人挥了挥手。

不到九点我们就上了公路。还是我开车，斯蒂芬、理查多与我一样，一夜都没睡，所以我开车的时候他们打了个盹。回去的路上车开得慢多了，交通也拥挤起来。当我们路过城镇时，路上挤满了人，车速明显降了下来。塞车塞了好长时间，我觉得车轮好像被拴住了一样。

快到正午的时候，我在堪皮纳维加的一座黄色建筑前把卡车停了下来，这座房子位于堪皮纳维加的要道上。卡洛斯·蒙特罗和一个年龄较大而且略显富态的男人正在那儿等着我们。那个人是我们尊敬的市长凯撒·蒙特罗。他们坐进卡车的后排座位，为了给他们腾地方，斯蒂芬爬到了后面的拖斗里。两个警察骑在摩托车上，在前面给我们开道。他们已经是这个镇上一半的警力了。我把卡车从路边开到主干道上，顺着那条尘土飞扬的大道一直开到遗址上。当我们抵达时，希尔达、翠西和拉尔夫正顶着灰尘站在路边等着我们。

卡车还没停稳，斯蒂芬就从后面的拖斗里站起身来，大声喊道：“好，咱们开动吧！”

拉尔夫和希尔达几分钟前才给那几个学生下达了命令，现在这个地方到处都是喊喊喳喳的声音。其中三个学生——苏珊、乔治和罗伯特——还有几个秘鲁工人爬上了卡车，和斯蒂芬站在一起，我们一行人又上路了。理查多和我一起坐在前面的驾驶室里，翠西和两位蒙特罗先生（我只希望那位市长没他弟弟那么坏）坐在后排。当我们开车离开时，我听见希尔达和拉尔夫开始指挥留下的那些学生和工人尽快用先前挖出的土把遗址坑填平。

卡车和警察护卫队又开始顺着公路往北行驶。大约走了一英里，我们在一块小标志牌处转弯下了公路，上了一条根本算不上路的小道，沙土道上只有一些车辙印，卡车走在这条道上颠簸不已。我只能全神贯注地顺着车辙印走，以免陷进沙子里。我看到了前面的角豆树，是那片布满荆棘的灌木丛。我们从右边绕过去，在灌木丛的另一头停了下来，警车的车灯一闪一闪。大家都从卡车里爬了下来，跑向那座看上去非常普通的的小山丘——所有的人并不包括卡洛斯和凯撒，他们还坐在车里。

在那一刻，我看到了永远也不会忘记的两样东西：罗兰多·格罗脸上的表情，还有我第一次见到的“毁灭之丘”。

格罗看到我们这群人就像看到嚎叫的女妖精一样，立刻伸手去拿来复枪。但是还没等他拿到枪，警察已经开了一枪，然后大声喊，让他把手举起来。斯蒂芬和理查多跑到格罗身边，把许可证举到他脸前。警察迅速地搜查了格罗的卡车和他的那间小斜坡房，然后又沿着墙搜索。什么也没发现，根本没有什么从墓穴里偷出的成堆文物，只搜到一小堆砖块，一把泥铲，一把铁铲，还有一件夹克衫。

当时，我觉得我们犯了个错误，只是在恐吓一个朴实的农夫，而他也只不过是想保护自己的那一点土地不受别人侵犯。就在那一刹那，我看到格罗的眼中充满了仇恨，但脸上却闪过一丝狡黠的神色。不管怎么样，他都有鬼，肯定做了什么见不得人的事。

但我们却没什么证据逮捕他。警察告诉他这些考古学家有权在这片土地上挖掘，而且他必须得离开这里。这场突如其来的闹剧之后，格罗捡起自己的工具、来复枪和夹克，开着那辆破旧不堪的老式雪佛兰驰威卡车，头也不回地走了。

我们所有的人筋疲力尽地在站在那里看着四周，等待着什么。意料中的那种兴奋之情霎时消失得无影无踪。

“真是糟糕！”罗蒙斯说。

在我们的右边，似乎有一座光秃秃的山丘，斜坡上唯一的生命就是那一小块灌木丛。我把手放在眼睛上方遮住阳光，向山丘顶部望去。山顶是一个不规则的平面，山体的侧面从上往下有好多条很深的凹坑，似乎是很久以前山洪爆发造成的。

山丘的前面还有一大片平地，让人泄气的是，那片平地的地表也布满了大大小小的坑，这让我想起了月球表面的凹痕。傍晚的微风夹杂着沙尘在地面上打着漩涡，黑色和棕橙色的陶器碎片散落在沙地上。令人难以置信的是，地上还零星地散落着许多骨头。一条原本是黑发的辫子，在太阳的照射下褪成了红色，凄凉地躺在小坑边。

“这是怎么回事？”我气喘吁吁地问。

“是沃奎罗干的。”斯蒂芬说，“他们曾经挖过这里，看着他们挖过的这片地方真是让人沮丧。有些挖掘的痕迹是很久以前留下的，但其他一些是最近的。盗墓贼主要是偷金银器，所以挖到陶器或骨头之类的东西就会扔掉。”

“这样做，对死去的亡魂实在是大不敬！”我激动地说。

斯蒂芬点了点头。“阿纳萨兹人[1]把盗墓贼称为死亡盗贼。这是个很贴切的名字,对不对？不过,你说他们对亡灵不敬也不完全正确。”他一边说,一边弯下腰捡起几根没吸过的香烟。“他们留下了这些东西,你看！他们也很真诚!”他看出我心存疑虑,于是说,“沃奎罗经常会留下一些类似香烟之类的祭品,这样他们就不会受到诅咒了。”

我也不知道自己是怎么了,就是无法让自己的眼睛从那根辫子上移走。它受到了那样的伤害,悲惨地躺在那里,躺在这样的地面上。斯蒂芬望着我,只说了一句话:“人类的毛发在地下可以保存数千年。”我觉得人的头发永远也不会腐烂。不知道怎么回事,看着那根辫子,我突然想起那次因斯对我提出的警告。

奎搭多·埃·阿波拉多[2]！要想活命,你必须小心那片树林。我慢慢地扭头向右看,那里有一片树林,长满了长豆角,也可能是角豆树,枝条上满是荆棘。那里会不会就是因斯说的那片树林？我告诉自己,不要那么愚蠢。

“你觉得我们是不是来晚了?”翠西一边问,一边蹲下身子捡起几小片骨头碎片。她的声音让我回过神来。“你说他们是不是已经找到了墓穴,而且把文物都盗走了?”

“我也不知道。”斯蒂芬回答。他和我一样,也在用手遮住额头,扫视山丘。“这里确实是胡瓦卡的墓穴。他们曾经挖过山顶。你可以看到一些下陷的坑洞,那些坑洞都被填平了。不过,如果他们发现了墓葬,而且把所有的东西都转移走了,那格罗在这里砌墙又是为了什么？我们还是四处看看吧,也许我们得在胡瓦卡的脚下挖几条堑壕,才能明白。”

“你是说这座山丘就是一座胡瓦卡金字塔?”我问道。

“不错,”斯蒂芬回答说,“在你看来,这可能只是一座小山丘。不过你回想一下,这个地区的人盖房子用的都是土砖,其实就是泥砖,不用石块。所以,这里以前一定有一座金字塔形的建筑。你看,沿着山体侧面的那些沟槽可能是由于暴雨造成的,从某种意义上来说,可能是由于过去几个世纪里爆发的厄尔尼诺现象导致墙砖腐蚀。你看,那

---

① Anasazi,阿纳萨兹是古印第安的一个部落。

② Cuidadao al arbolada,西班牙语,意思是小心那片丛林。

边，还有一个小一点的土丘，还有那里。”我顺着他指的方向望过去。那里的确还有一个稍小一点的山丘，应该说是胡瓦卡金字塔，再远一点的地方，还有几座山丘。

“好了，现在我们赶快四处察看一下。”斯蒂芬把大家召集起来，“明天我们就开始认真干。”

先前上演了一出闹剧之后，大家还没回过神来。“哎呦！”翠西大叫了一声，抱着一只脚四处乱跳。我们都过去帮忙，大家很快就弄清楚她受伤的原因了。她踩到了一棵荆棘树的枝条，上面都是毒刺；几根枝条翻了一下，其中一根扎到了她脚踝偏上的小腿上，正好在靴子偏上一点。那根枝条上的刺穿透了她的袜子，刺进了肉里。翠西看上去伤得不轻。斯蒂芬和我都想把那些刺拔出来，但是我们没那个能力。

我们把她送到堪皮纳维加的医院。医生在给伤口消过毒后，把那根刺拔了出来。翠西一瘸一拐地走出了医务室，脸色苍白，腿上缠着一大块绷带。“那些刺非常毒，”医生说，“尽量把你的脚抬高，如果红肿的部位超过了这儿，”他说完，指了指她腿往上几英寸的地方，“再把她带到医院来。我给她缝了两针，十天后还得回来拆线。”

“给您添麻烦了。”翠西哭丧着脸说，“都怪我没注意。”

那天夜里快十点的时候，翠西开始发高烧，脚踝处也越来越红肿。吃晚饭的时候我把盘子端到她跟前，但是她根本吃不下。夜里，她叫唤了两次，有一次是叫她的妈妈，第二次是叫斯蒂芬，我赶紧跑到她床边。之后，我在她的房间里点了支蜡烛，在她床边坐了一两个小时。大概三点的时候，斯蒂芬轻轻敲了敲门。“我看到有亮光就过来了。”他小声说，“她怎么样了？”

“我觉得她烧得很厉害，而且还做噩梦。我们最好明天一早就把她送到医院。”

“看看能不能先给他吃几片药，”斯蒂芬说完，递给我一瓶药丸，是抗生素。我叫醒翠西，给她喂两粒抗生素，再让她吃两片阿司匹林退退烧。

我一直坐在那儿陪了她好久，希望她能好转一点，但她还是断断续续地做着噩梦。因为灯线太暗，没法读书，于是我就在房间里四处打量，来消磨时间。这里处处都会让你想家，墙上到处都是照片：她心爱的汽车贴在最上面，翠西坐在驾驶室里招手；有一张很引人注目的照片，她和一个帅气的年轻男子站在一起，他是杰米，翠西的男朋友；一个戴着圣诞帽的小狗看起来非常顽皮；还有一张翠西的家庭照，上面有一个年轻男子，很可能是她的哥哥，那只小狗也在上面，还有一对非常吸引人的夫妇，我知道那是她的母亲和继父。翠西称他们玛丽·圣安妮和特德，不过她在梦中还是叫妈咪。他们都站在一幢非常气派的房子前，那幢房子有两层，红砖，入口处有几根柱子，照片上还有一条非常宽的环形车道。墙上还有一张翠西和特德，还有她妈妈的合照，他们站在一个名为“救救我们的文物”的讲台上，头上还有一条标语，上面也写着“救救我们的文物”，她和父亲好像还举着一张支票。

我觉得那个家庭真是社会的栋梁。当然我对他们也不是十分了解。我已经过了那种大学宿舍小女生的年龄，而且即便我们相处得很好，我也不会与翠西相互信任，因为，我现在是丽贝卡，我没什么可以与翠西分享。我不知道翠西有没有发现，我身边没有一张与别人的合照，如果她注意到的话，会不会觉得很奇怪。

到了第二天早晨，她的病情还是没什么起色。斯蒂芬让我尽量呆在庄园照看她。和往常一样，我接上因斯，把她送到集市。当我把翠西的病情告诉因斯后，她坚持要去集市的一角，我从来没去过那儿，当地人都知道那里有一个巫医。集市的尽头要比别的地方光线暗得多，还散发着浓烈的草药味，但并不难闻。每个商店的椽上都悬挂着成捆的干草药，而新采的草药在桌子上堆得高高的。我觉得有些草药有点像雏菊或其他某种我不知名的花。店里还出售一些泡着药草和草根的液体，这些液体都装在瓶子里，还有各种各样护身符之类的东西。因斯在一间商店门口停了下来，店里好像没人。过了一会儿，一个老头从黑洞洞的里屋一瘸一拐地走了出来，他皮肤上的褶皱非常多，多得你都难以想象。因斯向他说明了情况，于是他抓了各种各样的干草药，配了一包交给因斯，然后又叮嘱了两句。

我们回到庄园的时候，翠西还是没有好转，而且腿上的那片红肿越来越接近医生强调的那个危险极限了，医生说如果超过那一点，就必须把她送到医院。翠西又吃了两粒抗生素，但是这些药片的效用只有一小会儿，我越来越担心。因斯细心地称出一些干草药，熬成茶水，把药渣滤掉后，让翠西喝了下去。不到二十分钟，翠西就开始安然入睡。因斯只说了一句话：“她很快就会好起来的。”

翠西真的好了起来，当天晚上，我们吃饭时，她出现在餐厅的门口。她说:“我饿了。”我们都开心地笑了起来。

“那些盘尼西林抗生素真是有用。”斯蒂芬激动地说,但我知道实情。必要时,我会说明这是因斯的功劳。

第二天,我们差不多恢复了正常的生活。理查多·雷蒙斯回特鲁希略去了,他临走时说他得回去了,但是过两天还会过来帮忙的。翠西和拉尔夫还是在实验室工作,我也回到了角豆树林旁边的那个遗址。考古队很快就在胡瓦卡脚下挖出了一个试验坑,但是还没找到什么东西能证明继续挖掘的必要。于是大家开始在胡瓦卡金字塔,那个小山丘上挖了起来。我听到有人大叫,我用手挡住刺眼的阳光,抬头望去,在阳光的直射下,一个黑色的身影从山丘上向我招手,我认出那是斯蒂芬。“快上来!”他叫道。我爬上四五十英尺高的丘顶。这里也有大量盗墓的痕迹,丘顶到处都是大坑,其中一些看起来痕迹还很新。

我难过地说:“有人比我们先找到了这儿。”我捡起一块陶器碎片,即使我这双未经训练的双眼也能看得出瓷片上的碎痕还很新,“这是不是意味着我们来得太晚了?”

“不一定。”斯蒂芬说,“莫切人建造的胡瓦卡金字塔有许多层,一个平台压着另一个平台。所以即便沃奎罗在这儿找到了一个墓葬,把东西都清走了,也不能说明下面没别的东西,下面可能还有一个历史更为久远的墓穴。我们现在就开始清理这片地方。”他说完,就开始指挥周围的人。“乔斯,”他停了一下,说,“帮忙把这些泥搬得远远的。我们不希望出现坍塌事故,还有,”他补充说,“大家都记住,我们要找的是曼查①。”

“曼查?”我怀疑地问,“我们要找哪种斑点呢?”

“根据我们收集到的莫切艺术品,以及我们在以往历次挖掘中看到的东西,我们了解到莫切人埋葬亡者的方式非常特殊。根据被埋葬着的特定地位,埋葬的方式也略有不同,但是基本上都会有一个通风道,再往下是一间墓室。莫切的陶器上描绘过这样的场景,尸体被放在这些通风道的下面,然后有一条旁道可以进入墓室。如果那具尸体——也可能是几具尸体——放到了墓穴里,通风道就会被封闭起

① Mancha,西班牙语,意思是斑点。

来。但是墓穴土壤与周围的土壤有所不同,我们可以据此判断墓穴的位置。换句话说,也就是那些曼查或者说斑点。所以我们要寻找斑点,如果我们运气好的话,会发现一根通风道,接着就会发现一座墓穴。"

"似乎我们可以从莫切人的绘画中学到许多莫切的文明。"我说。

"嗯,他们没有书写的文字,所以无法将记述仪式的场面用文字流传下来。但是我觉得他们的绘画,像陶器上的那些场景和仪式,还有我们以前发现的胡瓦卡金字塔里的壁画,都栩栩如生地记录了历史。"然后咧开嘴笑了笑,"我有强烈的预感,这个地方一定有东西,我说不出是为什么,而且我也没有任何证据能证明我的这种感觉! 现在我要回去工作了。"他向站在山丘下的希尔达挥了挥手,希尔达正在指导别人给那两座实验坑拍照,之后,这两座坑会被填上。

我站在丘顶,审视着周围:灰暗的角豆树,荆棘树林,正在远处沉思,他们伸出树枝的像雨伞一样,想把自己的秘密隐藏起来。我眯着眼睛望过去,远方矗立着一座座沙丘,再远就是大海了。我扭头看向另一个方向,帕纳麦里卡纳城的银色轮廓跃然眼前,顺着通向遗址的那条车辙小道,几辆摩托车和两辆卡车前后相联,正向这边驶过来,车过之处翻起滚滚尘烟。

"斯蒂芬。"我叫道,"我们有客人了!"斯蒂芬顺着我指的方向望过了过去。

"有麻烦了!"他向希尔达喊道,那只车队离我们越来越近。

车队停了下来,堵住了路口,一群农民向我们的遗址走了过来,罗兰多·格罗也在其中。他们手中拿着铁铲和斧头,向希尔达的方向频频挥动着手中的家伙。"从这滚开,不然杀了你。"其中一个人嚷道。

"你们给我从这滚开,不然你们会死。"斯蒂芬站在胡瓦卡金字塔顶上向下叫道。他也抄起一把铁铲,把铁铲像来复枪一样扛在肩上。那个男人抬头望了几分钟,但是阳光太刺眼了,他只能看到一个阳光照射下的黑色轮廓。"我说的!"他叫道,"从这里给我滚开。"帕布鲁也顺手拿起另一把铁铲,站在斯蒂芬的身后,模仿他的架势。

在这段时间里,大家都一动不动,我也屏住了呼吸。这时,对方中有一个人,是个老头,他后退了几步说了几句话,我没听清楚。他们慢慢地走回卡车里,或骑上摩托车,然后打开油门,用心险恶地在前面转了几圈,最后扬长而去。

“呦!”斯蒂芬叫了一声,然后放下手中的铁铲说,“我还是担心,太阳有可能会被乌云遮住!”大伙都紧张地傻笑起来。

“你真厉害。”我用敬佩的语气说。

“哦,我可不是光有一张英俊的脸。”他笑着说,“不过为了应对他们下次再来,咱们还是得想想对策。我发誓这次绝对是因为太阳光线太强,而他们也就是欺软怕硬,就那么回事。”他又补充了一句,“没什么好担心的,真的。”

我觉得自己应该相信他,而且我也的确很信任他。

在此之后的几个小时,包括第二天,遗址上的挖掘工作都在稳步有序地进行着。帕布鲁说,到处都有希望的标志。

然而第三天,发生了两件事。正当我们马不停蹄地工作时,传来一阵噼哩啪啦的声音,有个人正踩在梯子上安装照相机,结果梯子散架了,那是吉泽斯·席尔瓦。他掉进了一个坑里,躺在那里,并没有失去意识,但却痛苦地呻吟着。我们费了好大的劲才把他从坑里弄上来,然后把他抬上卡车的拖斗里,我尽量小心翼翼地向镇上开去。后来我们得知,他的肩膀脱臼了,还断了三根肋骨,今年剩下的时间里他都无法再工作了。

之后,恶魔显灵的谣言就在那群秘鲁工人之中流传开来。我听到一个叫扎维尔·弗朗克的工人在和其他人说:“这个地方真邪,我们不能再呆下去了。”

“我不相信恶魔显灵,”斯蒂芬对我说,“到这儿来。”

我向他走去,他正在检查那把席尔瓦踩塌的梯子。我顺着他手指的方向看过去。散架的梯子在固定两根金属杆的一个接缝处有道裂纹。

“这么说来,梯子质量有问题,你是这个意思吗?”我说,“很抱歉,是我买的这把梯子,我记得在买之前,还非常细心地检查过,当时肯定是没看到这个裂纹。”

“你再看看!”他说。我又仔细看了一会儿他指的地方。有裂纹的地方并没有碎裂,但是梯子横杠的一端却断了。其实可以看得出来,断裂的地方绝对是有人给割开的,事实已经很明了了。

“是格罗?”我问道。

“他是头号嫌疑犯,你觉得呢?”斯蒂芬回答说,“也许我得去找市长谈谈,让他叫个警察,去和我们的朋友罗兰多聊几句。”

然而没过多长时间,又发生了一起严重的事故。另一名工人,欧内斯托·桑多也发生了一件反常的事故。筛子上金属网丝把他的手划了个大口子,需要到医院缝上几针。刚才觉得这地方有鬼的家伙,扎维尔,在后退的时候,不小心多退了两步,结果从斜坡上滑了下来,把腿上刮伤了一大块。

我觉得这一切都是因为他们对恶魔显灵的事疑神疑鬼,精神过度紧张,自己吓自己,才导致了事故的发生。但是这件事给整个考古队带来了非常大的影响。大家都吓呆了。过了一会儿,斯蒂芬叫来了托马斯·卡多索,因斯的哥哥,让他帮忙驱逐这个遗址上的恶魔,他还是个查满①,也就是萨满法师。有了萨满法师,考古队又继续干了起来。

但是在这几场事故之后,遗址上的挖掘工作竟然还井然有序,这可真是戏剧性地对比。我们在丘顶挖掘了大约一周,有人大叫了一声,接着大伙都欢呼起来,急忙爬上山顶。甚至连一直在山下负责监督工作的希尔达也忍着剧烈的疼痛,吃力地爬了上去。山上有一圈泥土与周围的土壤截然不同。"是曼查!"帕布鲁大声叫道。

斯蒂芬靠近检查了一番,然后激动地说:"没错!我们现在开始从这里往下挖!"

我应该顺着那根通风道垂直往下挖,但在考古学上这种方法似乎行不通。工人们把泥土铲走,但是每铲一层,每挖一英寸,都要把情况仔细地记录下来。与往常一样,我们在山顶支起筛网,把挖出的泥土放到筛网上进行过滤。

我对希尔达说怎么这么麻烦,她回答说:"正如你所见,考古学本身就具有破坏性。在我们来之前,千百年来,胡瓦卡一直矗立在这里。但是当我们挖掘的时候,就会对胡瓦卡金字塔造成毁灭性的破坏。你不可能再按原样把胡瓦卡修复起来。所以只要我们开始挖掘,就得进行详细的记录,否则,所有的考古学记录都将不复存在。"我明白她的意思。我们从侧面把山上的大部分泥土移走,与此同时,在山顶从上往下挖。"安全极为重要。"她继续说,"特别是当我们在斜坡上挖掘的时候。身后的泥土必须得从遗址上移到别的地方,这样就不会从山体上滑下来,把工人埋在里面。在这种情况下,应该考虑到发生塌陷

---

① Chaman,西班牙语,意思是萨满教的道士,僧人或巫师。

的可能。当你往下挖的时候,得确保周围的墙能支撑得住。”

我希望工人们没听到她说的这些话,这些话足以在工人中间产生爆炸性的影响。

让我们非常高兴的是,白天这段时间里,罗兰多·格罗和他的同伙并没有什么进一步的消息。我从工人那里打听到,那天来的那伙人里有几个是格罗的亲戚。但是每天早晨他都会在遗址上留下点痕迹。有一天是一只用长矛戳进土里的猪头,还有一次在工棚旁边画了一幅骷髅图。当我们发现曼查的时候,斯蒂芬就请了另一名工人的兄弟,他叫冈萨洛·费南德兹,让他晚上的时候呆在一间小工棚里,看守遗址。斯蒂芬推断说,因为拉夫瑞特呆在镇上,所以一定会有人蜂拥而上去盗墓。这种折磨人的日子至少得延续几天。

但是我们觉得格罗一直呆在附近看着我们。

一天早上发生了一件事,让我们大家都恐慌极了。我们发现有人在夜晚的时候来过遗址。不是从那条车辙小道过来的,而是从另一边,从公社的那边翻墙过来的。现场的沙土地上有一顶帽子和一件夹克衫,就在斜坡往上几码远的地方。在离我们的挖掘地点稍远一点的地方,有人从胡瓦卡金字塔的另一侧挖了下去。费南德兹负责看守那条车辙小道,还有我们挖掘的胡瓦卡的这一侧,但他什么也没听见。我们挖出的那些后墙土被移开了,全都落到了山体后面。斯蒂芬从山上爬了下去,想看看损失情况,而我们剩下这些人则在山丘边缘四处察看。这时,斯蒂芬一边拼命用手挖着地上的沙土,一边叫工人拿上铲子马上过去。他们竭尽全力,很快把沙子挖了出来。但是根本没什么用,罗兰多·格罗被埋在沙子下面,手里还死死地抓着一件莫切武士的小铜像,他已经失去了意识。那天晚些时候,格罗死在了医院里,是他的私欲将他置之死地。

武士祭司

恶毒的神灵，刽子手，正一步一步向前走去。图米刀已经举起，金色的光芒在空中一闪而过。女祭司也举起了圣杯。鬣蜥[①]人和皱脸人也站到通风道的上面。伟大的仪式即将开始。

在墓穴里，陪葬的无头骆驼站在棺材的两边，武士的狗也伏在他的旁边。女祖先们的木乃伊也被放在墓穴里，其中两尊放在棺材的顶上，另两尊放在棺材的脚下。在火光的照耀下，鬣蜥人和皱脸人脸上带的面具闪闪发光，他们拉起绳索慢慢地把伟大的武士放进墓室，把他的躯体放进棺材里，武士的头指向南方，塞罗布兰科城。伴随着这场威严的仪式，铜质的链条把棺材封了起来。

那两个卫兵走在刽子手的前面，他们会永远保护武士。其中一个躺在武士的旁边，另一个被割下了双脚，站在棺材上方的壁龛里。现在可以封上墓室了，通风道也填充完毕。

新选的武士祭司盘腿坐在干草上，他的两边插着旗帜，狗伏在他的脚下。鸟头祭司从女祭司手中接过一杯祭祀用的鲜血，然后递给武士祭司。山上冲下的巨大水流摧毁了前面所有的一切，也许新武士能把我们拯救出来。他一定要做到：如果他也无能为力，那我们这个世界就真的走到尽头了。

---

① 鬣蜥，是一种产于南美洲和西印度群岛的大蜥蜴。

13

罗兰多·格罗走向了最后安息的地方，和一般的葬礼仪式相比，他的葬礼多了一群热血沸腾的暴徒，这一严肃的场合更滋生了他朋友和亲戚们的仇恨之意。

格罗家族的六个成员抬着棺材走进阿玛斯广场，走上教堂的台阶。与此同时，镇上几乎一半的人都蜂拥到广场。格罗的妻子和两个年幼的孩子跟在棺材后面，他的妻子抽搐着，一边喘着气，一边大声哭叫。而那两个孩子，一个小男孩和一个女孩看起来不知所措。还有一个上了年纪的妇人走在她们的后面，我猜她应该是格罗的母亲，这个老妇人面带严厉之情一直往前走，却没有流下一滴眼泪。

蒙特罗市长派了一个警察来庄园，强烈要求我们不要在葬礼上出现，以免局势恶化。不过这的确是个好建议。我觉得那群人一定非常愤怒，他们时刻都有爆发的危险，美洲狮和我赶紧从一条小巷向后跑，退回到集市里。

美洲狮只说了一句话："真是糟糕的一幕。"这一幕真是糟糕透顶。我原本以为格罗是个不太合群的人，但是由于厄尔尼诺现象的临近，以及外来人的涌入，他们觉得生活和安全受到了威胁，而罗兰多的死正好强化了这些人焦虑的心情。

我把因斯送到集市买些日常用品，但是里面异常嘈杂。大家似乎都觉得罗兰多不应该去盗墓，所有的当地人都对外来人心生怨恨。当我经过时,有几家店主都向我怒目而视,好像我是什么不吉利的东西。当我开车走过一个老妇人身边时,她竟然险恶地向我挥动着苍蝇拍。

晚上我们召开了一次会议。我记得不久之前我们还在一间名为“作战室”的房间开过一次会,那真是一个让人激动的夜晚。现在回想起来好像是很久以前的事了,当时我们大家都陈词激昂,激烈地谈论着我们所从事的正义事业。那时,我们还计划着要进行“阿塔瓦尔帕”行动,计划着怎样抢占“毁灭之丘”。

这一次,等因斯从庄园离开回家后,我们围坐在餐厅的大桌子前,得想想该怎么办,是接着最近有点恐怖的挖掘工作继续干下去,还是结束今年的计划,收拾好实验室,回老家去。

“我也不知道。”希尔达说,她的声音比平时还要焦躁,“我真的不知道该怎么办。我又想继续干下去,但是有时又觉得……”她的声音渐渐弱了下来。

“我们就快达到目标了,希尔达。”斯蒂芬说,“我就是能感觉到,我们很快就会找到重要的东西。”

“我知道你是怎么想的。但是冒这样的险是否值得?”她回答说。

“当然值得!”斯蒂芬激动地说,“你的意思是我们应该放弃,然后让盗墓贼把那些东西全挖走?希尔达,这可是你毕生的事业啊!”

“也许是我选错了职业?”她露出一抹生涩的笑容。

“我同意希尔达的想法。”拉尔夫说,“不错,这是很重要,但却不值得为此丧命。如果当作什么都没发生过,这样也确实不合适。格罗他们之所以这样气势汹汹,也不过是为了生存。”

“拉尔夫,埃尔·卡朋也以盗墓为生。”翠西轻蔑地哼了一声,“你不会是觉得他去盗墓也是一种可以宽恕的行为吧!”

“你这样说,真是让人伤心,”拉尔夫厉声反驳。每个人的精神都紧张起来,“我并不是想忽视那些偷盗行为。我只是觉得我们应当对附近的当地人保持警惕。卡朋住在芝加哥的大房子里,吃得好。而格罗可能住在棚户屋里,环境糟糕透顶,到处都是让人窒息的沙尘。天哪。”

拉尔夫和翠西两个人怒目相对。

“够了!”斯蒂芬叹了口气说,“你们这样争吵也没什么意义。咱们来听听大家的意见吧,把这件事摆到桌面上,我们投票决定,怎么样?我先开始。我赞成继续挖掘,认为很快就能找到一座墓穴,甚至可能是别人从未发现过的。”

“估计我们都不赞成。”拉尔夫愁眉苦脸地说。

“好，我看现在赞成票和反对票一比一平，还有别人有意见吗？”斯蒂芬说。

翠西举起手说：“格罗已经死了，所以也不会有什么意外发生，是不是？我肯定赞成，你们怎么看？”

除了我之外，每个人都点了点头。我觉得他们想错了，我亲眼看到了镇上那种气氛。首先，并不是只有格罗参与盗墓。他的整个家族都是出了名的盗墓贼，而其他人也是为了生计而去偷盗。似乎很明显，大家都知道发生了什么事。格罗正在从胡瓦卡金字塔的另一侧往里面挖隧道，他身后的那堵沙墙，就是他从隧道里挖出的那些沙子倒灌了回去。他太匆忙了，所以粗心大意，没把那些沙子移到够远的地方，或者移到另一个角度，结果沙子滑回隧道。而有关这次发生的不幸事件，警察已经把详细情况告知了格罗的遗孀。对于一个粗心大意的沃奎罗来说，这种结局虽然不幸，但也是在预料之中的。不过，我敢肯定格罗家的其他人可不会这样想。

结果那天晚上会议结束的时候，除了拉尔夫还在犹豫不决之外，其他人都一致同意留下来继续挖掘。他说还要再考虑一晚。

晚些时候，我在房间里听见一阵轻轻的敲门声。斯蒂芬站在门外，手里还拿着两只杯子和一瓶苏格兰酒。“我们能聊一聊吗？”他低声说，“去楼下可以吗？”

我点了点头，然后跟着他走下楼梯。燃料又用完了，所以在他倒酒的时候，我点了两支蜡烛。

我们坐在扶手椅上，他问：“对于这件事你有什么看法？”

“我也不知道自己到底是怎么想的。”我说，“镇上的气氛非常不妙。”

“这个我知道，”他赞同地说，“我鼓励大家留在这里，你是不是觉得我有点疯狂？或者你觉得我是不是个十足的疯子？”他苦涩地笑了笑。

我说：“也许两种感觉都有。”当然，我是在开玩笑。他看起来好像很痛苦，我也觉得很难过。“你想想，”我说，“他们都是成年人，是他们自己下的决定。”我不知道他为什么要和我谈这些，是不是把我当成翠西的替代品了？

他好像读懂了我的心思:“我想你可能听说过翠西和我的事情。”他停了一下说,“你知道我们……”

“我知道。”

“我猜你肯定注意到了,每天晚上这座房子里总有一些动静。”他说完,脸上露出悲凉的笑容。“我觉得自己很无聊。”他继续说,“一个大把年纪的男人和一个比自己年轻二十岁的女人。而且还是我的一个学生。”

“她很有魅力。”我同情地说。虽然我的演技欠佳,但我尽量让自己的声音听起来我很同情他。

“我的妻子去年离开了我,找了一个比她还年轻的男人,事实上,比她小十二岁。不知道为什么,我觉得妻子离开我找了个小男人,而不是找一个和她年龄差不多或者更大一些的男人,这是一件很耻辱的事,但我确实是这样想的。也许不应该用耻辱这个词,受挫这个词或许更能表达明白一些。”

“这件事确实让人感觉挺难过。”我说。想起以前和克莱夫结婚后那段痛不欲生的日子,而且有一阵子还得忍受那些年轻女人的白眼。我觉得突然遇上这种事真是很可怜:确实是既耻辱又受挫。“我明白你的感受。”我说了句话。

“你明白? 是真的吗?”

我点了点头。

“你可能不会相信,重要的不是我怎么想,而是她怎么想。当然有点言过其实了,我的意思是,如果是我的话,你几乎不用花什么时间。我承认,我会立马答应的。“

“但是现在……”他小声说,“现在我想知道为什么她……我的意思是,可能这个中年男子还是很焦虑,但是我不知道她如果这样做了,会不会另有其他的原因,是不是想在这个项目中取代希尔达或其他的原因。”他突然停了一下,说,“真是对不起,我不是故意把你扯进来。”

“没关系,”我说,“但是我觉得你不应该那样想。你是个有魅力的男人,而且你们俩彼此都很感兴趣。”我几乎不敢相信自己竟然会这样说。为什么我想让斯蒂芬相信,和翠西在一起的话不会有什么问题的。我也不知道是在什么时候,突然发现自己对斯蒂芬着了迷。但是这个中年男子的自尊心竟是如此脆弱,真让我感到惊奇。我觉得我得说点什么让他高兴一点,就算这会影响到我自己的利益也无所谓。

“谢谢你！”他说。我们又多聊了几分钟，谈到了工作，谈到他有一个非常引以为豪的孩子，谈到即将到来的厄尔尼诺。最后，他从椅子上站起身来，向我弯过身，吻了我一下。这个吻感觉很好，有一阵子我都觉得只要有这样的吻，我甚至愿意为这个家伙做早餐。我们在楼梯上道了晚安，只留下我一个人，回味刚才发生的一切。我希望自己不是一个缺乏自信的人，但还是激动了半天才稳住自己的心情，让自己回到现实。问题是，如果我和翠西争夺一个男人的话，自己肯定赢不了。我不知道自己现在想的是不是和斯蒂芬一样，只是对赢得异性的感情缺乏自信，还是别有用心。我觉得我们的谈话中有一些并不完全可信，也许有一些东西是无法用语言表达出来的。

迷雾庄园的讨论暂时告一段落，连拉尔夫都决定留下来了。问题是，大部分秘鲁工人都不愿意再来遗址工作了。他们以前觉得这个地方的邪灵与前段时间发生的一些小事故没什么太大的关系，但是最近的这次意外发生后，他们更加笃信这个遗址是一片邪恶之地。帕布鲁还坚持和我们在一起，还有欧内斯托，这倒是让我们很惊奇，因为这个家伙被筛子上的金属丝伤得非常严重。我听说他有一个妻子还有四个孩子，所以这些小邪灵还不足以阻止他赚钱养家糊口。托马斯愿意留下来，那些学生也愿意留下，但罗伯特除外，他说已经受够了，然后就回利马了。

从另一个方面看，这也是个好消息，因为我可以给美洲狮找一份正式的带薪水的工作。秘鲁工人没来工作，斯蒂芬尽量让手头这几个人继续工作，但是工程进度明显慢了下来。

“我得去其他地方再找点人手过来。”他叹气说，“不然，我们永远也干不完。”

“我有个主意。”我说，“把美洲狮叫过来帮忙怎么样？虽然他不能做什么技术性的工作，但是可以帮忙搬搬沙子，筛点东西。雇用他可能需要花点钱，但是他要是能帮上忙的话，我们也可以给他付工资。”

“我雇用那些秘鲁人也是得付工资的，”斯蒂芬说，“他们那些人不干了，工资就没人领了。他什么时候能开始干活？”

答案当然是马上。“真让我吃惊！”美洲狮说，“能去考古遗址上工作！你说我们能不能找到财宝啊？”

“谁都不知道。”我回答说，“即使我们找不到财宝，你在那儿工作的话，就可以确保我们不会释放某些可怕的诅咒了吗?”

当然，我只是和他开个玩笑，但美洲狮却对我的说法心悦诚服。

美洲狮到了遗址之后，开始的时候，他不愿意早起。我们其他人都是天一亮就开始工作，而美洲狮总是很晚才邋里邋遢地来到遗址。有几天，他甚至根本不来工作。这让我们非常反感，因为我们人手严重不足，每个留下的人都得努力工作。斯蒂芬好像并没有生美洲狮的气，他说这种工作对于一个他那个年纪的男孩来说实在是太专业了，如果美洲狮来工作的话就给他算工资，不来的话就没工资。

我曾尝试就这件事和美洲狮谈一谈，但他总是很懊悔地说还有些别的事要处理。不过，我有种感觉，他肯定有事瞒着我，他总是这样。我们大家慢慢都觉得美洲狮有点神神秘秘的，就像他变的魔法一样，有时候你能看见他，但有时候却不能。

我被派去帮助帕布鲁，在他旁边把挖出的那些陶器小碎片记录在册，主要是碎片所处的深度，以及精确的放置地点，然后再把这些陶片做上标注，放进袋子里。天才刚破晓，我们就开始工作，一直到风沙使得挖掘工作无法再继续时，我们才收工。然后，我们把收集到的所有东西都运回实验室，一直工作到深夜，把白天找到的东西精心分类。

连卢卡都被叫来帮忙，拖运沙子，或者用筛子筛土。他一直抱怨，而且工作起来慢吞吞的，他的一举一动让所有人都感到疯狂，但我们还是需要他帮忙干活。这也就意味着，在白天因斯回到庄园做晚饭之前，至少有那么一段时间，庄园没人看守。

翠西以前预言说不会再发生什么意外了，但令人遗憾的是，她判断错了。虽然罗兰多·格罗已经走了，但是他的家族还在，而且正像我所害怕的一样，他们开始在遗址附近转悠，蹲在远处用恶狠狠的眼神看着我们，监视我们的工作。虽然警察已经明确地告知他们罗兰多死于非法盗墓，但很明显，他们把罗兰多的死都归咎到我们头上：虽然我们发现罗兰多时，他已经剩下半条命了，但终究是被当场捉住的。然而，格罗的家人却有自己的想法。在他们看来，是我们把罗兰多逼得不得不采取这种不要命的方式，从而导致他永远地离开了这个世界。

有一天，局势终于到了紧要关头，我当时正载着因斯回庄园，却发现漂亮的雕花大门上钉着一把斧头。墙上涂的一条口信把我们吓得赶紧跑出大门。在墙上作画的那个家伙实在太缺乏艺术细胞了，上面只简单明确地写了一个词。阿塞星诺斯![1] ——杀人犯! ——这就是那条口信。卢卡立刻被调回到自己的岗位,继续负责看守庄园。市长凯撒·蒙特罗也派了一个警察在遗址上蹲点,以防出现犯罪事件。而我们的房东卡洛斯则唏嘘不已,然后派了一个手下涂掉了房子上的污迹。

出了这样的闹剧事件之后,我过了一段时间才想起近来都没见过美洲狮。我压抑着心里的怒火,直接去公社找他。我到了那儿之后,开始没觉得有什么问题。这个地方看起来和以前一样,洗过的衣服在微风中上下起伏,两个公社成员在远处一端的园子里干活。我看了一下厨房,帕恰玛玛并不在厨房里。然后我又去了他们的小棚屋,里面只有一个睡袋——我觉得是美洲狮的,但是他并不在屋里。帕恰玛玛的东西好像都不翼而飞了。每个人都出去干活了,于是我又一次来到主屋,敲了敲曼科·卡帕科的房门。过了一两分钟后,他才开门,但是他看到是我之后,表现得异常热情。“快请进!”他说,“要来点啤酒吗?”

“先不用了,谢谢!”我回答说。

“你介意我喝一点吗?”他一边把房间里的冰箱开了条小缝,一边等待我的回复。“当然不介意!”我说。当我看着他从冰箱里取啤酒的时候,开始胡思乱想起来。他那台基本上空空如也的冰箱让我想起家里的那台冰箱。这时,我脑中突然冒出了两个念头:一、这么长时间以来,这是我第一次想到家;二、他的冰箱和我家的冰箱有一个显著的区别。我家的冰箱里通常堆放着酸奶酪,而且往往过了保鲜期,各种半空的罐子,天知道里面都装了什么,还有两听金枪鱼和鲑鱼罐头,如果运气好的话,还会剩些一些白酒;而他的冰箱则显得更贵族化一些:香槟酒,如果我没认错的话,根据瓶子上的花纹来判断,应该是佩里耶·茹埃牌[2]的——我听说过这种可爱的酒瓶。冰箱里还有两个造型和颜色与众不同的广口瓶,里面装的是鱼子酱。此外,冰箱里还有几听其他罐头,我仔细看了一眼,里面装的一定是酱,而且还不是超市里卖的普通胡椒酱,是法国原装的鹅肝酱。我原以为曼科·卡帕科在秘鲁过的是普通生活,但是他对普通的定义,至少从食品这一方面来

---

① Asesinos,西班牙语,意思是杀人犯,刺客,凶手。

② Perrier - Jouet,是法国南部著名的香槟酒品牌,酒瓶上带有花纹是其显著标志。

看，绝对是属于高级的，而且不是贵一点点那么简单。

当他打开啤酒的时候，我觉得他肯定经常喝这种东西，因为他打了个寒颤。不过，回想起来，他似乎不像上次我见到他时抽着鼻涕了，也许他过敏了，或者可能因为太阳下山了，光线弱了下来，再或许他那昂贵的品味已经发展到吸食可卡因了。

冰箱里发出的一点光线竟然会让我想到那么多，真是不可思议。当我从这种有意识的畅想中回过神来，我发现他正在仔细地打量我。

“想来点别的吗？”他说，“我只有香槟酒了，当然，还有鱼子酱。”他笑道，“这其实是我的家人给我的生日礼物，但是却很不平常，是不是？可别告诉别人，不然我就得分给他们了。”

我觉得他的回答真是机智，而且非常有信服力，但一定不是他说的那样。他是个演员，很显然，他的演技很精湛，甚至可以骗倒公社成员，让人相信他和他们一样吃着简单的饭菜，过着简单的生活。

“我来找美洲狮和帕恰玛玛。”我换了个话题说，“但是他们两个人我一个都没找到。”

“已经走了。”他回答道。

“走了是什么意思？”我问。

“就是走了，失踪了，消失了。”他停了一下说，“他是个魔术师。消失不见了，明白了吗？”

我终于明白他的意思。“真是奇怪。你知道他们是什么时候不见的吗？”我咬紧牙根问道。我能听见我的嗓音里蕴含着一种特殊的语调，是那种店主通常为不按时出货的供货商准备的语调，是家长允许孩子从冰箱里拿出湿淋淋的冰淇淋蛋筒时使用的语调。

“昨天晚上。其实也可能是前天晚上。我记不太清楚了。”

我的上帝！他可真健忘！“你看见他们走的吗？”

“没有。”

“那他们不见了，你有没有报警？”

“没有。我为什么要报警？人们经常来来走走。又不能把他们的腿拴起来。这里的宗旨就是随波逐流。”

又是这个论调。“两个孩子晚上失踪了。”我不满地说，“而你竟然说什么随波逐流？”

“按你的说法，就得逼着那两个人一起自杀，这样他们才能到别的地方去，是不是？”他忽然愤怒地说。就在那一刻，我看清了这个满口随波逐流的曼科·卡帕科的真实面目,他其实很不喜欢现在所做的工作,也不喜欢周围的这些人。“在这里,人们可以自由地做他们愿意做的事。”他说,声音又恢复了正常,“你称他们是两个孩子,但他们已经是成年人了。人们在这里想呆多久就呆多久,如果他们愿意的话,他们也可以搬走。”

“但是美洲狮的睡袋还在这里。”

“这样看来,他可能还打算回来!”那个男人耸了耸肩。

“你知道他们的真实姓名吗?”

“不知道。在这里起一个新名字也是摆脱我们过去生活、过去烦恼的一个部分,这样才能表达我们自己未遭摧残的心理。我起了新名字,这样我们就能继续向前走。”

似乎没有再谈下去的必要了,我们的谈话已经有点出格了。于是我起身离开,让他一个人在那儿享受他的鱼子酱和香槟酒,可能还有他的毒瘾。

我想开车回遗址,但是并没有走太远。我心里非常烦乱,还惦记着那两个孩子。我知道他们已经不是孩子了,但是他们那么天真,还不太聪明。我真无法相信他们刚刚离开,却没有告诉我一声,特别是美洲狮。他知道我在哪儿,他知道我住在庄园,他们如果遇到麻烦的话,他一定去那儿找我的。曼科·卡帕科,不管他的真名叫什么,也许他说的对,是他们自己决定离开的。事实上,他们也没必要向我解释什么。我又不是他们的母亲,虽然偶尔我有这样的感觉。但是不知道是怎么回事,我还是觉得像是丧失了亲人一样。在不知不觉间,他们已经成为我新生活中非常重要的一个组成部分。

其实,我一点都不喜欢曼科·卡帕科,我压根就不相信他。这并不仅仅因为他起了个别名。在名字上,他和我之间唯一的区别就在于他选择了自己的另一个名字,而我的名字,是别人给我指派的。但有一点我敢肯定,不管是谁取了这个和第一位印加人相同的名字,太阳神之子,这个人的人格都有点病态,显然有点不对劲。而公社社员的生活肯定不怎么样,即使他们生活得很幸福,也不敢指望一个公社社员会喝上香槟酒,这讲不通。对这个人我想得越多,就越担心那两个孩子,就越发觉得后悔,没有多听美洲狮的话,多问问关于他的事。我自己一直用化名生活,却从未问过他的真实姓名。

内疚是强有力的推动力。我把卡车掉了头,打算回镇子里再打听打听。堪皮纳维加非常偏远，按常理来说，如果有美洲狮和帕恰玛玛这样的游人来观光的话，一定很容易就能打听到。我希望能有人见过他们。

我查看了几家他们曾经去过的咖啡馆，还有公交车站，车站里的售票员说从没见过这样的两个人，但他告诉我过一两天，可以问问三天前当班的售票员，还有一种方法就是在这里，等公车经过的时候，问问每辆公车的司机和助理。根本没那么多时间来做这些事情：我得花好几天的时间才能查出他们是不是坐车走了。车站外面的一个卖冰淇淋的小贩告诉我，他曾见过一个人和我描述的帕恰玛玛很像，但她是只身一人。

我决定要和斯蒂芬私下谈谈，看看他能不能给个好建议。我不想亲自去警察局，一方面我不知道我现在的护照能不能经得起他们的审查，而且我也不知道两个孩子的真实姓名，当我填写失踪人员报告单的时候，可能会有点儿麻烦。然而我希望斯蒂芬会和当局谈一谈，他也经常表现出对这两个孩子的关心。

但是，当我回到遗址的时候，根本没机会和斯蒂芬谈这个问题。我刚把车停下，就看见一群人在胡瓦卡顶端向我挥手，按照他们的指示，我很快爬上去。他们激动地手舞足蹈起来，告诉我一个好消息。

他们发现了一块地方，很有可能是墓穴；大约十英尺长，八英尺宽，是用石砖垒起来的，大体构架看起来像是木质结构，还有几根椽支撑着墓室的顶部。中间部位被沙土填上了，但是里面的沙土颜色和质地很明显与外面的有所不同。

斯蒂芬看到我迷茫的样子，告诉我说："我可以肯定，这是墓室的内层。像这样的结构，用砖块围起的墓室，一定是某个重要人物的墓葬。如果是个普通人的话，莫切人不会为他建造成这样的。估计墓室的木质房顶在沙土的重压下，已经崩塌了，但是我觉得这很可能是一座别人从未挖掘过的墓葬，我们还是得进到里面之后才能完全确定。"

"那些骨骼明天就有可能化为灰烬！"拉尔夫挤过来说，"请让一让，大家都别动那些未出土的陶器。"

只有希尔达一直很安静，可能是因为爬上胡瓦卡金字塔对她来说太费劲了，也可能是因为她还不敢相信这一切。

现在天色已晚，希尔达下令收工。我得像往常一样开着车把工人和学生送回镇上，虽然我能一次把这些事情都解决，但是斯蒂芬坚持开车把其他人送回家，结果我又失去了一次和他谈话的机会。

晚餐的时候大家都闹哄哄的，与往常不同的是，希尔达几乎自始至终和大家呆在一起，和大家一起计划下一天的工作。“大家为什么都觉得找到了一个重要人物的墓穴?”我问拉尔夫。

“因为它所在的地方，以及这个墓穴的类型。”他回答说，“首先，这个墓穴正好在胡瓦卡金字塔内部，这我们已经说过好多次了。而且，莫切的葬礼好像有一套程序和仪式，而这些程序和仪式的复杂程度基本上取决于要埋葬的人物，这和我们现在的情况很相似。我们有些人死后只有一个简单的坟墓，竖着一块木制的墓碑，而另一些人的坟墓却有精心制作的墓石，还有上好的棺材。”

“在莫切时代，普通人死了之后，一般都放进一个坑里，就是一个很浅的墓穴，与死者埋在一起的还有一些随葬物品。如果可能的话，墓前还有一个简单的木制十字架。而中产阶级，或许我们可以使用这个术语，他们的葬礼就更加复杂一些。先在地下几英尺的地方挖一个通风道，然后再挖一座墓室，墓室有时候在通风道的一边，就像脚穿进靴子里一样。尸体通过通风道放进墓室里，放下去的时候，躯体可能是水平的也可能是垂直的。我们从莫切陶器上了解到许多关于这种仪式的信息，这是我的专长。”拉尔夫笑了笑说，“我们可以从陶器上了解到葬礼的场景，上面的图画显示，把尸体放进墓室的是两个祭司，也可能是虚构出来的神话人物，鬣蜥人，一个长着蜥蜴脸的人，还有一个是皱脸人，人如其名，这个人的脸上有很多褶皱。”

“如果死者的身份非常高贵——这也是我们希望看到的——那我们就能发现为他建造的墓穴会非常大，大到不仅可以放得下一个人，还会堆满大量的随葬品。有一些随葬品非常精美，还有一些稀有的动物，像骆驼或狗，可能还有他生前的侍从。有时候甚至他的守卫也一同陪葬，守卫的尸体被放在主人尸体上方的壁龛里。所以这些墓穴要大得多，据我们所知，这样的墓穴是用石砖砌出的墙壁，墓穴的顶部极有可能用木料作屋顶。而我们挖掘的遗址上正好出现了这三样东西：大型的墓室，石砖墙，还有屋顶。所以我们非常激动，明天可能就会发现非常重要的东西。”

“这样的话，我们进入墓室，里面会是什么样子?”我问道。

斯蒂芬激动地回答我提出来的又一个问题：“莫切人死后，埋葬的时候一般是背朝下平躺着,双臂放在两侧。通常情况下,头部大多指向南方,而且要远离通风道。尸体上包裹着织布,然后再装进用藤条编制的套子或管状物里,不过这些布料或藤条套子,十有八九都不会很多。一般来说,死者的头部下面会放一块板子,而这块薄板的质地则与这个人的身份有关,如果是最下层的人,用的是葫芦做成的板子,而最有权势的人用的则是金质的圆盘。死者的脚上会穿着凉鞋,大人物穿的是银鞋,社会底层的人则穿普通的鞋。如果我们真的走运,遇到的这个是武士祭司之类的人物的话,他还会佩戴全套的王室饰物——许多耳坠、头巾、后翼、项链,所有的都有。实际上,我不愿意去想这些事情,免得把我们的好运气都想没了。"斯蒂芬哈哈大笑。

"真难以想象,为什么沃奎罗没发现这个墓穴呢?"我问,"如果真是大人物的墓穴的话,他们一定不会错过的。"

"这个'如果'问题问得好。"斯蒂芬回答说,"你记不记得我以前和你说过莫切金字塔,这些金字塔是一层一层建起来的。塔层不同,其中埋葬的人物也不同。而沃奎罗很可能找到的是在金字塔较高层的墓穴,他们觉得可能就只有这一个。"

这时,希尔达打算先回去睡觉了,但是这次她却没拿那只装着苏格兰酒的杯子,我觉得这一步对于她来说可真是一个实质性的进展,而且明天的工作对她来说是非常重要的。我们其他人又围在桌旁坐了一会,等因斯离开。托马斯没像平时一样按时来接因斯回家。我本打算等因斯走后,等每个人都为了明天这个大日子的到来上楼休息后,和斯蒂芬单独聊两句,说说美洲狮和帕恰玛玛的问题。

然而,当托马斯来接因斯时,他给我们带来一个坏消息。那个夜间看守遗址的人,冈萨洛·费南德兹并不在岗上。据托马斯说,天黑之后,费南德兹看到一个长得像猫头鹰一样的幽灵,当地人通常会把这种东西当成死亡的暗示。显然这并不仅仅是一只猫头鹰那么简单。这个东西大概有几英尺高。当我们离开遗址回庄园后,格罗家族的人就去了遗址,他们告诉费南德兹,如果他还呆在那里的话,到第二天早上就必死无疑。

斯蒂芬跌坐在椅子上,叹了口气说:"唉,我觉得应该没什么事,今天晚上我去遗址睡。翠西,丽贝卡,你们把枪放在什么地方了?"

"八号箱子,就在实验室里。"翠西回答说。但是在八号箱子里我们并没有发现枪的影子。

“就应该是八号箱子，对不对？”她问我。

“肯定是。”我回答说。我又翻了几个箱子，还是没找到枪。

“一定是卢卡拿了。”翠西说，“他在哪儿？”

但是卢卡一直在对天发誓，他没有拿枪。他甚至把我们领到他的房间去看看，但是那个地方真是乱七八糟，如果要搜查的话，也得费几个小时的时间。

“算了吧！”斯蒂芬说

“我坐另一辆卡车，丽贝卡。”他转身说，“如果不介意的话，等你把学生送到遗址之后，可以把我接回来吃顿早餐，冲个澡。这样，我就能把卡车留在遗址那儿了。”当他开车离开时，从驾驶室里探出脑袋叫道，“你们这些家伙，早晨别把热水都用光了。”

但是那天早晨，斯蒂芬就失踪了。

14

卡洛斯·蒙特罗站在办公室里，脑门和嘴唇上方冒出豆大的汗珠。“失踪了！”他紧张地说，“这怎么可能？我也没有他的消息，不会吧。”他一边紧张地看着我，一边用一块精致的手帕来回擦拭前额。屋里并不是很热，也许他热的原因并不是因为温度。

“我得打几个电话，我肯定得打。”他说。我心里想，你当然得打。我突然意识到堪皮纳维加肯定发生了什么不好的事，过去这几周发生的事一件件浮上我的心头，我觉得其中都隐含着一种不祥的预兆，“蜥蜴”死在我的店里，埃德蒙·埃德华也死在他自己的店里，到现在，斯蒂芬、美洲狮和帕恰玛玛也失踪了。至于蒙特罗，我相信他也难逃厄运。

那天早上，我是第一个到遗址的，但是到处都找不到斯蒂芬，我觉得他一定是在附近。他带去的被褥还留在原地，枕头上还有他躺过后留下的可爱印记，毯子扔在了一旁，似乎他起身时特别匆忙。现场没有搏斗的痕迹，也没有意外事故的迹象。

“他去树林那边小便了。”帕布鲁一边说，一边指着沙子上留下的淡淡脚印，脚印一直延伸到树林，似乎很明显，他是方便去了。我等了几分钟，但是斯蒂芬还是没有回来。“他会不会是在树林里迷路了。”帕布鲁又说。

在这个小树林里迷路？“我觉得不会。”我回答说。我曾去过那种容易让人迷失方向的大森林,这片小树林可不太像。从这里到公路或那条车辙小道最多不超过 15 分钟。而且从你站的这个位置,这边可以看到山脉,那边可以看到海洋。

我开车回到庄园,叫上剩下的队员,一边走一边四处张望,寻找斯蒂芬的踪影。但是,大家都只是担心斯蒂芬,还没把这事想得多严重。快到十点的时候,大家都开始躁动起来,叽叽喳喳地说个不停。希尔达让我回庄园看看他是不是走着回去了。她让我沿着公路回去,虽然这条路最远但却最容易走。可是这条路我已经来回跑了三趟了。我又回到了庄园,还是没找到斯蒂芬。

之后,希尔达又派了一个小队去树林,我和他们一起。沙地上有许多脚印:显然有人来过这片树林,这些模糊可辨的脚印到了一堵砖墙处就消失不见了。旁边有一些痕迹,有人最近曾在这里野餐,只有这些线索。这些痕迹可能是哪个工人留下的,也可能只是个过路人留下的痕迹,但肯定不是斯蒂芬:他只带了杯水。而且这条小道也经常有人经过,那么多脚印,根本不可能顺着哪个脚印追踪。我一遍又一遍地呼喊着斯蒂芬的名字,竖起耳朵,希望能听到一声回应,然而没人答应。那里一个人也没有。

大概中午的时候,希尔达把我拉到一边说:"我不希望在我们中间制造恐慌,你能帮我个忙吗?开车去蒙特罗那里,去天堂工厂,把这件事告诉他。问问他,我们该怎么办。如果我去的话,大家就会觉得我非常担心,其实,我可以告诉你我的确很担心。但是你每天都会去那儿附近,而且现在这个时间,你正好应该去接因斯了……"她的声音越来越小。她看我的眼神近乎是在恳求我。

我点了点头。我正打算要去那里。"我们有必要给他的家人打电话吗?"我小声说。

"暂时不要!"她回答说,"现在还没必要让他们做无谓的担心。如果可能的话,也许今晚——"她的声音停顿了一两秒钟。帕布鲁和一个队员向我们走了过来。

"我得去接因斯了。"我说话的声音很大,故意让那两个走近的人听见,"我想走得再远点,看看能不能找到斯蒂芬。"希尔达放心地看着我。

现在,蒙特罗放下电话转过脸来,我一直竖着耳朵想听听他到底和对方说了些什么,但是我一点也没听清。"我们现在先不要打电话报警。”他说，“你知道，我有些耳目，我已经和他们说过了，他们会给我查探的。我们先等一等，如果明天早上还没消息，再去警察局。如果还没有他的消息，你再回来找我。”

从表面上看来，他说的也有道理。斯蒂芬才刚刚失踪了几个小时，而且在正常情况下，蒙特罗的建议似乎也不无道理。但是我心里清楚得很，现在是非正常时期。我一定还得回天堂工厂一趟，但是蒙特罗好像不期望我再回来。我心里盘算着两个计划，等晚上庄园里的人都上床就寝后，我得查探查探蒙特罗家的人：我打算去搜查一下卢卡的房间，因为晚上的时候，他不会在房间睡觉；此外，我还得再来天堂手工艺品工厂打探一下。

我打量着卢卡的房间，和他所处的年龄一样，他一定是个刚刚长大成人的男孩。他的房间就是个垃圾堆，衣服扔得到处都是，特别是地板上。墙上能看见的地方都贴满了海报，内容和其他同龄人的喜好有所不同。卢卡喜欢的并不是那些摇滚明星或说唱乐队，他更喜欢带有一些法西斯倾向的军队征兵海报。

我开始系统地对卢卡的房间进行搜查，检查他的床底，把枕头掀了起来，然后是被褥，最后连床垫都给掀开了，但没发现枪的影子。

随后我又搜查了一下壁橱和衣柜。当别人不在的时候，翻看别人盛内裤的抽屉让人感觉非常不舒服。不过他在的话，我会感觉更不舒服。还是没有发现枪。

我又翻了翻他的桌子，尽量轻手轻脚，甚至把家具从墙边拉开，查看家具后面有没有藏着枪。我抖了抖地毯，抖落的灰尘让我不禁打了几个喷嚏，我立马捂住嘴，不让自己发出声音。我依然一无所获。

正当我要放弃搜索时，我突然看到从墙上贴的一张海报后面，露出一个信封的一角。显然，这并不是我想要找的枪，但是我很好奇，这个家伙怎么会把信藏在一张海报后面。信封上的收信人是我。“丽贝卡”三个字写得非常潦草，有点像小孩子写的字。

我把信翻过来，发现封口处还是密封的，但是有些皱巴巴的，这封信的封口好像被人用蒸汽拆过封。

亲爱的丽贝卡，信头这样写道。*首先请原谅我给你写这封信。我在学校成绩并不是很好。我生过一场大病，学习成绩也落了下来。*这封信真是错误百出：不管这个写信的他或她是谁，我没见过比这个人拼写更差的人了。我在想教育体制还是成问题，之后我又看了下去。

我知道我的拼写很差劲。但是请你无论如何都要把这封信读完，你是我唯一的希望了。

这是什么意思？我一点都不明白。

我知道我应该早点把这些告诉你，这两年我已经成了一个毒瘾很重的人。虽然会时不时地送给朋友们一些，但主要是我自己吸。警察不明白买东西和接受捐赠之前有什么差别。你可能会说我做的事是违法的。我并不以此为荣，我只想告诉你这些，希望你能知道我是一个讲真话的人，希望你会相信我下面要说的事情。

我不知道你能不能理解，但我还是要告诉你。

前一段时间，我也记不清到底是什么时候了。我觉得这些让人上瘾的东西真是垃圾，你肯定也是这样想。但是有时我躺在床上，尝着这些自己种出来的东西，就会发生一些令人很惊奇的事情，不知道你明不明白我的意思。我遇见了自己的灵魂。我脑中突然出现一条亮光，就像彗星一闪而过，我能够看到自己前世和未来。真的。

我一直都在进行这种让人最为惊奇的精神旅行。你明白我在说什么吗？我不想让你觉得紧张，但我从小就有这种先知的能力，我往往能预先知道即将发生的事情。只要我一张嘴，有关未来情景的话语就会自动从我口中说出来。开始我也被自己这种能力吓了一跳，但是现在我已经习惯了。

第一世，我是那个女人——卡森哲——告诉特洛伊人关于大木马的事情。你能想象我有多么愚蠢吗？当时身边全是希腊士兵。然后我站在罗马的一条街道上，告诉朱利叶斯·凯撒，小心三月的眼睛。但是他没听，之后发生的事情，我们都很清楚。我还告诉拿破仑不要去俄国，但是他也不听。

我想告诉你，做一个有先知能力的人并不是件很容易的事。因为他们绝对不会听你说的话。而且就算他们愿意听你说，也不喜欢你所说的东西。如果不走运的话，还会把你关进黑暗的地牢里。可能我现在还在想为什么我得在牢狱里呆着，是不是上一辈子的因果报应、恶性循环之类的原因。但是情况越来越糟糕。有时他们会用烧得滚烫的红通通的火棍戳你的眼睛，还有些时候，他们会把你放在树桩上烤。这样的生活可不是什么好事。

又是一个难题。我叹了口气。我上辈子到底做了什么要忍受这样的事情？但我还是继续读了下去。

和我最亲密的那个人,我觉得他是阿塔瓦尔帕的朋友,阿塔瓦尔帕是印加的国王。我的这个朋友名字叫韦纳,而我现在的名字叫韦恩。难道你不觉得这很让人惊奇吗?我告诉阿塔瓦尔帕,那些西班牙人不是神,只是一些想夺取金银财宝的坏人,他到最后终于相信了我说的话,但是一切都已经太迟了。

在这段经历的最后,我花了好多天的时间才回到现实中来,但是现实世界也发生了变化。不过,人们不相信。我想告诉他们,但是他们又做了些什么呢。他们打电话给警察,然后把我扔进医院里呆了两周。

我也告诉了医生,但是他们也不相信我。我还把所有的历史都说给他们听。虽然我并不太喜欢上学,但是我一直很喜欢历史。我喜欢看所有相关的电视节目,从中了解古代的一些神秘现象和事物。我一直都不明白为什么我会喜欢这些东西,但是现在我明白了。这一切都是缘于我前世是一个先知。

到现在为止,我终于知道这封信是谁写的了。但它有什么意义呢?我真是不明白。如果这封信真有什么隐含的意思的话,我到底该怎样才能猜出来呢?

当我从医院离开后,警方还是对我非常关注,但是先知还是要继续前进。于是我决定来秘鲁,看看我能不能接近这个韦纳,我刚才已经向你解释过了,他是阿塔瓦尔帕的朋友。我从哥哥那里借了些美元,但是我并没有告诉他我拿了钱。所以我猜他肯定和其他人一样,都在生我的气。

不过一切都很顺利。我有了一个女朋友,她的真名叫麦琪。她的前世是圣女贞德①,所以她能够理解我的心情。

有一件非常重要的事情,因为我知道所有的历史,所以我知道宝藏在什么地方。我见过满是黄金的城池,你必须穿过碎裂的岩石才能找到那儿。而且更特别的是,我知道阿塔瓦尔帕为了不让西班牙人找到自己那些惊世宝藏,把它藏在了一个地方。你知道我是怎么找到这个地方的吗?因为是我帮他藏的宝藏,而且我亲眼看到过,我的意思是在这一世我见过。而且这个宝藏就在这附近,我曾经找过一次,但

---

① Joan of Arc,贞德,法国民族女英雄,1412 – 1431。

是我的旅途不顺，所以我还得再找一次。找到后，我就能把借我哥哥的钱还给他，这样他就不会再生我的气了，而且我还能让世界上的每一个国家都过上富裕的生活。我可以为那些无家可归的人建造房屋，而电视里常出现的那些鼓着大肚子、眼神忧伤的孩子，我可以给他们食物。

问题是麦琪很生气，因为我花了赚来的钱去买毒品。其实她并不知道，我需要用那些东西才能回到我那个韦纳的前世，只有这样我才能找到宝藏。我本打算挺过这一关，但是现在她走了，剩下我一个人孤零零的。

更糟糕的是我觉得那些西班牙人也跟上了我。如果我能回到前世的话，那他们也能来到我现在所处的这个世界。你明白我的意思吗？我觉得这次他们想杀了我，请你帮帮我。

你的朋友韦恩，也就是你认识的美洲狮。此信结束。

看到这样一封信，你会怎么想？我不知道自己是不是该把这封信忘掉——或许应该恭喜我认识的那个帕恰玛玛，或者说是麦琪，恭喜她有先见之明，能有机会离开那个有点精神错乱的男朋友——另一方面，我是不是应该从这些疯狂的想法中找到现实世界中的那个威胁。

自从美洲狮失踪以后，我就一直在想，他会不会和莫切文物有什么关系。我知道宝藏在什么地方。我见过满是黄金的城池，你必须穿过碎裂的礁石才能找到那儿……竟是宝藏……而且这个宝藏就在这附近。这些话听起来像是从一个疯子嘴里吐出来的，但是当美洲狮喝醉或被毒品麻醉的时候，他有没有可能看到了什么东西？更糟糕的是我觉得那些西班牙人也跟上了我。如果他真能感觉到的话，那他应该能确定西班牙人现在在跟踪他，而不是像他所说的那样，从另一个时代，就应该是此时此地在跟踪他。帕恰玛玛——也就是麦琪，她之所以离开，是因为她不相信他。我不知道自己是怎么想的，但是他讲了这些奇怪的事之后，我也开始怀疑他了。

不过，有一件事我可以肯定，就是我对卢卡非常生气。我坐在那儿，直到他拖着脚步，慢吞吞地走进大门，直冲他的房间走来，这么多个晚上，他偏偏选今晚呆在这里。事实上，我非常恼怒，根本不在乎他知道我在搜查他的东西。

“你拿着这封信要干什么？”我急切地问道，“上面的收信人写得很清楚,这封信是给的!”

卢卡看起来很机警,但是他一句话都没说。

“这封信是什么时候到的?是谁送来的?喂!”我一边迫切询问,一边不耐烦地踮着一只脚,“回答我!”

“我不知道。”卢卡哼哼唧唧地说。

“这封信在你的房间里。”我说。我都能感觉到自己声音里那股危险的气息。

“我给忘了。”卢卡说。他几乎快要哭出来了。

“那这封信是什么时候到的?”我又问了一遍。

“昨天。”卢卡犹豫了一下,回答说。

“你确定吗?”曼科·卡帕科昨天说那两个孩子已经离开一两天了。

“也有可能是前天。”他极不情愿地说。我又一次遇到一个对与美洲狮的下落有关的事情非常健忘的人,第一个人是曼科·卡帕科。

“是谁拿来的?”

“我不知道。”他回答说。我愤怒地看着他。“我不知道!”他倔强地重复着这句话,“我回来的时候,这封信就塞在大门里边的地板上,我一个人也没看到。”

“但是你把这封信打开了。”我冷静地说。

“绝对没有。”他说。这是我能从他嘴里问出的最后一句话。我的脚步重重地踩在楼梯上,我告诉自己得去睡觉。但是我无法入睡,“蜥蜴”和埃德蒙·埃德华的惨象一齐从我的脑海中涌了出来,最糟糕的是,“蜘蛛”的影子也一直在我的脑海里徘徊。现在已经很晚了,我决定进行B计划,潜到天堂手工艺品工厂,再查看一次,看看我有没有漏掉什么蛛丝马迹。卢卡的房门紧闭着,里面没有亮灯的迹象,我轻轻地走出前门。

当我启动卡车的时候,我心里默念着,希望希尔达喝了大量苏格兰酒,现在鼾声大作了。在离工厂几百码远的时候,我在公路边停了下来,把车藏在一座废弃的棚屋后面,然后徒步走完了剩下的路程,我的心里又一次感激起来,感谢有迷雾庄园作掩护。

蒙特罗的那个综合工厂笼罩在一片黑暗中,只是每栋房子的前门上挂着的一盏灯,灯光照射之处,影影绰绰。我绕到工厂的后面,那里有几扇门,用于散发烧窑传出的巨大热气,冷却工作间。我希望能从中找到一扇或几扇半开的门。

所有的门都关得紧紧的，而且上了锁，但是我还有另一条路。上次来参观这个地方的时候，我注意到后门很破旧，里面是一个卫生间之类的地方，门上的锁也破损得很严重，只能从里面将门把手扣一下。蒙特罗似乎一点都不担心有人会闯进来。如果他真的不是什么坏人，我希望他换把好一点的锁，我也不知道自己为什么会这样想。我曾经有过开这种锁的经验，自己想进去的话还是相当容易。由于手头没有信用卡，我从实验室里拿了一些工具，这些东西能派上用场。这几件东西真的有用，没费多大劲，我就成功地打开了房门。接着，我从里面锁上门。

房间里有一种让人透不过气来的感觉，我在原地站了一两秒钟，直到眼睛适应了屋里的黑暗。非常炎热，我的背上开始往下流汗，感觉有点阴森恐怖。

最上面的抽屉里放的都是设计图，第二层的抽屉放着照片。我花了一会儿时间，查看抽屉里的文件夹：大类都是按年份摆放的，每个大类文件夹按物品的类型编排。

我从拍卖行买来的那几样东西并没有通过报关检查，而收这箱东西的人，A·J·西姆森则在两三年前就去世了。三年后我又回到这里，翻出这些文件，开始调查。

那一年的文件夹有几页皱巴巴的，上面记录的大多是一些马镫形的容器，其中有一份文件记录的是人像，另一份记录的是动物，还有一份记录的是鸟类。这里并没有我想找的东西。我把那年的每一份文件都检查了一遍，然后找出四年前的档案，开始翻阅起来。我发现这个抽屉的最里面有一个标记为杂物的文件夹，我把它打开。

当看到在文件的中间部分时，我几乎叫出声来。我找到了想要的东西。不过，我还没来得及细看，就听见附近传来一声汽车引擎的声音。我急忙把文件夹塞回抽屉里，然后把抽屉锁好，熄灭手中的电筒，这一系列动作几乎是在一时间完成的。房子周围的沙石地上传来嘎吱嘎吱的脚步声。随后后门咔哒一声打开了，一束手电筒的光束扫过上面的窗户，我觉得这应该是一个巡夜的守卫，晚上来看看门窗。我希望这个巡逻的人不会连房间都搜查。

脚步继续移动着，烧窑旁边的两扇门陆续传来两声拉动的声音。

我在原地等着，几乎不敢呼吸，直到脚步声逐渐消失。这次财物检查一定相当彻底，因为几分钟过去了，我还是没有听见汽车引擎发动的声音，那是检查结束的标志。我在想，这是不是意味着巡夜的人今晚会一直留在这里，还是说他要更仔细地检查其他几个房间？我又等了几分钟。随后，我觉得自己不能整夜都在这里等着，我头脑中构思出一条路线，可以回到卡车上，然后远远地离开这几栋房子。

我记得出去往后走，有一处已经毁坏的破旧房屋。我仔细地四处观察了一下，然后把身后的门锁上，穿过沙地向那处废墟走去。这段路可不短，不过我一边走，一边停下来听听动静。四周都寂静无声。我慢慢靠近那栋破房子的墙根，然后绕到了房子的后面，我发现那里有一扇门。当时我心里还在想，真是奇怪。但就在这时，工厂车间所在的那栋房子的拐角处又扫过一束手电筒的光束，于是我又退回到暗处。那个守卫，不管他是谁，当他走开后，我就又往门那里看了过去。

有两样东西引起了我的注意。首先是这座破旧的房子的门上有一把挂锁。我心里想这根本没必要。其次，一根电线从门下穿了过去。我心里还在琢磨，既然这间荒废的房子根本没必要装挂锁，那往这间房子里通电就更没什么用了。我拾起电线看了一下。我肯定不能从门下钻过去，但是我决定沿着这条电线一直走，看看它的电源到底在什么地方。电线沿着墙根迂回延伸到离工厂最远的那间房子里。我走到这间房子的拐角，沿着墙根的电线往前走。天很黑，脚下的一个东西差点让我绊了一跤，是个大东西。我打开随身携带的手电筒，是卡洛斯·蒙特罗的尸体。我尽量不让自己叫出声来，这是我唯一能做到的事。

我在心里飞快地思考着该怎么办。卡洛斯已经没救了，过不了多久他们就会发现他的。我沿着另一个方向，从这座房子旁跑开，绕了一大圈才回到卡车藏匿的地方。

回到庄园后，我打开前门，急匆匆地穿过夜色笼罩的天井。“把手举起来！”一个声音说，“慢慢转过来。”

这次，可不是卢卡在扮演自由战士。

我转过脸，看着那个说话的人。

15

希尔达站在阴影里，我几乎一眼就认出了她那又高又细的身形，只是外面的光线有些黯淡，她的轮廓有些模糊。不过，我是个极好的靶子，她手中的手电筒直打在我的身上。她示意让我走到餐厅里，之后也跟了进来，接着把门关上。“你是谁？你在这里做什么？”她用尖利的声音问道，“你不要告诉我你叫丽贝卡，来这儿只是想在实验室找份工作。我已经查过你的护照了。名字和号码根本不符合。”

我该怎么办？人生总有些时候，你不得不冒个险，做出选择。我觉得自己像是站在悬崖边上。我下定了决心，然后深吸了一口气，上前一步。

“我的名字叫劳拉·麦克林塔奇。”我说，“我是一家古董店的合伙人，我的古董店位于多伦多，名叫格林哈尔 & 麦克林塔奇。我之所以来这里，是因为几周前，我去一家拍卖行买了一箱东西，我本来以为里面装的都是破烂，但有几件物品除外，我原以为是哥伦布以前美洲文物的复制品。不久，我却发现那几件东西都是真品。其中一件来自这里，堪皮纳维加，至少和那件东西放在一起的卡片上是这样写的。其中有两件东西不翼而飞了；有个人被谋杀了，谋杀案就发生在我的店里；我的一个雇员，其实也是我非常敬爱的一位朋友也遭到了袭击；接着还有人在商店里放火。警察认为我的那个雇员与所有的事都有关系，如果按他们的想法，最终一定会对他提起指控，控告他谋杀。如果他们认为他无罪，那他们很可能就会把纵火案扯到我头上，更麻烦的是他们还会告我保险欺诈。所以我就去了纽约，想找到这些东西的来源，然而又有一个人被杀害了。”

我停了一下，调整了呼吸，然后继续说道：“在此之后，我就来到了这些东西的来源地，或者是我自己觉得这里应该是来源地。我只是简要地说了一遍，不过大概的情况我都告诉你了。”我说完，尽量不让自己的声音听起来好像受了惊吓一样。

“这真是个不错的故事。”她说。我觉得她好像还在等我把剩下的部分说完。“也许你遗漏的那些细节可能会让这个故事听起来更加真实。”她接着说，声音里充斥着挖苦的语气。“那些东西是什么样的？”

“有一粒银花生，跟实物差不多大；一个金质的耳饰，上面有绿宝石，还有其他一些碎宝石；此外，还有一个外扩的瓶子，上面有条毒蛇缠绕在瓶口边缘，就像这样。”我说完，略微放下手，摆出蛇缠绕的形状。

“那个瓶子叫弗罗瑞若①。”她说。这时我意识到自己已经安全了。我觉得如果一个人打算用枪毙了你的话，他不会纠正你的描述性错误。

“弗罗瑞若。”我赞同地说道，“瓶子的底部还印着‘来自秘鲁’的字样，而且还附着一张卡片，上面说这个东西是哥伦布以前美洲的复制品，出自堪皮纳维加。”希尔达一句话也没说，于是我自顾自地继续说，“那现在，”我说话的声音有点暗示的含义，“也许你可以也帮个忙，告诉我你是谁，还有，你为什么会在这里。”

“你这话什么意思？”她急切地询问道。

“我觉得普通人肯定不知道该怎么检验一张护照。”我回答说。

“那普通人也不知道该怎么造张假护照。”她严厉地说。

“说得好！”我回答。

“而且，”她继续说，声音里满是谴责的语气，“我的真名就是希尔达·舒文珍，而且我的确是一个考古学家。”

我一句话也没说，只是在那里等着她继续说下去。

---

① Florero，西班牙语，意思是篮子，罐子，瓶子。

“此外,我还是个,”她极不情愿地说,“有时,我还是美国海关的顾问。”

“顾问？顾问是什么？你是个代理人？不过,”我斗胆插了一句,“我们能不能以一种更加礼貌的方式来谈这个问题？如果不介意的话,你能不能把枪放下来——顺便问一下,这是我们一直在找的那支枪吗?”

又是一阵沉寂。最后,她走上前来,站在桌子的另一边,把枪放在面前。“坐下。”她命令道。然后她拉过一把椅子,在我的对面坐了下来:我们俩就像是国际象棋比赛里的两个对手,在评估对方的实力。她的头发通常都是扎在后面的,现在却散在肩头,她穿了一件宽大的棉质厚长袍,这身打扮更凸显出她的消瘦,而且她脚上没穿鞋。我也光着脚,我刚才把鞋脱了,希望能蹑手蹑脚地进来。如果不考虑那把枪的话,这场对决让我觉得像是在开睡衣派对,让人觉得非常可爱。我发现那把枪是一把可以装在手包里的小手枪,不是我在找的那把枪。

“你是个代理人,是吗?”在大家沉默了一会儿之后,我挑起了话题。

“不是。”她说,“我只是时不时地给他们一些信息。”

“是个线人?”

“如果我是线人的话,那我也是不用付钱的线人。”她叹了口气,说,“我只是睁大眼睛看,竖起耳朵听,仅此而已。”

“毒品？还是文物?”

“几乎都是文物。你不是第一个发现堪皮纳维加的人,在你之前,许多人都注意到堪皮纳维加好像有一些人在活动,他们觉得这里是文物走私的重地。”她说,话语中带着讽刺的意味。但是,这句话还是很鼓舞人心,因为这句话透露出一个信号,她至少打算相信我讲的故事中的一个环节了。我们对坐在桌前互相注视着。最后,她把枪放到椅子旁边的地板上。这真是一个慷慨的举动。

“你不会介意告诉我你是怎么拿到一本假护照,又是怎么来到这儿的。”她说。

“不错。”我们互相盯着对方,每个人都在等另一方先说话。我决定先打破僵局。

“你说你有时会给他们发信息。我不知道你有没有什么信息,能帮我摆脱现在遇到的这个小麻烦?”

“抱歉,没有。”她回答说,“我没有一点有用的信息。”

“你觉得斯蒂芬会不会遭遇到不测?”我犹豫了一下,问道。

“我不想思考这个问题,但是我觉得会,恐怕这种事已经发生了。”她转头看向一边,也许是想忍住眼角几欲夺眶而出的泪水。我感觉的到,她爱斯蒂芬,这也是她为什么不喜欢翠西的原因。而我同往常一样,我的面部表情背叛了我的思想。

“我知道你在想什么。”她说完,从睡袍的口袋里掏出一盒香烟,然后点了一支。“不过你错了,我并不爱他。但是我非常喜欢他。他和翠西之间有私情,估计你一定知道这件事。你肯定注意到夜晚的时候,房间外面那些蹑手蹑脚的动静。”

“斯蒂芬和他的妻子离婚了,就算他没离婚,也不关我的事,但是我实在是不赞成教授和自己的学生有什么关系。”她继续说,“不是我世俗,我知道总是会发生这样的事。但是我坚持要求她在实验室工作,不让她和斯蒂芬一起呆在遗址上。否则,别人就会发觉他们之间的事情,这可不是件道德高尚的好事。”

我什么也没说,关于她喜欢斯蒂芬这件事,我还是不相信自己的想法是错的。

“你结婚了吗?”她突然问了一句。

“没有,离过婚。你呢?”

“单身。就像他们说的,我嫁给了自己的工作。你有男朋友吗?”

“以前有,但是他一年前抛弃了我。”

“为了另一个女人?”

“比这还糟,”我回答说,“他离开我是为了从政。”

“天哪!”她激动地说。不过瞬间我们都哈哈大笑起来。我觉得我们有点歇斯底里,但是却让我俩都轻松了许多,这样我们就能向对方讲述背后隐藏的故事。就好比是一个大坝突然崩塌一样,我们突然间都得到了对方的信任,而这种信任是只有最亲密的朋友才能得到。

她告诉我她后背的伤,那痛苦是怎么来的,还告诉我她是怎么发现斯蒂芬和翠西之间的事的。

“我埋怨翠西。”她说,“我觉得她是一个诡计多端的小婊子,她一直想从我手里接过主管的位子,而且总是指示斯蒂芬这么做。”她扮了个鬼脸说,“你什么也不用说。我也不是什么好东西。我绝对是心理不平衡，我知道。我甚至都不怎么了解她，真的。今年年初我才认识她，不过无论如何，我得承认我也没想过要好好地与她结交。其实我一直都是这样，拒她于千里之外。可能是出于嫉妒。她很漂亮，是不是？我讨厌她和他晚饭的时候并坐在一起闲谈的样子。尽管我知道吃饭的时候，中途带着瓶苏格兰酒离开餐桌，这种处理方式并不怎么理智，但她真的让我倒胃口。”

“从某种程度上来说，即使斯蒂芬和我永远都不会有那种关系，我还是喜欢他那个令人生厌的第一任妻子，因为一个年轻的女人，她被抛弃了。斯蒂芬和我一直都是很好搭档，但今年是我最后一次干这份工作了。我的后背实在受不了了。”我同情地点了点头，“所以明年斯蒂芬和翠西会取代希尔达和斯蒂芬，对此我只是觉得有点凄惨。不过咱们还是不要谈这个讨厌的话题了，咱们先聊一聊你为什么会来这儿。麻烦你说得详细点。”

我告诉她克莱夫搬到了街对面，而那段时间我是多么心烦意乱，多么不理智。我还告诉她有关拍卖的事，还有“蜥蜴”和亚历克斯，以及从着火那天之后，我是怎样要求赔偿。“但是我越想努力把事情搞清楚，事情就变得越麻烦。”我叹了口气说，“除非我搞清楚其中到底发生了什么事，否则，亚历克斯就会有大麻烦。我也损失了商店，我回去后，我的辩解之词警方也不会相信。”

我把自己之所以从多伦多到纽约然后又到利马，这一连串事件的前因后果都告诉了她，为了卢卡斯，我省略了到墨西哥的那段行程。我提到了自己是怎样去拜访“蜥蜴”的妻子，然后又怎样跟着她在利马附近转悠。

“因为这件事，我实在没什么地方可去了。”我极不情愿地承认说，“因此，我决定来这儿，这里是那个花瓶的来源地，我觉得蒙特罗还有他的天堂手工艺品厂一定与这件事有关系。”我这么说其实是在做个试验，我想看看她对蒙特罗有什么看法。

“我同意你的想法。”她说，“蒙特罗和天堂工厂的确是最主要的怀疑对象，但是我曾去那里看过，里面没什么特别之处。”

“我也是。我查看了所有的地方，只有卫生间没查。”

“我进过卫生间。”她回答说，“因为拉肚子，所以在里面呆了很长时间，我甚至把墙上的木板都抽了出来，把后面的管道也看了个遍，什么也没有。还有一次，我检查了汽车修理厂。”

她叹了口气说:“不过也许我只是在关注一些不重要的细节,真是没办法。蒙特罗真是太恶心了,他所做的每一件事,我都想从中挑点刺。”

“那个花瓶的底部刻有‘来自秘鲁’的西班牙文字。我想这可能真的是一件仿制品。”我说。

希尔达看着我,好像我太过天真。“在瓶子的底部放一张可以透光的纸片,然后把图章印上去,这很容易做到的。”她说,“事实上,他们一直都是这样做的。等东西到了目的地,你只要把纸片泡掉就行了,这就成了莫切真品。”

当然,我以前也是这么想的。“你先在这儿呆一会,我马上就回来。”我激动地说。我回到天井,刚才希尔达吓到我时,我把书包掉在了那里。我转身回去,把那张从天堂工厂的文件夹里取出的照片递给她。

“很精致!”她说,“是一个花瓶。”

“不是一个花瓶,而是那个花瓶!”我回答说,“就是我从拍卖会拍到的花瓶。看到没有,那几条蛇缠绕在边缘?我敢肯定,和这张照片上的是同一个东西。当我在天堂工厂发现这张照片的时候,我只能确定一点,我的那只花瓶是从天堂工厂出来的,和那件花瓶放在一起的卡片上面也是这样写的。不过,你刚才提到的使用纸片和印章进行文物造假的那种方法,提醒了我:他们正是用这种方法把这件东西送出去的。有人给偷盗来的文物拍了照片,然后寄到天堂工厂。安东尼奥画出草图,然后再到制陶这一环节,设计、制作模型,和所有批量复制的产品一样,批量生产出若干件仿制品。然后再往罐子的底部盖上‘产于秘鲁’字样的印章,正如你所说,还包括在底部贴上纸片等原始方式。之后再将这些批量复制品一起打包,很可能装到板条箱里,再用钉子把箱子钉牢,从天堂手工艺品工厂运出来。任何人看到这些东西都会觉得他们是批量复制品。当然大家通常都是这样感觉,从手工艺品工厂运出的都是长相相同的工艺品。”

“我很喜欢这种方式。”她说。

“不过,我的这种推断还存在一个问题。”我说。希尔达望着我,我冒了个险说,“卡洛斯·蒙特罗已经死了。”

“死了!”她惊呼道,好像非常震惊。“什么时候?怎么死的?”

我把我发现的情况告诉了她。她看上去好像吓呆了。“会是谁干的呢?"她顿了一下说,"这说明了什么?你对照片的推测是对的,但是蒙特罗却死了,这是不是意味着……"

"事实上,我有几个疑问,"我说,"还有一点,你觉得这个东西会不会有什么意义?"我从T恤衫的口袋中掏出美洲狮的信,递给她,"我知道他的话听起来比疯子还古怪,毫无疑问他还是个小孩子,我们甚至可以说他有妄想症。"我看到她一边读着信,脸上一边露出怀疑的神色。"但是我很了解他。"我继续说道,"他实际上是个天才魔术师,而且还很可爱,但他不是非常聪明。我的意思是,他在信里说道,他想找到那处宝藏,然后供养全世界饥饿的儿童。"我说完,指了指信上的那一行。"你和他谈话的时候,不会觉得他是个危险的人物,无论如何,他都不是那种失控的人。"

"那你说这些是什么意思?"希尔达问道。

"我的意思是,这附近到底会不会有那么一处价值连城的宝藏?如果有的话,都有谁知道?"

"还有一个重要的问题,这处宝藏,假设它存在的话,会不会和蒙特罗还有天堂工厂有什么关系?"希尔达说,"对于这些问题,我一点头绪也没有。"

"我也不知道答案是什么,但是我还是觉得有一点我是对的,文物就是通过这种方式从这里送出去的。"我说,"很显然,我把主谋给搞错了。不过,如果不是蒙特罗的话,那会是谁呢?蒙特罗一死,我们什么线索都没有了。"

"我们今晚解决不了这个问题。"希尔达说完,小心地站起身来,伸了个懒腰,"咱们还是回去睡个觉吧。但你说我们没什么线索,这话可不尽然。我们还有艾提尼·拉夫瑞特,那个文物贩子,他收购非法文物是远近闻名的,而且现在他就在这里,在堪皮纳维加,他一来就热闹了。他在这里呆了好几天,肯定有重要原因。对于他,我们有两个疑问,我们从来没有抓住他随身携带莫切文物,也没在他的艺术品商店里发现过莫切的东西——你要相信我,当他离开秘鲁的时候,秘鲁当局曾不止一次地对他进行搜查。而且是便衣警察对他进行的搜查。这说明他很可能还有同谋。"

"我有时想到拿件文物卖给他,然后看看他会怎么做——骗骗他,你明白我的意思吗?但这会带来第二个问题:我们没有一件合适的文物可用。我不能用博物馆的藏品冒险,也许我们能从实验室里偷点东西出来，但我们还没找到他感兴趣的东西。他只收购那些昂贵的文物。我们没什么可以拿来交易。”她说完，摇了摇头。

“啊！我们可以那么做。”我回答说。

16

在远离秘鲁海岸的太平洋上空，一团温暖而潮湿的巨大气体正开始慢慢向陆地的方向移动。这团气体登陆后立马变成雾气，从海洋升腾起的薄雾，雾气将沙漠中的沙尘旋动起来。但是到了这里，雾气还没有停止，它继续穿过沙漠，移到一堵被称为安第斯山的岩石山壁前，在山脉高处的某个地方，雾气变成了降水，狂风骤雨。开始的时候，水流很慢，然后越来越快。岩石峡谷中满是水流，飞流直下。古代和现代修建的用于排水的水路，都在努力承载这些水流，但却最终消失在水流之下。

第二天，夜幕降临之后，希尔达和我站在五金店的遮阳篷下，望着拉夫瑞特的房子。为了伪装自己，我们都穿上了深色的衣服，她穿着藏青色的套领毛衣和裤子，我下身穿了条牛仔裤，上身穿着从翠西那里借来的黑色大毛衫。屋里亮着灯，但是前门没有人，毫无疑问，是为了让那些来访者鬼鬼祟祟地自由出入。我们告诉其他人要去镇上给斯蒂芬的前妻打电话，不用等我们了。

这样的一天真是前所未有。卡洛斯·蒙特罗一点消息也没有，卢卡还像往常一样，拖着脚步，慢吞吞地在庄园里晃悠。警方也没派人来问询。大约两点的时候，希尔达去了天堂工厂。我告诉她要仔细看看那个地方。“什么也没有。”她回来后说，“没什么电线，卡洛斯也不在。"她停了一下说:"你确定……"

"绝对确定!"我回答说。

"我进了工厂,询问了蒙特罗的妻子,就是那个害羞的小女人,康斯薇洛,我问她蒙特罗去哪儿了。"希尔达继续说,"她说去特鲁希略了。他给她留了个便条,是用打字机打的。当然,任何人都有可能用打字机打这张便条,机器就在办公室的外面。"

我觉得恐慌迟早会过去的,不管这恐慌是由蒙特罗引起的,还是别的什么人。最后一定会有人注意到堪皮纳维加已经变成了黑洞一样的地方,不断把人吸进黑洞,消失在视线里。不过,可能不是今天。

我们最后决定由我去拉夫瑞特的房间,希尔达在这个地区的知名度比我高,还因为保护考古文物而广受赞誉。

我们观望了大约四十五分钟,确定完全没什么问题。但希尔达变得越来越不自在,站姿笔直,我在她耳边小声说:"老虎头上捉虱的时间到了。"我静悄悄地穿过街道,到了路对面,我身上带着那只莫切耳饰,希尔达断言这是一件理想的诱饵。我用斯蒂芬的一块柔软的手绢包裹着耳饰,藏在帆布手提包的下面。

我敲了敲门,楼上有一间黑暗的房间,窗帘轻轻地抖动了一下,随后我听见屋里传来一阵脚步声,离门口越来越近。我抱着包,努力装出鬼鬼祟祟的样子,这并不困难。这时门开了一条小缝,一个人对我打量了一番,之后从房间深处传来一个男人的声音,第一个词说的是法语:"请进。"

门打开后,我看见一个人站在那里,当时心里紧张极了,差点想改变主意,逃离这个地方。这时,一个年轻的女人进入了我的视线,她身上穿的那身套装,现在许多年轻女子已经不常穿了——我的看法可能会让人觉得我是个思想古板的人——很难分清她穿的到底是一件外套还是一件内衣,那是一件小号的桃红色缎子面紧身衣,上面有两根吊带,腿上穿着闪闪发光的长筒丝袜,长指甲上染着黑色的指甲油,黑色的长发堆叠在头上,脚上踩着的那双漆皮凉鞋鞋跟特别高,极具挑逗性,摇摇晃晃地把我带到后面的房间。那是卡拉·塞凡提斯,"蜥蜴"的遗孀,她似乎并没有认出我。尽管在这里见到她让我有点紧张,但我不由自主地去想这到底是怎么回事,她为什么会在这里,我脑中不断冒出这些疑问。

我走进一间黑乎乎的房间,这是一间办公室,里面有一张办公桌,就在我的正前方。桌上只有一盏台灯，是屋里唯一的光源，但却不足以照亮屋子的其他角落。在屋里呆了几秒钟，我原以为屋里只有我一个人，后来才发现还有一个人，我猜他就是我要找的那个“埃尔·奥姆布雷”。他坐在转椅上，面朝房间后面的墙壁，我只能看到他的后脑勺。“你现在可以出去了，卡拉。”他说话的声音带有浓重的西班牙腔调，那个年轻女人耸了耸肩，退了出去，她走到屋外后，关上了门。我听见她的鞋跟踩在走廊地板上，发出嘀嗒的声音，然后脚步声一直顺着楼梯上了二楼。

“你就是他们说的‘埃尔·奥姆布雷’吗？”我问道。希尔达和我觉得应该假装不知道他的真实姓名。

“我是那个人。”他用英语回答说，“你为什么要来这儿？”

“我有，”我结结巴巴地说，“我有些东西想卖，而且镇上的人告诉我，你可能会买。”

“名字？”他询问道。

“我不想说。”我回答。我听见一阵轻笑声。

“把东西放到桌上，放到光亮处。”他命令道。然后，我把那个莫切小人放到了台灯的光线下。

椅子吱呀一声转了过来，转向了光亮处，我一眼就瞥见了那个他们称作“埃尔·奥姆布雷”的男人。我本来还在想谁会先说话，然而片刻之后却发现，和我面对面的竟是在利马宾馆里见到的那个卡拉·塞凡提斯的同伴。我清楚地记着他，问题是，他还记不记得我？

他好像也没认出我，伸出一只手拿起那个耳饰，我看到那只手上少了两根手指，看上去是被割下来的，也有可能是在关节处直接砍掉的。他的另一只手举着放大镜，把它放到那个耳饰的上面，然后低下头凑到近处观察。我盯着他头顶的一处斑秃看了好长时间。

“非常不错！”他最后说，“你是从哪弄到这东西的？”

希尔达和我在来镇子这一路上都在背诵答案。“在科洛·德拉斯·如纳斯附近。”我回答说。

“你住在迷雾庄园，对吧？到目前为止，他们在那里没找到什么有价值的东西，但似乎还是很有希望，是吗？”

他这个问题我没有回答，但是一想到他对我们这个项目了解这么多，我感觉很紧张。“我是说在科洛·德拉斯·如纳斯附近找到的，不是在那儿找到的。”我说，“其实并不是在毁灭之丘上。”

“但是这东西你不是最近找到的吧。”他回答说，“这件文物局部做过清理和修复。”希尔达和我在来之前，往上面擦了点灰尘，但是我们没办法在几个小时内把时间倒退几年。

“当然做过修复。”我说，“我们那里有一个实验室。”

“你在文物修复方面还是个专家，是吗？”

“我对这方面的了解足够了。”我愤怒地回答，心情由紧张转变成恼怒，这样也好，“你到底感不感兴趣？”

他又咯咯地笑了两声。“你是那种敏感型的人，对吧？我敢肯定你卖这件东西是为了帮一个受伤的朋友。”他自鸣得意地笑起来，说完停了一下，毫无疑问，他从心底里都散发着人性的阴暗面，正为自己的成功庆幸不已。“我感兴趣。”他最后说了一句，“多少钱？”

这个家伙真是狡猾。希尔达和我都觉得，从学术的角度上来说，这个耳饰是无价之宝。但是这个东西也有市场价格，我们根本不知道它到底值多少钱。我希望自己看起来既不要像个专家也不要像个傻瓜。

“我听说如果是一对的话大概要值100000美元。”希尔达说，“但如果只有一只就连价钱的一半都不值，你明白我的意思吗。所以我估计，一只耳饰卖不了50000美元，也就值25000美元。你就要10000美元吧。”

“10000美元。”我回答说。

“真是胡说八道！”他大笑了一声说，“1000。”

我们继续讨价还价，几个来回，最终决定以2000美元成交。我心里愤愤不平，这简直就是明抢：我这个莫切小人绝对值更多，要比他给的那个价格多得多。

“现金！”我强调说。

“当然！”他说完，打开办公桌的一个抽屉，掏出两小沓美元，放到桌子上。当我伸出手去取钱时，他突然用那只砍掉两根手指头的手把我的手按在钱上。“你和警察没什么关系吧，有没有？”他问道，声音虽然低沉但却充满了威胁的期待，“如果你和他们有什么关联的话，我会好好招待你的，你明白我的意思吗？”

“当然没关系。”我气喘吁吁地说，“我明白。”他把我的手从那两沓钱上拿开。“从后门出去。”他说完，指了指右边。我听见楼梯上传来卡拉的脚步声。我一把拿起桌上的钱，从这间房里窜了出去。我在往外走的路上,路过厨房。从旁边走过时,我往里面瞄了一眼。这个房间看上去并不是当厨房用的,事实上,更像个冲洗照片的暗房。窗户被遮得严严实实,上面还挂着几张要晾干的照片。其中有几张是卡拉摆着各种姿势的艺术照,我敢说一般人可不会在角落的暗房里挂出这种照片,而且一定会觉得不好意思。

我觉得有点古怪,穿过后门走进一座小花园,夜晚盛开的花儿散发着芳香。然后我又穿过一道门走到街上。但是我突然又想到另一点,关于拉夫瑞特的摄影天赋,和我现在正在探查的事情有关,与文物走私以及我对走私的操作方法的推测有关。走出这座房子之后,我停下来站了一会儿,深吸了口气,希望自己能放松下来。

空气里有一种气味,似乎是新鲜的味道,远处闪电噼啪作响。我觉得是光打雷不下雨,沙漠里通常没什么降雨。但是天气要变了,如果在家里的话,暴风雨要来了。

我转了一圈回到希尔达等我的地点,把包递给她。"你相信吗?2000 美元。"我小声说。

她难过地说:"我们最好把那个东西给找回来。你是怎么出来的?是从后门吗?"我点了点头。

"咱们得悄悄地重新找个隐蔽的地方,既能看到前门,也能看到我出来的那条小巷。有个好消息,那条小巷是条死胡同,所以只有一头能通到外面。"我说。等了一小会儿,我们确定窗帘没有动静之后,沿着街道又走远了一点,停了下来。在那儿等待的时候,我把刚才的事告诉了希尔达,还有拉夫瑞特和卡拉·塞凡提斯之间的关系,他那间微型照相工作室的设置情况,以及他对我们项目的了解情况,这一点让我们两个人都非常紧张。我还告诉希尔达关于拉夫瑞特那两个残缺的手指。

"有意思!"希尔达说,"要知道他在这附近可是小有名气的传奇人物。他不相信任何人,而且经常能逃脱,不过那些罪犯搭档就逃不掉。关于他有个故事,有一次在秘鲁与厄瓜多尔交界的地方,因为携带违法文物,他差一点就被抓住了,但最终还是逃脱了。不过,在逃跑的过程中,他丢了两只手指,而他的同伙却为他担了罪责。当然我不知道这个故事到底是不是真的,但是你确定他的手指有残缺,所以不管怎么样,都说明这个男人有问题,你说是不是?"

"不管他是什么样的人,"我说,"不管有多好,也不管有多好,我都陪他玩到底。”

大约半个小时后，前门打开了，两个模糊的人影出现在夜色之中，毫无疑问，是卡拉和那个男人。他们坐进了那辆默西迪丝，扬长而去。

为了不让他们看见我们的卡车，我们把车停在阿玛斯广场附近人群聚集的地方，然后穿过一条小巷走到了拉夫瑞特的住所。我们知道自己冒了个险：拉夫瑞特有一辆默西迪丝，但是我们觉得他不会离开这座房子，但事实证明我俩估计错了。我和希尔达跟着他的车一路小跑，心想肯定追不上了。不过还算走运，在街道的尽头，那辆默西迪丝驶进了广场，但是周围的人非常拥挤，默西迪丝几乎一步也动不了，所以我们徒步赶了上去。我们坐进卡车，等着默西迪丝缓缓开过我们身边。

他们并没有走远，只驶过一两个街区，开到埃尔·莫切酒吧前。就几个街区的路，要是我，可不会开车过来。但是我当时没穿卡拉那种高跟鞋，那种鞋我已经至少有十五年没穿过了。我让希尔达下车。“轮到你了！”我说，“进去四处察看一下。让他看见我可不是什么好主意。”

当我在车里等她的时候，我一直观察着入口。一辆摩托出租车在门口停了下来，有个人向酒吧里走去，那个人我认识，是曼科·卡帕科，他暂时抛开了公社的合作团结、简单生活，还有他那奢侈的享受生活，来到埃尔·莫切酒吧享受一下那种烟雾缭绕的盛宴和酒吧的美食。

大约四十五分钟以后，希尔达钻进卡车驾驶室，呼吸中带着一股酒精味，我可不希望这个时候她还想要喝两杯，但是她看上去似乎没什么问题。

“嗯，我把任务交给了卢卡。”她看出了我的疑问，回答说，“他和一帮好朋友正在酒吧里聚会，计划下次袭击哪里之类的事。他正在兴头上，看到我时很不情愿。在酒吧里我只认识他一个人。我借口在附近找个朋友，进餐厅察看了一下。市长也在那里，正在一张桌子上办公，他走来走去和房间里的每一个人交谈。除此之外，我谁也不认识了。但是餐厅里有一个男人和一个年轻的女人，那个女人忘了穿衣服，穿了件粉色的内衣，嘴唇和指甲上都涂成了光亮的黑色。我猜肯定是他们。”

“那是卡拉，”我大笑道，“还有‘埃尔·奥姆布雷’。”我心里想，从这件事来看，我喜欢希尔达也不足为奇。我们看待生活的方式非常相像。

“当我进去的时候,他们刚点了鸡尾酒,还在看菜单,所以我觉得他们已经在那儿呆了一会儿了。”她继续说道,“餐厅的桌子都被占上了,只剩下一张,上面放着预定的牌子,于是我走回到酒吧,点了杯苏格兰酒,一点点地喝,尽量拖时间。我一直都盯着餐厅的入口,但是我在的那段时间没人进来也没人出去,除了市长,他走进酒吧,高兴地和一些人打招呼,也和我打了招呼。仅此而已。”

“你有没有注意到一个美国人,个头不是很高,脑袋很大,扎着马尾辫,穿着白色衬衫和牛仔裤?”

“看到了。他到酒吧里用了一下卫生间,然后点了一杯啤酒。”她回答说。

“他有没有和什么人说话?”

“他只和男招待说了话。怎么了?你认识他吗?”

“是曼科·卡帕科。”

“曼科·卡帕科?你是说我们看到了印加第一位国王的灵魂?还是印加国后来哪个同名的国王灵魂?那个家伙看起来不像是个鬼魂。”

“不是鬼魂。只是个狂妄自大的家伙,不过品味可能还很一流:鱼子酱、鹅肝酱,还有香槟酒。他是美洲狮和帕恰玛玛所在的那个公社的头目。我一直在想,所有这些线索不知道为什么交织在一起。我只是还没有找到这些相关人之间的联系。”

“我觉得也是,根本想不出一个公社会与文物走私有什么关系。你现在打算怎么办?是不是在这里等着,看看他们出来后再去哪里?”

“我觉得应该这样,而且得看看会不会出现我们认识的人。如果拉夫瑞特打算和别人交易的话,你说会不会是在哪个公共场所?”

希尔达耸了耸肩,我们静静地坐在那里观察。

大概二十分钟以后,帕布鲁和一群年轻的朋友走了过来。

“我们认识的所有人现在都出现了,”我抱怨道,“他们不可能都和这件事有关,你说是不是?如果每个人都来这儿,我们怎样才能缩小嫌疑犯的范围呢?我的天,”我插了一句嘴:“拉尔夫和翠西也来了。”

“拉尔夫!”希尔达惊呼道,“他晚上绝对不会出来的!”但是他的确在晚上外出了。我们借来的另一辆卡车在距离埃尔莫半个街区的地方停了下来,拉尔夫也走进了酒吧。

"我想,我应该再去喝一杯,你不去吗?"希尔达说,"我打算再进去一次。"

几分钟后她又跑了回来。"我感觉拉夫瑞特和他的朋友完成交易了,我们应该在这里等着,过一会他们就会出来。凯撒,那个市长,他在餐厅;卢卡、帕布鲁、拉尔夫和翠西,还有那个家伙,曼科·卡帕科,他们都在酒吧。那张桌子是卡洛斯·蒙特罗预订的,我猜酒吧的服务员估计卡洛斯会来,每晚都会为他留个位子,但是有时他却不来。当翠西和酒吧男招待闲聊的时候,我和拉尔夫简单地说了几句。他说是翠西坚持要来镇上给家里打电话,而且坚持要到埃尔·莫切酒吧附近来打探斯蒂芬的消息。他已经尽力劝阻过翠西了,但是翠西不听。他先开车把翠西送到秘鲁电话局去打电话,然后又把她带到这儿来,打算过一会就把翠西送回庄园,不过,他好像希望我们能过去帮他劝劝翠西。他说斯蒂芬的事使她现在情绪非常激动。"

"现在不是时候。"我说完,用手指了指埃尔·莫切酒吧的门口,"看,他们出来了。"

拉夫瑞特和卡拉走出了酒吧,钻进车里,然后沿着来时的方向驶了回去。"我觉得他们想要回家。"我说,"我们最好徒步跟上去,不然的话,他们会注意这辆卡车。不过,如果我的判断错误,他们开车去了别的地方,那我们只能干生气了。"

幸运之神一直很眷顾我们。我们走了条捷径,沿着一条狭窄的小路穿了过去,当我们到达那栋房子对面的时候,他们也到了。我们刚好看见他们走进屋里,然后过了大约一个小时。楼下的灯光灭了,没多久,楼上的灯也关了,整栋房子陷入一片黑暗之中。我在角落里走来走去,打开手电筒往手表上照了几秒钟。"十二点半了。"我小声对希尔达说。

她向我打了个手势,让我回到角落里。"瞧瞧,"她说,"我们不能一天二十四小时都监视这些人。他们可能已经开始睡觉了,你认为呢?但是为了以防万一,我还是呆在这里。昨天晚上我比你睡得多,所以今天晚上我来值第一班岗。咱们回广场,叫一辆摩托出租车把你送回庄园,然后把卡车给我留下。我在卡车里绝对安全,你可以明天一大早过来替我。"

"如果你确定没问题的话,"我说,"那好吧。但是希望有些事情还是尽快发生的好。我们不能一直这样盯着。”

“过不了多久就会有情况的，”她回答说，“毕竟他现在得到了一件真正的宝贝，对不对？”

那天晚上，我梦见自己站在毁灭之丘上。在梦里，与现实是同一个晚上。因斯和她的哥哥托马斯·卡多索，那个萨满巫师，也在那里。他披着美洲狮的毛皮，而她披着秃鹫的羽毛。他们告诉我不要再找了。但是我还是继续找。我低下头看着地上的沙子，先用双手遮住脑袋，接着稍稍抬起头，看着胡瓦卡。一开始，我看到一只秃鹫在高空中盘旋，一只体格硕大的猫在胡瓦卡顶端徘徊。然后我爬到胡瓦卡上面，看到一些极其恐怖的人像，起初看上去像是一个螃蟹，再一看又像是一只巨大的蜘蛛，这个东西发生了变形，变成了人形，但却是一个满嘴獠牙的人。他一只手中拿着图米刀——我曾在埃德蒙·埃德华的商店里见到过——另一只手提着一个被割下的人头。眼前都是让人恐怖的东西，我听见从动物喉咙里发出的低沉声音，然后是一声尖叫，似乎有一场骇人的战斗即将开始。在我的梦里，那是为了控制胡瓦卡而进行的斗争，是邪恶与善良之间的斗争。随后又是一阵沉寂，我再次回到自己的房间。

过了一会，因斯·卡多索站在我的床脚。我又开始做梦了。但我总是觉得自己是醒着的，我当时一定还在做梦。她的身体散发出冷冷的光芒，轮廓越来越模糊，我好像还在睡梦中。“奎搭多·埃·阿波拉多。”她又说了一遍，这次她的情绪异常激动。小心那片树林！

随后，我感觉她好像试图告诉我什么。艾提尼·拉夫瑞特。“拉·夫瑞特”，法语是树林的意思。我得小心艾提尼·拉夫瑞特。之后我明白过来，如果拉夫瑞特只见过我那只莫切武士的耳饰，他一定特别希望能找全一对。如果那对耳饰他以前见过，那他一定知道那不是我在毁灭之丘上找到的。如果是这样的话，他一定会做一些他觉得应该做的事。当“蜥蜴”前往加拿大想收回那件遗失的文物时，他就做了该做的事，还有当埃德蒙·埃德华犯了个错误时，他也做了该做的事，也许这些事非常简单，只是帮他解除忧虑。拉夫瑞特会派出“蜘蛛”。我这可不是在老虎头上捉虱子，而是羊入虎口。

第二天早晨，我们发现胡瓦卡的顶端变得乱七八糟，沙地上躺着几根羽毛。

17

在第二天下午之前要查出一个走私集团,那得制定多么巧妙的计划。这样的活动,一方面从逻辑上来说是一场噩梦,但从另一个角度看,几乎做不到。至于前一个方面,希尔达和我不得不在小镇和庄园之间来回奔波,我们俩得有一个人留下来监视拉夫瑞特的住处。希尔达宣布给每个人放一天假,但是有几个学生主动要求帮忙收拾实验室,而其他人则要去购物,或者坐出租车在附近逛逛。虽然现在已经有两辆车,但是琐碎的事还是很多。谁都不想一个人单独在庄园里呆那么长时间。翠西更是强烈要求不在庄园呆着,我觉得她这样的要求也可以理解,爱人失踪了,只要有机会她就让人开车送她到镇上,去给家里打电话。

而我们真正的任务,就是对"埃尔·奥姆布雷"进行监视。不过他没有离开屋子半步,也没人来拜访。我跟踪卡拉去了市场,看到她在那儿买香蕉。至此,这件刺激的监视活动即将达到高潮。

去集市的时候,有两样事让我觉得很不安,但是这些对卡拉都没什么影响。一是这个地方到处都是叽叽喳喳的声音,他们谈论天气,谈论山中湍急的雨水会威胁到灌溉系统和水流控制系统。集市里大多数人都觉得政府的排洪计划应当随时投入使用。人们都在囤积供给品。不过我可没时间去深入了解这些恐慌。这个地方干得像骨头一样。

第二，在去往集市的路上，我第一次发觉还有别人也在进行监视。这绝对不是我的想象，只是感觉到有人也在附近。过了一会儿，我觉得有人跟踪我，但是当我转过身去，却看不见什么不同寻常的人。其他时候我总觉得有个人突然消失在我的视线里，有时候我突然瞥见一个人消失在沿路的小巷里。不过最后，我想这些只是我脑中的幻想而已。我只是太害怕那个“蜘蛛”了，害怕他在附近。但是坦白地说，如果他真在附近，如果我已经成了他的目标，那他就不会跟着我四处闲逛了。所以我还是全神贯注地监视，不去想被监视的事了。

不过若谈到监视这项工作的诀窍，希尔达和我觉得，并不是只要不被发现就行，而是努力让自己不要打瞌睡。希尔达和我轮流去后座小睡一会儿，而不睡的那个人则要一直监视那栋房子。有时我们会在附近站着监视，其他时候就把卡车停在街边，停在一个能同时看到两扇门的地方。我们会看看海报，一方面是为了避免在一个地方呆得时间过长而引起别人注意，另一方面也让我们自己活动一下。

那天晚上，卡拉与那个男人同往常一样，开着车驶过三个小街区，到埃尔·莫切酒吧吃晚餐。这种事情没什么好奇怪的：埃尔莫酒吧自吹是镇上唯一一家带白色桌布的餐厅。凯撒也来这里吃饭，为卡洛斯预留的那张桌子依然空无一人，卢卡和朋友还在酒吧里开会。

当拉夫瑞特和其他人在餐厅里有情调地吃饭喝酒时，希尔达和我却在啃着从街边的一家“波乐瑞尔”①买来的烤鸡肉三明治。如果说到秘鲁本土的菜肴，我觉得一定要提到鸡肉，“波乐”②。秘鲁有许多烤鸡店，就像家附近的匹萨饼店一样多。

当我把另一份鸡肉三明治递给希尔达时，她痛苦地说：“过不了几分钟，我就会长出羽毛来。”我们坐在埃尔莫酒吧外的卡车里，“等我再把这个三明治吃完，我就开始咯咯叫了。当我有机会吃因斯做的那些香甜可口的晚餐时，我却没有吃，真是觉得可惜。但是如果我不尽早上床睡觉的话，我的背永远都不会康复。”我同情地点了点头。

“不知道是怎么回事。”她一边说，一边挥舞着手中的三明治指向酒吧的方向，“我觉得这次的走私活动运作起来就像加满油的机器。我不知道为什么会这样想：我对走私一无所知，但我就是有这样的感

---

① polleria，西班牙语，意思是烤鸡店。

② pollo，西班牙语，意思是鸡，鸡肉。

觉。我在想,我们把那个耳饰交给拉夫瑞特,然后每个人都紧张地行动起来,包括我们俩,接着跟踪这些人,然后再打电话给当地警方,他们却只有四个人。我觉得走私活动可不是那么枯燥的事。"她叹了口气说。

"我也不知道他们怎么能一边吃着饭,一边完成走私。"我回答说,"他们真像加满油的机器。但是两年前他们的走私活动一定混乱不堪,当时有一个装着三件哥伦布以前美洲文物的箱子被运到了多伦多的一个画廊,而画廊的老板却死了——我得说明一点,他是唯一的经营者。而且他死亡时的情况极不寻常,警察都围到了死亡地点。"

"这些走私者不会去寻找那些文物,否则会让人怀疑。他们只会做一件事,就是等待。我记得斯蒂芬说过拉夫瑞特有好几年没在这里出现了,他在西边偏远地区呆了一段时间。他们在那里等着,然后文物最终出现在莫尔斯沃斯 & 考克斯拍卖行。"

"按理说,派一个人去把那些文物买回来,应该更直截了当。只要人们觉得这些东西是批量复制品,出多少钱都无关紧要,因为他们真正的价值不可估量。但是他们又出错了。有两个人,还不是一个人去寻找这三件东西。其中一个是'蜥蜴',也就是雷蒙·塞凡提斯,他是利马的报关代理人。而另一个人,我以前提到过,就是那个'蜘蛛'。极有可能他们都参与了此事:我没看见'蜘蛛'手中拿着报价牌,所以可能竞拍是'蜥蜴'的任务。但好像也并不是这样,在我看来,他们俩并不是同伙。不管怎么样,他们谁也没得到想要的东西。我得到了,然后那粒花生就消失了,最后'蜥蜴'死在了我的储藏间里,而那个瓶子也不翼而飞。只有一个人可能杀了他,就是'蜘蛛'。还有谁会在多伦多跟踪一个从利马来的报关代理人呢?"

"然后我去了位于纽约的远古路线,才刚到那儿,只提了一声那个多伦多艺术品交易商的名字,问了一下关于莫切文物的事,埃德蒙·埃德华便也死于非命。"

"至少从表面上来看,这个走私团伙并非一切顺利。但现在,拉夫瑞特又回到了这个镇上。这是为什么?再者,卡洛斯已经死了,就算这件事没别人知道,只有我们俩知道,而且因为一个沃奎罗的死以及即将到来的暴雨,整个小镇都人心惶惶,那他为什么还留在这儿,是不是因为对于这个组织来说,威胁来自于'蜥蜴',也可能是纽约的那个老头,甚至有可能是卡洛斯——尽管我始终觉得天堂工厂也可能参与了文物走私——但他们现在都死了。还是因为有什么重大发现,让他们觉得值得冒这个险?我觉得我们必须继续监视下去,因为有些事情马上就要发生了。”

“你是不是想到了美洲狮提到的那处宝藏,得穿过岩石的裂缝才能到达的宝藏,对不对?”希尔达说。

“不错。”我回答说。

正在这时,翠西和拉尔夫出现了,把另一辆卡车停在埃尔莫外面。

“我觉得今天晚上唯一没来这里的人就是你认识的那个家伙,那个投胎转世的印加国王。”希尔达说。

“曼科·卡帕科。”我说,“你说得对,今晚这群人和昨天晚上没什么区别,就差他了。既然翠西和拉尔夫都在那里,我何不开那一辆卡车去公社转转,看他在不在那里,反正我还有一把钥匙。我还想去卡洛斯天堂工厂后面那间快倒塌的房子看看。既然每个人都来了这儿,还要在这里玩上一两个小时,我可以再去那里打探一下。”

“好的。”希尔达答道,“你不在的时候,我会坚守岗位的。你小心点。”

公社里有一个十几岁的少年,非常偏激,名字叫索罗·弗莱尔,我和他打了声招呼。虽然我非常讨厌给人取绰号,但是我得承认,这个名字非常适合他。他有一头闪闪发光的微红色的长发,从头顶直垂下来,说话时思维很跳跃,似乎都是毫不相关的词语,好像要挑战听者把这些词语贯穿起来的理解能力。我问他听没听说过美洲狮和帕恰玛玛这两个人。

“没有!”他回答说,“走了。曼科·卡帕科说他们再也不回来了!”他现在竟然这样说?

我不明白他为什么这么确定两个人再也不回来。

“那曼科·卡帕科在吗?”

他摇了摇头说:“新月。”

“这是什么意思?”

“回去。”

“他要去哪儿?”我问。

“不是去哪儿,是回去。”他回答。

“好吧,”我说,“那他回哪儿了?”

“山里,”他回答说,“冥思。”

“你的意思是他爬到山上去冥思,是不是?”和他谈话真是件费劲的事。

“是。”他说,“准备迎接世界末日。我也在准备,马上就到了。其他地方都会,只有这里不会。”

“真是让人安慰。”我说,“那你知道他去山里的什么地方了吗?”

“保密。”他一边说,一边摇了摇头,“一个有奇特能量的地方。如果别人知道的话,会去搞破坏的。”

“当然,”我说,“他每次新月的时候都会去,是不是?他一般在那里呆多长时间?”

“两到三天,”他回答说,“他每次回来都精神大振。”

我心里想,他肯定精神好。以我对他那些喜好的了解,就算我身上剩下一元钱,也愿意拿来作赌注——我突然想起来,如果不算上我上次当“沃奎罗”的非法所得,我真的要穷得只剩最后一块钱了——我敢打赌,曼科·卡帕科每月都极有可能以冥思作借口,直奔像利马喜来登大酒店或其他同等级的地方,在那里呆上几天,畅饮昂贵的美酒,再去休息室的老虎机上碰碰运气。曼科·卡帕科,我敢百分之百的肯定,他是个骗子。

我离开了公社,让索罗·弗莱尔一个人呆在那里准备迎接世界末日的到来。我把车开上了公路,然后在经常停车的那个小树丛和旧棚屋的后面把车停了下来。这个地方靠近古老的河床,但让我吃惊的是,前些天,这里还只是涓涓细流,现在却能听到河水流动的声音。我从河边走开,穿过沙地往那间废弃的小屋走去,一边走,还一边在想:山里肯定下雨了。

到处都黑漆漆的——当然还有新月——不过我不想用手电筒,所以时不时地停下来看看我是不是走对了方向。当我到达天堂工厂时,里面静悄悄的。就像希尔达说的那样,卡洛斯·蒙特罗哪儿也不会去了。挂锁依然挂在那间废弃房屋的门上。

这间破房子的墙并不是很高。以前我可能只要使劲一拉就能爬上比这个稍微矮点的墙头,然后翻过去,但那已经是很久以前的事了。我发现靠近墙头的地方有几个木质的板条箱,空的,而这个地方的墙最矮,因为年久失修,墙上的砖块都剥落了。我用手电筒往附近扫了两下,突然发现这里的地上有许多脚印。我没费多少劲,就把板条箱搬了过来,靠到最矮的那堵墙上,然后翻身爬上墙。墙的另一边有一堆旧砖块，我往下跳的时候容易了一些。

我打开手电筒，往里面来回扫了两下。屋里看上去很荒凉：几个旧汽水罐，几只空涂料罐，还有几个泡沫塑料做的咖啡杯，这就是我能看到的所有东西。在房子的中央，有一个四方的大块竹编席，我曾见过镇上有人用这种席子作篱笆把工地围起来。有一件事让我觉得非常奇怪，就是那块席子看起来非常干净，非常新，一点都不像扔在这个地方的其他破烂。

为了确定一下，我把席子一角拉了起来，席子下面的东西真是让人大吃一惊：一个圆形的洞口，直径大约10英尺，洞口边上凿了一排人造的梯子，呈螺旋状一直延伸到地下。我把手电筒照向洞里，楼梯向下盘旋了大约25英尺。洞底有一处微弱的水光，看上去似乎是某种天然形成的水洼。这好像是一个通入地下的水槽，很久以前有人凿出了阶梯，通向地下的某个地方。

我犹豫了一会儿，这种高度让我觉得不太舒服。阶梯也非常狭窄，向里凹进去，所以走错一步的话都会让你直接掉下去。这时我想到了美洲狮。从公社不用走多长时间就可以到这个地方。他会不会在吸食大麻后晕乎乎的状态下到了这里？也许墙外的那些脚印就是他的，他和我一样都看到了这个洞。他曾说过，需要穿过岩石的缝隙才能到达金子之城，那里有最丰富的宝藏。我把手电筒系在腰带上，将亮光直指向地下，然后把那块编织席移开，开始向下爬，下去之后，又把席子拉回原处盖过头顶。

沿着螺旋状的楼梯向下爬了一圈之后，我几乎都没法把身体站直，不得不坐在楼梯上，一步一步往下挪，走的时候还得躲开凸出的岩石。最后我终于下到了那个水坑里，水面离水底只有几英尺深。

我身处的岩洞比刚才爬下来的通道大不了多少，直径也就15英尺，可能是石灰石与水共同作用形成的。我的右侧有一扇门，不知道通向什么地方。左边靠墙的地方放着一张桌子，上面堆满了包装材料，还有三个木质的板条箱，还都没有封上盖子。

三个板条箱里一排排地摆着“克里索勒”①，那种从坟墓里发现的小陶罐，所有的都一模一样，制作成丰满的人型。我可以看得出这些

---

① cresole，西班牙语，罐子，壶。

罐子都是赝品,是地上的工厂批量制作的复制品。工艺并不太细致,而且几乎没什么区别,都是从一个模子里做出来的。但这些东西为什么要藏在地下的洞里?我觉得把文物与一些赝品放在一起,就可以把文物通过正常的渠道送出去,根本不需要藏到地下来。旁边还有一辆大小适中的推车,可以用来运送板条箱。但是这些板条箱要运到什么地方去呢?把这些箱子拖地面需要的是一台起重机而不是一个小推车。

我把第一层罐子翻开,发现第二层还是同样的罐子。我又检查了第三层,还是没什么发现,一排一排摆着的都是没什么特殊之处的赝品陶器。我告诉自己这里肯定有东西,一直翻了下去。在最底层,我随便挑了一个"克里索勒",拿出来更仔细地端详了一番。我翻过来掉过去地看,又看了看里面。罐子里面装着白色的塑料包,白色的粉末:可卡因。一定是这样,把可卡因放在莫切陶罐里运送出境。这家天堂手工艺品工厂真是厂如其名,和我猜测的相比,更是有过之而无不及。

我又看了看第二只箱子,翻查了第二层的陶罐,全是空的,然后是第三层。我用手电筒照了下去,我几乎不敢相信眼前的一切:金质的花生粒,有数十颗,其中一些个头和我的拳头差不多大。花生粒的下面放着一个金权杖,一件金盔甲,有后翼、前襟,还有耳饰,和我拥有的那个耳饰没什么区别,都是用金子、绿宝石和其他宝石镶嵌而成。我仔细观察了一下盔甲的形状,努力回忆着斯蒂芬曾告诉过我的莫切仪式。"这是武士祭司!"我最后终于明白过来,"他们发现了一座武士祭司的墓葬!"

我没来得及查看第三只板条箱。我刚伸出手,就听见头顶传来嚓嚓声,微弱的亮光从席子上面掠过。我赶紧把手电筒关掉,快速向那扇不知道通向什么地方的门移动。但是实在无处可藏了。我听见竹席被拉开的声音,露出通向地下的入口,有个人一边咕哝着,一边沿着阶梯向下爬。我一把抓过门把手拉了起来,那扇门却纹丝未动。快开门啊,求求你了!我心里念叨着。我猛地一拉,门开了。我快步走了进去,然后把门关上。我不知道自己身处何处,而且心里很害怕,手中的手电筒一秒钟都不敢打开,就站在那里不停地颤抖,一方面是因为心里害怕,另一方面也是因为这里的空气又冷又潮,散发出一股浓重的腐烂味。我听见来人跳入洞底的水坑时溅出的水声。

之后，让我惊奇的是，灯亮了。我心里想这里肯定有电线。他们从工厂里接了一条电线到这里，用来照明。这个房间肯定还有一个我没发现的开关，不过我以后再也不会在一间地下室里找开关了。我站在一条地底深处的人造长隧道里。电线沿着墙壁向里延伸，还时不时地擦出电火花。

我站在那里，感觉害怕极了，如果外面那个人现在打开门的话，一下就会看见我。我不知道隧道的另一边会通向何处。不过，我知道卡洛斯·蒙特罗去了哪里。他的尸体蜷缩着，被塞进隧道墙边的一条小缝隙里。

我转过身，向隧道尽头走去。我觉得脚下的路比开始时略微高了一些。大约走了500码，也可能更长一段距离，我向右转了个弯，发现自己站在一个向上延伸的木质楼梯的下面。我小心地一点一点地往上挪，一直挪到一个活木门的下面。我把耳朵凑到木门上仔细倾听，什么也听不见。于是我把门拉开约一到两英寸高，里面一片漆黑。我把木门又推了回去，关死后继续往上爬。爬上去之后，我发现自己站在一个小棚屋里，大概宽8英尺，长10英尺，没有窗户。里面还有四个板条箱。我又小心地把耳朵凑到门上，还是什么都听不见，于是我走了出去。

刚出去那一会儿，我根本看不清路，但是当眼睛慢慢适应后，我看到面前的安第斯山脉直耸入云霄。棚屋后是一片小树林，虽然树林挡住了我的视线，但是直觉告诉我，树林后面就是天堂工厂；棚屋的左右两侧很空旷，什么也没有。我现在隐藏的地方离棚户屋不远，我在那里静静地守着。大约15分钟以后，一个熟悉的黑影搬着一只板条箱，从棚屋里走了出来，是卢卡。他把板条箱放到地上。我算了一下，他大概一共只花了半个小时。卢卡慢吞吞地拖着脚步从棚屋向山脉的方向走了十几码远，然后又沿着与山脉边缘平行的方向走了一段，他每走几码就停下来，我看不清楚他在做什么，但我能闻见汽油味。他走到离棚屋50码远的地方，向左转走了约20英尺，接着向左转又走了回来。他走了同样的距离回到棚屋前，这一路上，他每走几步路就弯腰一次。

最后他走进棚屋，我听见活木门砰地一声关上了。

我沿着他来时的方向缓缓地向前移动。外面还是很黑，我看到两排垂直的涂着白漆的石头沿着两个方向延伸，石头间的间隔是固定的。我走上前去,细细地查看,那些都是涂了油漆的旧可乐罐,里面装满了在汽油里浸泡过的碎木屑。这是条飞机跑道,我明白过来,是一条违法的跑道。当时机成熟的时候,卢卡或是其他人会把这些涂了油漆的罐子点着,这样飞机就可以抵达这里。沙漠地带太过平坦,而这些石头标记就像是一个箭头。有新月作掩护,所有人都被爆发的洪水分散注意力,在这个时候,莫切文物、可卡因会在夜晚时分运送出境。显然,凭我一己之力想阻止他们根本不可能。

我想往回走,去找我的卡车,我心里害怕极了,害怕不小心撞到卢卡。那片树林可以提供掩护,于是我冲了进去。“奎搭多·埃·阿波拉多!”我心里想,我肯定被诅咒了。这片树林是附近唯一能够藏身的地方。但是树林里也非常难走。黑夜里从荆棘上走过肯定非常危险,我迷失了方向,于是脚步慢了下来。正当我要走进树林的时候,一个人从树后跳了出来,一束光芒直射入我的眼中。

“丽贝卡,是你吗?”一个声音惊呼道。

“美洲狮!”我嘘了一声,“把灯关了,你去哪儿了?”当我看见他的那一刻,我觉得他就像是我的孩子一样——心中涌动着各种情绪,一方面感到很安慰,另一方面却有点愤怒。你可以设想一下,本来你的子女躺在地上受了重伤,甚至死去,但愿不会这样!而在一个路口你又惊喜地看到他们重新出现在自己的面前。我真想过去抱抱他的肩膀,和他好好聊一聊,但是我没时间了。

“我写信告诉过你,我去寻找宝藏了。你得马上跟我来。”他说完,拉住我的胳臂。

“美洲狮,我现在不能跟你走。我看到你的宝藏了。我现在得去找人帮忙。你为什么不回公社,也不去庄园呢?”我问道。

他看起来非常愤怒。“因为他们在追我,我告诉过你,那些西班牙人。我后来又去那里找过你,但是他们有一个人也在那里。所以我不得不藏了起来。快点跟我来!”他一边坚持说,一边紧紧地拉住我的胳臂。“这非常重要,事关生死!”

“别再说‘浩劫’的事了!”我说完,脸上露出愤怒的神色。我不想再抱他的肩膀了:我真想掐死他。

“不是!”他激动地说,“是现实生活中的。就是现在!”

我心里想这可真是可笑。但是他的声音里散发着某种东西,那是一种愤怒的恐慌,于是我跟着他穿过沙地,向不远处的几间小房子走去。

当我们快要到房子前面时，他示意让我小声点，然后弯着腰慢慢靠近。过了一会儿，我们蹑手蹑脚地穿过其中最大的一间房间的走廊，站到纱门旁边。我听见里面传来椅子和木质地板摩擦的声音，有人咳嗽了几声，然后一个粗哑的声音说道："我们认定你来这儿杀了罗兰多·格罗。你有什么话说？"

天哪，不会吧，我心里想。我小心地弯下腰，往屋里看去。

斯蒂芬·尼尔正站在那里，侧面冲着我，手被反绑在背后。对于指控，他一句话也没说。一群女人和孩子在房间里的另一侧。我几乎听不清那个人在说什么。我把嘴凑到美洲狮的耳边说："走，快走，去找警察。这是卡车钥匙，车停在公路边。"我说完，用手指向我停车的那片树丛。我心里想，希望他们会相信他，希望他们能快点来。

"你还有什么话说？"屋里的那个人严厉地说，"你服不服罪？"

斯蒂芬还是一言不发。我慢慢向门口移动，想看得更清楚点。斯蒂芬瘦了好多，下巴上长满了胡茬，他周围站了五个男人，这几个人我在罗兰多·格罗的葬礼上都见过。还有一个四十岁左右的男子坐在桌子旁，他是这场非法审判的法官，我记得当时在遗址上，他威胁过我们。还有一个小女孩无精打采地坐在那里玩着洋娃娃，她是罗兰多的女儿。

"既然你没什么话说，那就判你有罪！"那个男人咆哮道，"判决你死刑，绞死。你还有什么话要说吗？"

"有，我有话说。"斯蒂芬说。那个法官看上去很惊讶，我也不知道他是惊讶于斯蒂芬流利的西班牙语，还是斯蒂芬下定决心的语气。

"那你说吧！"这个男人命令道。

斯蒂芬深吸了口气，说道："在这里接受审判的不应该是我，而是你们。"围坐的那几个男人气愤地从椅子上站了起来。

"安静！"法官命令道，"让他说！"

斯蒂芬停了一下，然后继续说道："你们生活在这个星球上最荒凉的地方。地震、火山、洪水、干旱，还有疾病，在这片土地上都存在。可是，"他顿了一下，"可是，就在这片位于山脉和海洋之间的微小沙漠地带，在两千多年以前，曾孕育过伟大的文明。"

"不知道这片土地上的人们是如何控制了水路，开凿出了运河系统，使沙漠地区开出了鲜花，使整个国家都繁荣起来。他们建造了许多城市,这些城市反映出他们的实力。他们还修建了巨大的仪式中心,高耸的金字塔,这些金字塔一定让其他国家的人们惊愕得说不出话来。现在,我们把那些建造者称为莫切人,他们曾经住在从这里一直往后到河西岸,他们在古时常用的语言是莫奇克语。"

"他们的城池到处都是用风干的巨大砖坯修建的不同时期的建筑物,反映了他们的能力和当时的权力。其中有许多用来举行仪式的巨大庭院,上面有一排排令人惊骇的艺术杰作,他们只用一块绘满壁画的墙壁就讲述了整个历史。这些城市,艺术极其繁荣,文明高度发达,城市里的艺术精英集合起来可以组成一个艺术班,其中不乏极其罕见的天才艺术家,他们遍布各个年龄层。莫切的社会生活始终以仪式为中心,有些仪式的确很血腥,可是在这些血腥的场面中,他们的艺术得到了升华,他们在每天的生活中都表达出自己对超自然力量和神灵的信仰。他们倾注了极大的关注之情,用复杂的仪式为死者送葬。当你了解到他们是怎样对待死者后,你们一定会把这些事告诉众人。"他一边说,一边用责难的眼神看着屋里的每一个人,可以看出其中有一两个人开始局促不安起来。"即使死者位于社会的最底层,莫切人也会为他们举行仪式,并以崇敬之心为他们送葬。"

"这些人和你们做的事情一样。他们在海里捕鱼,拖回岸上,他们狩猎鹿群,参加体育活动,会牙痛,也会和别人开战。"

"我们是怎么了解到这些的呢?我之所以能了解这一切,都是因为我们研究了他们留下的非凡的艺术杰作。有一些陶器器皿告诉我们这些人的面目,让我们惊奇的是这些肖像都非常精确。还有其他一些器皿告诉我们古代的渔民使用同样的芦苇小船,骑着小型马,现在,那些岸边的渔民还在骑这种马;我们还可以看到猎鹿的场面,搏斗仪式的场景,还有供奉的场景。我们看着他们的作品,他们的技艺,我们看着一群伟大的人,而这群人就是你们的祖先。"

"你们的孩子会学习西班牙征服者的历史,学习西班牙的历史,学习希腊的历史,还有罗马的历史。他们是不是不该学这么多?当然该学;他们是不是不需要学习继承的伟大文明?当然要学。"

"但是每一次你们偷了莫切人制作的文物,然后卖给那些'埃尔·奥姆布雷',你们的遗产就这样从你们的手中,从我们其他人的手中流失了。我知道你们心里会想,我嘴上说的容易。你们会想我住在加利福尼亚州的好房子里,有两辆车,这些值钱的东西只是我生活的必需品,而你们只有做梦的时候才能得到,你们会想我不需要为了桌上的食物而努力奋斗。你们想得对,但不管怎么样我都要说。你们现在偷的并不仅仅是死人的东西,你们偷的是你们孩子的遗产。你们偷的是你们自己的尊严。"他停了一下说,"我要说的就这么多。"

当斯蒂芬说完后,所有的人都一言不发。我看到其中有几个人脸上露出迷惑的神情,而其他人还在进行心里的抗争。我不知道这件事会向哪个方向发展。随后一个年迈的老妇人站了起来,她留着一头灰白的长发,一块棕色的披肩搭在肩头。她是罗兰多·格罗的母亲,就是走在格罗棺材后面的那位眼泪都哭干了的老妇人。她开始小声地说话,声音那么小,我不得不竖起耳朵仔细听。"因为干这行,我失去了一位叔叔,然后失去了一个丈夫,而现在,"她泣不成声地说,"我又失去了一个儿子。听听这个人讲的话吧。我们知道罗兰多是怎么死的。这个男人并没有杀死他,是罗兰多自己害死了自己。你们必须停下来。你们说你们干这行,盗墓,是为了家人过上更好的生活。但是你们的孩子和妻子宁愿你们能陪在他们身边。"其他几个女人点了点头,年龄大一点的孩子看上去神色严肃,而年纪小点的孩子,感觉好像发生了非常重要的事,都默不作声。

"我宁愿让我的儿子活过来,也不要秘鲁所有的金银财宝!"她一边说,眼泪一边夺眶而出,"不干这行,我们也能生存。请你们现在停下来吧!"

还是没人作声。我拉开纱门,走进屋里说:"'埃尔·奥姆布雷'不仅走私文物,他们还运输毒品。和你们做生意的就是这种人。今晚,他们会利用树林那边的一条违法跑道,用飞机把可卡因,还有从莫切武士墓葬里挖出的文物运出秘鲁。你们想想会有什么结果?"

刽子手

18

他们并没有听见我们到来，卡车的声音被即将降落的飞机声掩盖住了。我们开了四辆车，每一辆都由格罗家的人驾驶，卡车绕过树林，上下颠簸着穿过沙地，有时是沿着一条以前的路线，其他的时候都是在空旷的沙漠中行驶。当我们为了拦截那群走私者向前狂奔时，长期以来大家预期的那场雨终于开始下了，大雨落到干燥的大地上形成一个个微小的凹坑。我和斯蒂芬坐在第一辆卡车上，为大家指路。在我们面前，许多微小的火苗一下子着了起来，排成整齐的两排，一架飞机逐渐降了下来，降落到跑道时发出砰的一声巨响，然后在棚屋前猛地停了下来。

在点燃的油漆罐子亮光的照耀下，出现了四个人影，棚屋的墙上现出他们手舞足蹈的影像。稳固的安第斯山脉在他们身后若隐若现，难以平静。其中一个人突然看到了远处的我们，急忙向飞机跑去。几秒钟后，我们听到引擎的哀号声再次响起，当他准备起飞时，飞机又开始颤抖起来。另一个人——我几乎可以肯定，是卢卡——消失在紧挨跑道的棚屋里。

"拦住他们！"斯蒂芬一边大声叫着，一边从第一辆卡车里跳了出来，挥舞着手臂指向飞机跑道的方向。"别让他飞走了！"格罗家族的人开着那几辆破旧不堪的卡车向飞机所在的位置驶去。但是那个飞行员看到那几辆卡车后，将飞机调头，顺着飞机跑道，按来时的方向开始移动起来。格罗最小的弟弟若古洛驾驶着一辆卡车竭尽全力地穿过沙地,想要挡住逃跑的飞机,卡车的轮子转得飞快。

飞行员并没有紧急刹闸,飞机从我们身边呼啸而过。就在飞机快要到达起飞速度时,一辆灰色的尼桑卡车颠簸着跳上飞机跑道,然后在飞机起飞路线的正前方,向右一转,停了下来。希尔达坐在车里面。看着希尔达,我心里害怕极了,差一点就尖叫起来,这时车门打开了,她试图从车里爬出来。显然爬得很痛苦,她实在没法移动地再快一些。我心里想,她肯定会丧命的。

在最后一刻,飞行员为了躲避卡车突然转了方向,因为第一场雨的缘故,飞机在跑道上开始打滑,失去了控制。最后飞机冲向那间小棚屋,把棚屋扫得七零八落,然后又一头冲进那片树林里,在一片角豆树丛中停了下来,一只引擎还在以最大马力发出刺耳的声音。若古洛·格罗开着卡车离开跑道,一直开到飞机停靠的位置,斯蒂芬把头晕眼花的飞行员曼科·卡帕科,从驾驶舱里一把拉了出来。起初他还想要逃走,但他这样做却是徒劳,他在离飞机几英尺的地方倒了下来。

格罗家的人大叫了一声。我转过身去,看见拉夫瑞特的金色默西迪丝正转动着轮子,在沙地上摇摇摆摆,向公路驶去。现在,卡拉·塞凡提斯被抛弃了,拉夫瑞特把她一个人丢了下来,她一开始还在努力追赶逃跑的汽车,之后又往树林跑去,格罗家的一个人正死死地追着她。我想希尔达一定是跟踪默西迪丝来到这儿的。因为她在镇上一直监视拉夫瑞特。现在他又想跑路了,这是他的老手段。

我钻进尼桑卡车,卡车还没熄火。我挂上引擎,开始追赶拉夫瑞特。到目前为止,他一路领先,但我一直跟着他,我心里想,至少在后援来到之前我不能把他跟丢了。他把车开上河流与灌渠之间的一条烂泥路,沿着小路的边缘向前奔逃。车轮所过之处,水花飞溅。水!我心里还在想,这水是从哪儿来的?但是很快我就明白过来,因为山里下了大雨,大河开始涨水,漫过了河岸。因为有水,这条路开始危险起来,但是拉夫瑞特丝毫没有减速。我知道如果他成功地逃到公路上,那我永远都抓不到他了。

我差一点就追上他了,这时我看见右边传来天堂工厂的灯光。拉夫瑞特在这里得做出选择。到公路最近的一条路线是向右穿过一段几十码宽的一片沙地,然后到达天堂工厂前的那片开阔地带,接着直接开上公路。另一个选择是依然走这条路,然后向左拐,从一个小桥上过河，然后再由公路向西逃窜。

我觉得拉夫瑞特会选第二条路。那条近一点的路线很明显是最好的选择，但是拉夫瑞特要冒个风险，他开的车有可能会陷入沙地里。我坐在卡车上，视野要比他开阔一些。我察看了一下，天堂工厂那条路对他来说显然行不通，前面停着一辆车，发出一闪一闪的蓝光，那信号看起来像是一辆警车。美洲狮已经把警察带来了。

我觉得他一定得向左拐，虽然我依然在后面紧紧地跟着他，但我决定先行一步，在小桥那里把他拦住。拉夫瑞特还在向右开，一看见一闪一闪的警灯，默西迪丝立马调转车头，向小桥开去。当他越过山丘，开始向小桥驶去的时候，我一直在他后面跟着。以前天气干燥的时候，河床里满是灰尘，还很深，但现在却被河水淹没了。而通往小桥的路也很容易打滑，卡车走在泥泞的路上就像行驶在冰面上一样。卡车爬坡的时候开得有点太快了，虽然我转换到四轮驱动，但还是感觉汽车轮子失去了牵引。

拉夫瑞特的小汽车在我前面开始打滑了。他正准备开着车冲向小桥，但车子却滑到了一边，滑出一道较大的弧线，撞上木桥侧面的栏杆。汽车在桥边上下晃悠了几秒钟——我屏住了呼吸，可以想象得到，拉夫瑞特肯定也是连大气都不敢喘一下——之后，伴随一阵更像是哀号的噼啪碎裂的声音，栏杆掉了下去，那辆汽车向前挪了几步，一头扎进急流中去。我赶紧踩了刹车，但是已经太晚了，我也失去了控制，卡车向堤坝滑去，速度要比拉夫瑞特的车慢得多，从桥的入口旁边冲了过去，垂直地撞到河堤上停了下来，奔流的河水已经漫过引擎盖了。而拉夫瑞特，我已经看不到他了。

我试图推开驾驶员这边的车门，但是根本推不动，河水的冲击力使车门动弹不得。河水冲到卡车上，车子摇晃起来，还发出吱吱的声音，而且慢慢地向下游倾斜。我知道如果我还呆在卡车里的话，必死无疑。即使卡车不被急流翻转过来，也会被冲走。我吃力地从前排座位向副驾驶的位置移动，使出了吃奶的劲，猛推副驾驶旁边的车门。门终于推开了，我纵身跳进河水中。我是个游泳好手，但是水流太急，我只能把头露在水面上。我努力和急流抗争，但没过几秒钟就疲惫不堪。最后，我还是支持不住了，当我快要被冲走的时候，我深吸了一口气。

河水把我向下游冲了几百码，我突然撞到了什么东西，于是我奋力挣扎，想抓住手边的东西。过了一会儿，我才反应过来，我撞到了那辆默西迪丝轿车，那辆车被一根从河堤上伸了出来的树枝拦住了。我看见——或者我觉得我看见了，因为天很黑——艾提尼·拉夫瑞特的脸，他已经死了，头发向上直立，手还挣扎着，扒在车窗玻璃上，圆睁着眼睛，透过挡风玻璃盯着我。我抓住车门把手，死死不放，大声求救，但我知道自己这么做也没什么希望，没人会听见我的叫声。尽管我离旁边的沙地只有几步之遥，但我明白我绝对过不去，如果我现在放开车门把手，努力向堤坝游去，那我一定会被河水冲走。

就在我感觉自己已经用尽最后一丝气力，手指和胳臂都不听使唤的时候，一个黑影出现在上面的堤坝上。那是凯撒·蒙特罗。他当时一定在天堂工厂，当那辆默西迪丝掉进河里的时候，他一定听到了巨大的撞击声。我心里想我死定了。他肯定会走开，把我一个人扔在这儿，剩下的事，急流会办妥的。没人会知道这一切。和我想得一样，他走开了，但是片刻之后又拿着一根长杆回来了。

“抓住杆子。”他大声向我叫道。

他会不会耍什么花招？他是不是想用这根杆子把我从轿车旁推开，把我推进急流里？我感觉到那辆默西迪丝晃动起来，又开始向水流的方向滑动。我到底是该抓住蒙特罗的杆子，还是抓住那辆车呢？

就在我头脑发昏的时候，我好像看见了因斯，她穿着我第一天见到她时穿的那身衣服，悬浮在离那辆默西迪丝几步之遥的半空中。“我该怎么做？”我大声向她叫道。

她指了指那根杆子说：“抓住它。”

我把右手从车门把手上松开，抓住了那根杆子。

“好样的，”蒙特罗说，“现在把另一只手也放到杆子上。”

那辆车又开始滑动了。我没什么选择的余地，把左手也从车门把手上拿开，紧紧地抓住了杆子。那辆默西迪丝翻了个跟头，再一次滑进了急流中。我感觉得到，凯撒在用力地往回拉着杆子。然后他的胳臂抓住了我，把我拖到安全的地方。

暴雨滂沱的时候，他们把曼科·卡帕科关了起来，他浑身颤抖，不过还活着，没受什么伤。格罗家的人抓住了卡拉，她往树林里跑了没几码，就被荆棘刮伤了，伤势很严重。抓卢卡倒是费了点时间。飞机就要撞上棚屋的时候，他拼命地往隧道里跑，躲在螺旋状楼梯下面的那间地下室里。格罗家的人在飞机跑道尽头的隧道上面，守着活板门，堪皮纳维加警方守在楼梯的上头。卢卡投降只是时间的问题。

我还没来得及休息，仔细思考发生的一切，也没时间为过去几个小时发生的事情而恐慌。凌晨三点的时候，狂风大雨，倾盆而下。泛美公路被淹没了，原本已经被山中流下的雨水涨满的灌渠现在也向外狂溢，整个地面都成了水滩。联邦警察在风雨中挨家挨户的敲门，催促大家赶紧离开。轿车，卡车，还有摩托车排成了一条车流，向南移动，寻找庇护场所。

现在根本没时间处理莫切武士的墓葬，不幸的是，也没时间去管蒙特罗，警方把板条箱搬回地下原来藏匿的地点，把位于飞机跑道尽头的活板门封了起来，然后在那间破屋外面上了锁，并留下一名警察看守着。

“我不走，我们得去抢救那片遗址。”斯蒂芬说，“谁要是想走的话现在可以走。”但是，没一个人离开。

“那我们就齐心协力！”他大声叫道。于是我们一行人浩浩荡荡向毁灭之丘进发：拉尔夫、翠西、希尔达、帕布鲁、那几个学生、美洲狮、格罗家的人，还有那几个我们能联系到的工人。斯蒂芬站在胡瓦卡顶端指挥，希尔达在下面监督。这次干活可真是伤筋动骨、痛苦至极。不管是从身体上还是从精神上，我都筋疲力尽了，我知道自己帮不了多少忙，但我会尽力去做我能做的事。格罗一家带来了大块的塑料板，我们尽量把墓穴的椽遮住。夜色昏暗，地面泥泞不堪，走在上面都打滑。我们用铁铲铲出地下的泥土，立马就变成了泥浆，我们还是继续向下挖掘。我对那件还没完成的事感到心烦意乱，我本应该仔细考虑一下，但是现在不是时候。

快要天亮的时候，我开车回到庄园，打算把能找到的毯子和外套拿出来。回去的路上非常顺利。当我路过公社时，看到其中一间小棚屋被水流冲出了几步远，散落在泥地里。棚屋里的住户浑身湿淋淋的，可怜兮兮地带着他们唯一值钱的小包裹从里面跑了出来。

当我回到庄园的时候，里面一个人也没有，我敢肯定，因为这场暴风雨，电线肯定都断了。我站在门口向屋里望去，进去呆上一小会儿都觉得恐怖。我听见狂风刮过附近的沙丘传出砰砰的声音，当雨水从天井上方倾盆而下的时候，形成一片水幕，感觉就像幽灵在私语。百叶窗不停地撞击着墙壁发出巨响。

我从卡车里取出手电筒，毅然地穿过天井，现在已经被水淹没了，雨水蔓延到了楼梯上。房间漏水,到处都传来嘀嗒声。我只想尽快从这里出去,我抓起自己的厚毛衫,防雨夹克,抱起我的被子,然后冲进翠西的房间。她告诉我,所有能用上的东西都带去。我把手电筒放在梳妆台上,在她的壁柜里翻找起来。和刚才一样,我把夹克衫和厚毛衣扔到被子上,包起来。因为之前与洪水搏斗,现在手臂还隐隐作痛。我打算转身离开。

一般情况下,我不会看别人的邮件,但是这封信却吸引了我的眼球。

你好,翠西,亲爱的,我给你写信了。和往常一样,收到你的信非常高兴。你好像已经交了几个非常要好的新朋友,而且你现在的工作听起来非常吸引人。听说你们发现了胡瓦卡,而且很可能会找到一座墓葬,真是令人兴奋。我们感觉自己与你一起一步一步走到了现在。你想想,你这个不通事理的老母亲还觉得你应该做个护士。(只是开个玩笑,亲爱的。我绝对不会想让你当个护士!)

给自己买点好东西,如果需要什么东西的话,给家里打电话。特德让我告诉你,他爱你。我们很想你。爱你的妈妈。

这封信没什么重要的事情,但却让人觉得很温馨,只有一件事除外:白色亚麻纸顶端的那行有一行银色的字,"E. G. 埃德华先生和女士"。

我心里还在疑惑,翠西不是姓道格吗?特德是翠西的继父。特德·埃德华,这些名字的最后一个字和第一个字都很相似,就像肯·肯尼迪,汤姆·汤姆森。特德·埃德华,埃德·埃德华,或者应该是埃德蒙·埃德华?就在那一瞬间,我意识到自己做了一个非常正确的猜测。我非常肯定,翠西的继父,就是纽约那家远古路线的埃德蒙·埃德华。埃德蒙·埃德华还活着。我猜得没错,在纽约画廊里的那个老头并不是他。特德·埃德华是远古路线的老板,他收购偷盗来的文物,他甚至还可能还是整个行动的主谋。

我当时把自己的名片留在了画廊,这样一来他就知道了我的名字。可能我还没到纽约,他就已经知道了。他肯定知道我就是那个在莫尔斯沃斯 & 考克斯拍卖行拍到那件哥伦布以前美洲文物的人,我就在他的鼻子底下,或者更确切地说,是在他的党羽,那个"蜘蛛"的严密监控下,把那几件文物买到了手。他可能还不知道我现在是丽贝卡·麦克柯瑞蒙,不过他也可能知道了。他的继女一定会告诉他,在他们书信交流的时候,她一定得知了我的真名。只要我没死,他就不会安下心来。

我冲出庄园，开车回到遗址。我都没来得及关掉引擎，就从卡车上跳了下来。我冲斯蒂芬大叫道："翠西去哪儿了？"

斯蒂芬低头看着我说："不知道。我也没在意。"说完，他露出一丝疲惫的笑容。

可是，我在意。我觉得她只可能去一个地方。

警察躺在那间废弃房屋的旁边，我敢肯定他已经不省人事了，极有可能已经遇害了。挂锁也不见了踪影。我小心翼翼地推开门，向里望去。透过竹席，洞口的顶部传来一道闪耀的光线。

我尽量轻手轻脚地爬下阶梯。莫切武士的宝藏都摆在了桌子上，在灯光的照射下闪闪发光。我心里想这些东西一定都是纯金的，纯粹都是金子，因为上面一点腐蚀的痕迹都没有。它们的价值无可估量，是无价之宝。翠西正麻利地把这些金银财宝装进一条大麻袋里。

我跳进洞底的水坑里，翠西听见了声音，转过脸来看到了我。

"丽贝卡！"她惊叫了一声，"真高兴你能来这儿。我过来看看，想确认一下是不是一切正常，但那个守卫死了！趁别人还没来偷，你得帮我把这些财宝运出去。"

天哪，她可真是诡计多端，没有露出一丝破绽。如果在一个小时前，我肯定非常相信她说的话。"我来帮忙。"我说，"我来扶着麻袋，你把这些东西放进去。"在这种情况下，既然她那么狡猾，我也应该配合她。

她犹豫了一下，但随后把麻袋递给了我，而一只手还抓着麻袋不放。我不知道等麻袋装满了以后，她会怎么做。我可等不了那么长时间。当翠西把最后一件黄金制品装进麻袋后，暂时把手从麻袋上拿开了几秒钟，伸手去取手提包。我心里想，她一定是在找枪，我们丢的那把枪。现在不动手，更待何时。我一把抓过手提包，奋力从她手中夺了过来，眼睁睁地看着那把枪抛到了半空中，又掉进水坑里。

这时我们都双手抓住麻袋不放，用力地往自己那边又拉又拽，就像两个小孩在争夺一个洋娃娃。翠西猛地拉了一下，我没抓住，放了手。她踉踉跄跄地往后一仰，肩膀撞到地下室的岩壁上，手也跟着松了下来。麻袋张开了口，东西从麻袋里散落出来，掉到了地下室的地上。耳饰、项链、金银花生粒、后翼盔甲、金胸饰、蜘蛛形状的珠子都滚到了水坑里。镀金的花冠掉到地上发出刺耳的声音。坑里的泥水把黄金制品的边蹭得污迹斑斑,那些金子还闪着微光。

她尖叫起来,就像一个女守财奴,弯下腰,开始用手抓那些金子。我从后背一把抓过她的脖子,拖着她走了几步,到了门那儿,想把她拖进隧道。她挣扎着,但是我知道一定得拼了老命。我把她推进隧道,猛地一下关上门,当我关门时,我听见她呼吸急促了起来,估计她可能是看见了卡洛斯·蒙特罗的尸体。这为我赢得了时间,趁机把离我几步之遥的那张桌子推了过来抵在门上。我把板条箱一只一只地堆在桌子上,而她在那里拼命地想把门推开。这就是她的下场,让她和那个耍阴谋受害的人埋在一起。然而,她使劲地推了一会儿就停下了。我听见她的脚步声在向后走。她想从隧道的另一端出来。很可能她从这边的阶梯下来之前,先把隧道另一端的门打开了,可能已经计划好要从那边逃走,所以先打开了活板门。

我用力地顺着螺旋状的阶梯向上爬,然后想跑到隧道的另一端去拦截她。天已经蒙蒙亮了,东方现出一丝亮光。从这里到活板门最近的一条路就是角豆树林,于是我把危险抛到了脑后,向树林跑去。

树林还是很黑,清晨灰白的光线还没有穿透树枝。我盯着尽头的亮光一直往前走,尽量不踩到或碰到荆棘刺枝。树林里死一般地寂静,我只听见雨水低落的嗒嗒声,还有我自己焦躁的呼吸声,正当我挣扎着向前走时,耳边传来了另一个声音。

我早该意识到这里还有另外一个人。当翠西看到卡洛斯·蒙特罗的尸体时,呼吸急促起来,这说明卡洛斯的尸体不是她搬到那里的。但是我当时太累了,根本没想到这一点。等我听到疾走的脚步声,已经太晚了。我感觉有一双手重重地打在我的头上,然后脖子上也被紧紧地绕上了一根绳子。我喘着粗气,用手抓住绳子,努力想把喉咙处的绳子拉开。我觉得眼前已经开始发黑了,耳边响起刺耳的声音。一声尖利的爆裂声在我的脑中响起了回音,但我分不清这声音是不是从我身上发出来的。

就像那条绳子突然紧起来一样,绳子又突然松了下来,“蜘蛛”倒在树林里的那一瞬间,我看到了另一个人。

在黎明光线的映射下,我看到个身影模糊的复仇天使站在角豆树林里,是乔治·塞凡提斯,“蜥蜴”的弟弟。他慢慢地放下枪。“雷蒙,现在你可以安息了,”他自言自语地说,“愿主与你同在。”

尾　声

我相信一定会有公平正义的审判。在证明一个人有罪前，法律一直都假定他是清白的。然而我明白那些人尽皆知的举动和我的言行相互矛盾。人不应该把法律掌握在自己的手中，这样做只会使人越陷越深，最终又回到最初的混乱处境下。但是我要说明，我承认两件事。一是我相信艾提尼·拉夫瑞特和他雇用的那个变态狂——“蜘蛛”确实得到了应得的报应。“蜘蛛”的真名叫安琪儿，安琪儿·弗恩提斯，他和天使同名，这真是宇宙间最具讽刺意义的事。二是我得承认，我极其信任的法律执行系统始终达不到我预期的水平。

明天我们就会找到默西迪丝，拉夫瑞特死在了在下游的一个码头，离庄园很近，他开车掉进了河里，当他努力挣扎的时候被淹死了。这个经常能逃之夭夭的男人这次没能成功逃脱。

几天后，几个国家的警察联合起来，在同一时间突然袭击了远古路线画廊，埃德蒙·埃德华的所有分支画廊，包括拉夫瑞特的画廊。他们查获了500多件非法获得的古董。其中有一件古盆，盆的边缘盘旋着一条巨蛇。大部分画廊老板都以不知晓为由为自己辩护，而有关确定这些文物工艺品所有权的诉讼，毫无疑问还得进行几年。人们都期盼着，希望有一天，秘鲁能至少拿回其中的几件文物。

我听说在中国，偷盗文物有时会被判处死刑。当然，我并不提倡这种做法，但是当我看着埃德蒙·埃德华走进法庭时，还是忍不住会想到这个问题。

一名庸俗的律师在为埃德华和他的继女辩护，请这种律师费用昂贵，而且只要有钱可以找到许多这样的律师。埃德华只被起诉了一项罪名，这是警察觉得能站得住脚的罪名：未向海关说明所运货物的真实价值。法律上没有明令禁止偷盗和非法买卖文物，这让我无话可说：他们告诉我，问题是犯罪行为发生在其他国家，而不是在美国，而且埃德华只能因为他在本地所犯的罪行依照美国的法律受到指控。如果罪名成立，他将被判以罚款及短期监禁。不过，据我推断，在他经常走动的那个社交圈中，他算是臭名远扬了。也许罚款是他唯一在意的事情。

翠西坚持声明自己只是在尽力挽救这些文物，而不是偷盗。然而在她的继父还在为卷入这场事件而接受审判的情况之下，她的这一说法很难成立。她那奢华的生活是否还能继续下去，还得走一步看一步。

到目前为止，警察还是不能证明埃德华与在远古路线画廊里发生的那起埃德华员工谋杀案有关，那个老人名叫斯坦尼斯洛·沃兹克。我敢保证是那个“蜘蛛”杀了他，但是按照我自己心里的审判规则，他们都要对他的死负责，他们都有罪。据我们所知，现在多伦多正在重新审理A·J·西姆森谋杀案。

卢卡，可不像他以前出现时那样傻，他被指控谋杀他的叔叔。我们觉得可能是卡洛斯·蒙特罗顺着电线走到了下地道的楼梯那儿，发现了他的侄子所干的勾当，因此给自己招来了杀身之祸。

显然，我不是第一个发现毒品走私和文物走私之间有关系的人。这两种走私都需要秘密行动，经由偏僻的航道进行运输，而且从报关代理人到下游的所有接应人都不是什么善主。曼科·卡帕科利用公社作为掩护，开展他的毒品交易，每月新月初上的那天，夜色最黑，这时，他就利用黑夜作掩护运输毒品。当各国政府严厉打击毒品交易商时，毒品市场价格就会暴跌，而且他也得潜伏一段时期。作为一种防御措施，他开始收购古玩，并最终联系到了拉夫瑞特，而拉夫瑞特当时的业务陷入了暂时的混乱，他先是丢失了三件哥伦比亚以前美洲的物件，之后其最喜欢用的走私方式又因为更换了一个名叫雷蒙·塞凡提斯的关键报关代理人出现了点小问题。于是邪恶联盟诞生了。

我身边有好多人都用别名，这一点我发现过好多次，而曼科·卡帕科的真名叫詹姆士·汉瑞顿，他那些花样别出的行为可以把他送进秘鲁监狱，我都能想象出他呆在监狱里的情形，那将会是很长、很长的一段时间。

乔治·塞凡提斯为警方提供了十分重要的信息。他告诉当局，卡拉以给他们的孩子提供更安全的保障为由，说服雷蒙在拉夫瑞特的空白海关文件上签名盖章，当然这些文件是用来确保天堂工厂的产品能够畅通无阻的通过海关，运送出国。卢卡会时不时地往天堂工厂那些合法的产品中塞进一两箱，然后使用一种特殊的标记以示区别。

乔治说不知道雷蒙是怎么发现其中还夹杂着毒品的，然而就在这段时间，他还发现自己的妻子和弟弟有私情，于是他决定要洗心革面。我以后再也不会称雷蒙为“蜥蜴”了。警方认为，是斯坦尼斯洛·沃兹克，远古路线的那个老头告诉雷蒙，那三件莫切文物即将在多伦多拍卖。于是，雷蒙拿上自己所有的钱去了多伦多，试图将那几件文物买回来，送回秘鲁。当他发现自己无法在拍卖会上拍到那几件东西时，他很绝望，就想从我的商店里把那几件文物偷出来。他对自己的老板那么不忠，在这场阴谋中，这是不能容忍的，于是“蜘蛛”跟着他去了多伦多，并在那里将他杀害了。

乔治为他对哥哥所发生的一切，心怀愧疚，饱受罪恶感的折磨。为此，他从因酗酒而神志不清的状态中挣脱出来。最初先跟踪卡拉，然后跟踪卡拉和她的同伙，并一直追到特鲁希略。在那里，他曾跟丢过一阵儿，但后来又一直跟踪到堪皮纳维加。我在拉夫瑞特的住所以及市场上一直注意的那个人就是他。他看到“蜘蛛”来拜访这个男人，然后就跟踪他到了天堂工厂。他看见“蜘蛛”杀了警卫，于是断定他哥哥的死与这个人有关。我觉得他很会选择时机。

卡拉·塞凡提斯不管遇到哪个男人都会眨眨睫毛，放放电。她声称自己对这件事的真相一无所知。目前还没有对她提起任何指控。后来我听说她住在宛查可[①]小镇的一间很不错的小公寓里，宛查可在特鲁希略附近，从公寓可以直接看到大海。公寓的租金是由一个秘鲁富商支付的，这个富商趁妻子不注意的时候，偶尔会去那个公寓一趟。有些女人还是有自己的诀窍。据我所知，乔治和他妻子已经和好了，而且正努力争取雷蒙和卡拉的那三个孩子的抚养权，但是那些孩子还是呆在卡拉的妹妹家里。

韦恩·科尔顿——他总是在我面前自称是美洲狮。显然，他觉得自己很喜欢秘鲁，对秘鲁有一种家的感觉，他一直相信他的前世是阿

① 秘鲁著名的海边度假胜地

塔瓦尔帕的朋友。每逢周末,他就以韦纳·卡帕科的名义,在米尔弗洛的一家酒店里表演精彩的魔术。表演时他会穿上印加国的服装,那是斯蒂芬和我赞助给他的,而那些游客非常喜欢他。他把毒瘾也戒掉了,还和哥哥达成了协议,慢慢偿还从他哥哥那里"借"的钱。从他给我写的那封难懂的信上,我了解到他现在过得还不错。帕恰玛玛,麦琪·斯托克威尔,已经回家去了。

斯蒂芬已经计划好下一年如何在毁灭之丘上继续挖掘。如果他能找到宝藏,当然可能性很大,如果他能继续进行莫切宝藏的整理修复工作,他打算把所有格罗家的人都请到遗址上帮忙。在他回遗址之前,让他们负责看守遗址。托马斯也和斯蒂芬签了协议,第二年,他还会来做萨满法师和工人,而因斯也会来帮厨。不管那天晚上我在河里看到了什么,或者是我觉得自己看到了什么,一想到托马斯和因斯能帮斯蒂芬工作,我就非常高兴。

斯蒂芬对于他和翠西的关系还是有点尴尬。他没能发觉她在利用他满足邪恶的目的。但是当我看到他蓬头乱发的英俊样子,像孩子一样咧嘴大笑,我敢肯定他一定非常高兴,女人们都排成队去帮他渡过难关。我一直认为自己可能是其中之一。

希尔达将不得不放弃现场工作,但是整个事件结束后,在最后那一段时间里,不知道是什么原因,她对自己却心平气和起来。一家声望极高的博物馆为她提供的一份行政主管的工作,她接受了。而且她还计划能尽快举办一场大型的莫切艺术展。她已经和斯蒂芬说过了,如果从毁灭之丘挖出的宝藏先在别的地方展出的话,她永远都不会原谅他,至于我,她要求我一定要出席开幕仪式。我也许会去吧。

在所有这一切结束后,我给还在生我的气的那些人打了电话:莫伊拉和罗布。罗布·卢卡兹一路飞到利马把我接回了家。他人真是太好了,什么事情都想到了,帮我省了许多时间,也省了一堆麻烦。我身上既没护照也没钱,就这样回家我可真是有点畏缩。应该说,有一个加拿大警察朋友还是有点好处的。这段路途真是遥远,我们有好多话要说,还有巨大的感情裂痕需要修补。但是刚开始的时候,我们都硬撑着,只说了几句话。最后我想告诉他对于发生的一切,我非常抱歉,我觉得因为自己的愚蠢,从一开始就惹出这么多事,我告诉他我多么希望能弥补犯下的过错,但是却越陷越深。他打断了我的话。

"我才是个傻瓜,"他说,"因为我不和你站在一起,所以你才出走，想要自己解决。我是个警察，当你需要朋友的时候，我却那么刻板。我本来应该能够理解，因为发生了那些事，你非常心烦，但当时我却没有想到这些。不过，自打你离开之后，我就没睡过一天安稳觉，而且我女儿也几乎一句话都不和我说，希望这能让你消消气。我想去找你，但是那个家伙，你的那位老朋友，卢卡斯不愿意告诉我你去了哪儿。当然，我也去秘鲁查过，我查询了当时的入境记录，上面没有你的名字。卢卡斯一直对我说，如果你想让我知道你在哪里的话，你会告诉我的。”

他突然笑了一声说：“还是得谢谢你给我打电话。”他沉默了一两分钟说，“你还生我的气吗？”

“不生气了，”我回答说，“那你还生我的气吗？”

“不了，”他说，“你还爱克莱夫吗？”

“不！”我回答说，语气中充满了坚决。

“那卢卡斯呢？”

“不！”我说，“他也成过去了。”

“你是不是迷恋上了斯蒂芬那个家伙？”

“可能吧。”我说。

他叹了口气说：“嗯，就像歌里唱的那样，三个人有两个出局也不是坏事。”

“我不知道自己对斯蒂芬是什么感觉。”我重复了一遍，“但是我给你打了电话。因为现在我们俩都被抛弃了。”

我说完这句话，立马感觉到自己又开始蠢起来。那位完美小姐，罗布的芭芭拉也离他而去。因为他取出了他们银行共同账户里的所有钱，跑到秘鲁去接我，她非常生气。我不知道到底是因为钱的缘故惹怒了她，还是因为别的什么。

我感觉得到，莎拉·格林哈尔开始怀疑自己要不要退出零售这一行。不必说，有人死在你的店里，然后商店又着了火，到处乱七八糟，而你的合伙人却被怀疑进行保险诈骗，之后又消失了几个月，一点忙也没帮上。如果她要求我买下她占的股份，我一点也不惊奇。如果她要求的话，结果如何，还得取决于我那位银行经理的心情。

最精彩的部分就是我回去做生意了。那个保险经纪人罗德·莫克格里格，给我送来了私人支票，看到他卑躬屈膝的样子我很高兴。除此之外，还有一件事情比其他任何东西都需要感激，那就是亚历克斯终于摆脱了伤痛，完全恢复过来了。有时我站在商店，看着四周，觉得自己能回到这里，能和在后面闲逛的亚历克斯，和附近的朋友以及窗子里的猫呆在一起，真是太开心了。

除此之外，我还得说明一点，和其他众多秘鲁失窃的文物一样，那粒花生也没能找到。另外，那场“浩劫”，也已经成为过去。

还出了一件事，我应该说一下。我回家后没多久，就去莫伊拉家拜访她。我坐在她的餐桌前喝咖啡，总觉得屋里好像还有别人，我也说不清是怎么回事。

“我们很担心你。”莫伊拉一边轻轻拍着我的手，一边说，“而且我们也很高兴你能回家。”

她说话的语气有点问题，好像是在不经意地强调“我们”这个词。“我们是谁?”我问道。但是这话一说出口，我就明白了，这将是我一生中一个极为特殊的时刻。

她犹豫不决地说：“我们，”她最后说道，“克莱夫。我们是指克莱夫和我。”

看来这是真的，我最要好的朋友和我的前夫，他们的选择很明确。我可以怨恨克莱夫，然后我会失去一个真正要好的朋友，或者我也可以吞下我的自尊心，然后我会得到一个好朋友。你可能听说过这个谚语，几秒钟后这条谚语就出现在我的脑海中。

“很好啊!”我终于说了一句。有时候，你只需要顺其自然，说一句习惯用语即可。

我想了想，他们两个人很相配，而且我也不知道自己是怎么了，感觉身上轻了好多。现在我生命中充满了无限的可能，在爱情方面是这样，在其他方面也是如此。

还有一样额外的奖励。我想看看克莱夫能否比莫伊拉的前任男友有更强的忍耐力，这样一定会很有趣，但是我觉得他很可能会为了莫伊拉忍耐的。他们的关系发展得很顺利，已经决定要结婚了，我不需要为了出席婚礼去商店买礼物了。我已经有一份礼物了，一个小巧翡翠鼻烟壶，是我以前在一次拍卖会上买来的。